礼儀正しい空き巣の死

樋口有介
Yusuke Higuchi

祥伝社

礼儀正しい空き巣の死

装幀　岡孝治
装画　藤田新策

1

武蔵野《むさしの》台地の冬は風が強い。

シベリアからの寒気が上越《じょうえつ》の山々に大量の雪を残し、身軽になった空気が関東平野にカラッ風を吹かすという。都心ではビル群が暴風壁になるにしても、国分寺《こくぶんじ》あたりではそのまま吹き抜ける。四国の土佐《とさ》で生まれた卯月枝衣子《うづきえいこ》警部補は今でもこの風になじめないけれど、それでも明日からは三月、暑さ寒さも彼岸《ひがん》までというからあと二、三週間で春は来る。

萩原《はぎわら》刑事の運転するクルマが現場へつき、枝衣子と金本《かねもと》刑事課長が後部座席のドアをあける。建売《たてうり》住宅団地という呼称が適切かどうかは知らないが、周囲には似たような二階家が隙間《すきま》もなく軒《のき》を連ねている。町名は国分寺市西元町《にしもとまち》でも百メートルほど先はもう府中《ふちゅう》市、国分寺から府中まではは府中刑務所をはさんで似たような住宅地が延々とつづいている。

その一角に住宅一戸分ほどの空き地があって、二台のパトカーと三台の警察車両がとめてある。事件の現場は左隣りの住宅らしく、門の左右には二人の制服警官が立哨《りっしょう》している。時間は午後の四時、日が落ちきるまでには一時間半ほどあるにしても、この寒空に集まっている野次馬《やじうま》もご苦労なことだ。

枝衣子たちが門のほうへ歩いていくと、その門から生活安全課の日村《ひむら》課長が顔を出す。

「金本さん、申し訳ない。事故死で間違いないとは思うんですがね、この前のことがあるので念のために」

日村は五十歳ほどで小柄な体軀《たいく》に日焼け顔、この春に退官する金本に代わって刑事課長に横滑りしたいという。刑事課の土井《どい》や黒田《くろだ》といったベテラン捜査員たちとも気が合うようだから、枝衣子にしても不都合はない。「この前のこと」とは前年の秋に発生した殺人事件のことで、日村にしても慎重になるのだろう。

「だけどなあ日村、帰ってきたらまったく知らない男が風呂場で死んでいたなんて、あり得るかい」

「ふつうならあり得ませんがね、でも今回はどうやら、あり得てしまった」

日村が肩をすくめながら苦笑し、枝衣子に向かって「やれやれ」というように口をゆがめてみせる。枝衣子が聞いているのは家主の老夫婦がどこかの温泉から帰ってくると、自宅の風呂場で知らない男が死んでいたということだけ。男は全裸で浴槽につかっていたから、入浴中の急死だろうと。

そんなおバカな事件は、日村の言うとおり、ふつうならあり得ない。

「発見者の夫婦というのはどこにいる?」

「向こうのパトカーに待たせています。気味が悪くて家には入りたくないと」

それはそうだ。警察官の枝衣子だって自宅の風呂場で知らない人間が死んでいたら、死そのものより、状況の不可解さに啞然《あぜん》とする。

「夫婦にはちゃんと確認させたのかね」

「奥さんには一度だけですが、旦那《だんな》のほうには何度も。二人の様子からして本当に見ず知らずのようです。まずは現場を確認してください」

日村が表情で枝衣子たちをうながし、せまいカーポートがついただけの玄関へ向かう。模造レンガの門柱に〈岡江《おかえ》〉という表札があるから、それが家主の姓だろう。

「もう足痕《そっこん》や指紋の採取は済んでいますから、足カバーはいりませんよ」

靴を脱いだだけで日村が廊下へあがっていき、枝衣子たちも足カバーなしで家内《いえうち》に入る。廊下の右手側が二階への階段、つきあたりに六畳ほどの台所があって、台所につづいているのが八畳の和室。座卓や座椅子《ざいす》やテレビがおかれているからこの和室が居間だろう。台所や居間でも生活安全課の捜査員がそれぞれ写真撮影や戸締まりなどの点検をしている。二階にも物音がするからやはり鑑識《かんしき》作業中、所轄《しょかつ》でも刑事課員と生活安全課員は鑑識作業の講習を受けているし、この程度の現場なら本庁から鑑識課を呼ぶまでもない。

「コタツを見てください。家主は片付けて出掛けたというから、こいつはホトケが食ったものです」

なるほどコタツの上には缶ビールや焼酎《しょうちゅう》のビン、缶詰の空き缶などが整然と並んでいる。その横には入浴のために脱いだらしい衣類が几帳面《きちょうめん》にたたまれていて、気のせいか垢《あか》の臭気がする。

金本が太鼓腹《たいこばら》をぽんぽんと叩き、枝衣子と萩原に目配せをして、白髪《しらが》交じりの眉《まゆ》をひそめる。

「なるほどなあ、空き巣が飯を炊いて食ったり酒を飲んで寝込んだり、そんな例がこれまでにもあったなあ」

「風呂にまで入った例は聞きませんけどね。侵入口は台所の窓です」

日村が顎《あご》をしゃくって台所へ向かい、新聞紙でふさがれている窓ガラスを指さす。

「ガムテープを貼ってから鍵近くのガラスを割っていますから、常習犯でしょう。足痕はそこまで、帰りは玄関から出るつもりだったらしく、靴はちゃんと玄関にそろえてあります」

「礼儀正しい空き巣だなあ。割れたガラスを新聞紙でふさいだのも?」

「この寒さですからね、暖房効率を考えたんでしょう。警察が来たときはコタツと電気ストーブもついていました」

ずいぶん呑気《のんき》な空き巣がいるもので、家内《いえうち》を物色したらさっさと逃走すればいいものを、外は寒風でもあるし、久しぶりにコタツや風呂で寛《くつろ》いでみたかったのか。

日村が「さて本番」というように肩をすくめ、台所からつづく洗面所へ歩いて、不透明ガラスの嵌《は》まったドアをあける。家自体は古いようだが台所と浴室は新しいから、リフォームしてあるのだろう。浴室にはベージュ色の浴槽に縁《ふち》まで湯がたまり、肋骨《ろっこつ》が浮いて見えるほど痩《や》せた男が頭を沈めている。急性心不全か脳溢血《のういっけつ》か、入浴中の死亡事故は年間二万件以上も発生して交通事故の死者数をうわまわる。死者の年齢はもともと分かりにくいものだが、頭も沈んでいて、分かるのはせいぜい「若くはないだろう」という程度。

「このホトケさん、どれぐらい湯につかっていたんだ」

「見当もつきません。私たちが来たとき、もう湯は冷めていました。夫婦は二日間留守にしていたようです」

「外傷はなさそうだなあ」

「瘤《こぶ》も打ち傷もありませんよ。さすがにこれは、どこからどう見ても事故でしょう」

日村が枝衣子をふり返り、金本と萩原もなにか言いたそうな顔で、ゆっくりと視線を向ける。枝衣子だって超能力者ではあるまいし、そういつもいつも、殺人事件はつくれない。

「どうかね卯月くん、なにか勘のようなものが働くかね」

「課長、パワハラですよ」

「そうはいうが、俺には閃《ひらめ》かんもの。萩原はどうだ」

萩原が笑いを堪《こら》えるように口元をゆがめ、首を横にふりながら浴室を離れる。枝衣子も無理に中年男の全裸死体を見物したいわけではなく、それに何人もの捜査員がまだ作業をつづけている現場は、なんとなく息苦しい。

「どうですかね金本さん、一応風呂場の毛髪なんかは採取してありますが、事故と断定してもいいでしょうか」

「そんなのは日村の判断だ。俺たちは『念のため』と言われたから出張《でば》ったまでで、卯月くんに勘が働かないのなら、見かけどおりに決まっているだろう」

金本も日村も責任を枝衣子に押しつけたいわけではなく、これは国分寺署におけるギャグのようなもの。枝衣子も表情では怒ってみせるものの、腹は立たない。

寒風でも外のほうが呼吸をしやすく、枝衣子はさっさと玄関を出る。金本たちも同様らしく、カーポートまで出てきてそれぞれにコートやジャンパーの襟《えり》を立てる。

「見たところ、防犯カメラはついていねえなあ」

「都心の高級住宅街ではありませんからね。近所もこんなものでしょう。問題はホトケを解剖《かいぼう》にまわすかどうか、そこなんですよ」

日村が枝衣子と萩原の顔をうかがってから、ズボンのポケットに両手を入れて金本に視線を向ける。このケースが家主の入浴死なら近所の医師にでも死亡診断書を書かせて捜査終了、しかし状況からは窃盗《せっとう》と変死が重なっているわけで、扱いが難しい。空き巣も事故死も生活安全課の管《かん》掌《しょう》事項ではあるが、かりに殺人等の事件性があった場合は金本の判断になる。

「遺留品《いりゅうひん》かなにかに、ホトケの身元が分かりそうなものは」

「一切《いっさい》なし、ズボンのポケットに三百円ほどの小銭があるだけで」

「国分寺にホームレスは何人ぐらいいる？」

「統計ではゼロになっていますがね。ホームレスが市役所に登録するわけでもなし、府中や立川《たちかわ》ではまだ十人前後のホームレスが確認されています。連中だってバスや電車に乗れますし」

「新宿《しんじゆく》からだって電車に乗れるものなあ。指紋はもう手配したのか」

「坂巻《さかまき》が採取して署へ戻っています。データベースとの照合が済めば前科の有無も分かるでしょう。うまくすれば身元もね」

金本が胃でも痛むような顔で太鼓腹をさすり、遠くにいる野次馬と立哨の制服警官と、それから岡江家の玄関と二階のベランダ辺りを、ため息をつきながら見くらべる。

日村の言うとおり、問題は「ホトケを解剖にまわすかどうか」で、金本の思案もその部分にある。東京都の監察医務院でおこなわれる司法解剖は二十三区内で発生した変死体に限られていて、武蔵野や三多摩《さんたま》などの事案はそれぞれ提携先の大学病院に委託する。この解剖費用が血液生化学検査、組織学的検査、アルコール検査、細菌検査、ウィルス検査、一酸化炭素検査、ＤＮＡ

型検査、プランクトン検査、毒薬物検査などがワンセットで、一体につきなんと百数十万円。裁判所の許可もとらなくてはならず、来期一杯で本庁へ戻るキャリアの後藤《ごとう》署長がこの事案に、そんな無駄遣いを認めるかどうか。

「日村、発見者の証言は信用できそうなのか」

「見た感じはふつうの老夫婦ですがね。まだ詳しい話は聞けないんですよ。奥さんなんか泡を吹いて倒れかけたほどで、署に連れていって落ち着かせてからと」

「テレビや週刊誌は面白《おもしろ》がるだろうが、夫婦にはとんだ災難だ。警察《こっち》としても手順通りの仕事をしてやろう」

「というと？」

「とりあえず市の遺体保管施設へ搬送《はんそう》して、近くの医者にでも死亡診断書を書かせる。それから夫婦の行った温泉とやらも確認して話の裏をとる。ホトケの顔写真をつくって周辺や夫婦の交友関係に聞き込みをする。それで事件性なしと判断できたら司法解剖はいらなかろう。たとえ身元が判明したところで、どうせ行旅死《こうりょし》だ」

　行旅死というのはいわゆる行き倒れのことで、死者の身元や住所などが不明のもの。かりに身元が判明しても遺族や親族が遺体の引き取りを拒否《きょひ》する例があって、その場合も行旅死で処理される。多くは認知症の老人やホームレスの死だが、そんな行旅死事案が年間に八百件前後も発生する。

「課長、わたしたちがいても鑑識作業の邪魔になるだけです。ご夫婦を署へお連れしましょう」

「うむ、まあ、うん」

「なにか?」

「いやあ、初めは思わなかったんだが、どうもこの家には、なんとなく、前にも来た気がしてなあ」

「いつごろのことです?」

「まるで思い出せん。もっとも周りはみんな似たような二階家だから、たぶん気のせいだろう」

「卯月さん、署で岡江夫婦の事情聴取もお願いします」

「おいおい日村、こっちは例のあれで徹夜なんだぜ。逆に生活安全課《せいあん》から手を借りたいぐらいだ」

徹夜というほど大げさではないけれど、例のあれとは昨秋からつづいている強盗強制性交事件で、三件の被害者は若いＯＬと女子大生。マスコミ向けには強盗傷害事件と発表しているが、まだ容疑者を絞り込めないでいる。

日村が首のうしろをさすりながら顔をしかめ、空き地にとまっているパトカーのほうへ顎をしゃくる。

「署には坂巻がいるから、事情聴取はあいつにね。ただ念のため、夫婦からは個別に話を聞くようにと」

「それなら萩原、奥さんのほうはおまえが手伝ってやれ。そのイケメンでぐいっと迫れば、亭主に言えない秘密だってぽろぽろ吐き出すだろう」

萩原がロングの前髪を風になびかせながら苦笑し、目顔で日村に了解を求める。日村が「頼む」というように口をひらく。

枝衣子は萩原をうながしてパトカーのほうへ向かう。

「卯月くん、俺は腹ごなしに近所を歩いてみる。強盗傷害《ごうしょう》のほうで情報が入ったら連絡してくれ」

後手《うしろで》に手をふっただけで枝衣子は空き地へすすみ、道路側にとめてあるパトカーの後部座席をのぞく。枝衣子と萩原に気づいたのか、すぐ両側のドアがひらいて男と女がおりてくる。男はひょろっとした体軀で皺顔《しわがお》、髪も薄くなって少し背中も曲がっている。たぶん七十歳に近いだろう。女のほうは小柄で小太りで髪を明るく染めて厚化粧《あつげしょう》、コートとバッグをまがい物のブランド品で決めているが、やはり六十歳を超えている。

「国分寺署の卯月と萩原です。とんだ災難で、お気の毒です」

夫人が白目をむくように顎を上下させ、亭主のほうは口を結んだまま、むっつりとうなずく。

「事情が事情ですので、お二人からもお話を聞かなくてはなりません。ここより署のほうが落ち着くでしょうから、これからご案内します」

夫婦が顔を見合わせ、やはり亭主のほうが、むっつりとうなずく。

夫人が一歩だけ枝衣子に近寄り、口をへの字に曲げて自宅を指さす。

「あのう、刑事さん、お風呂場のあれは、うちのほうで片付けを?」

「ご心配なく。こちらの作業が済み次第搬出します。今夜はご自宅に戻られますか」

とんでもない、というように夫人が首を横にふり、ついでに右手をあげて、イヤイヤまでしてみせる。

「息子夫婦が立川にいますのでね、今夜はそこに泊まります」

亭主の口調は意外に冷静で、額《ひたい》や目尻の皺にも思慮深さが感じられる。

「お宅からなにか持ち出すものは」

亭主が口をひらきかけたが、夫人がその腕をとり、またイヤイヤというように首を横にふる。必要なのはせいぜい下着ぐらいだろうし、泊まる先が息子の家なら二、三日は不自由もないのだろう。

「後始末をどうするかは担当の刑事が署でご説明します。犯罪被害給付制度もありますので、そちらのご案内も」

この給付金も実際は暴行被害者の治療費などで、岡江家のケースではどんなものか。窃盗は未《み》遂《すい》だから被害もビールや缶詰と割られた窓ガラスだけで、金額としてはたかが知れている。そうはいっても遺体発見時のショックは強烈だったろうし、たんに浴槽から水を抜いて風呂場を掃除すれば済む問題ではない。だが警察も、そこまで責任はとれない。

「戸締まりは作業終了後にこちらでおこないます。家の鍵は今?」

亭主がズボンのポケットに手を入れ、キーホルダーをとり出して一本を枝衣子に手わたす。

「家内《かない》も持っていますので、これを」

「お預かりします。萩原刑事、お二人をクルマに」

受けとった鍵を手のひらにのせ、枝衣子は門の外でケータイを使っている日村のところまでひき返す。「腹ごなしに」と言った金本はもう出掛けたらしく、顔は見えない。

日村がすぐ通話を終わらせ、ケータイをコートのポケットに入れる。

「署に戻った坂巻から連絡が来たよ。データベースで指紋はヒットしなかったそうだ。空き巣の前科ぐらいはあると思ったが」

「寒さと飢《う》えに耐えかねて、つい忍び込んだのかも知れません」

「コンビニ強盗でもやってくれたほうが、こっちは楽だったがなあ」

「とりあえずこの家の鍵です。息子さんが立川にいるので、ご夫婦はそこに泊まるそうです」

枝衣子が日村に鍵をわたし、受けとったその鍵を、日村が枝衣子の目の前で振ってみせる。

「で、夫婦の印象はどうかね」

「わたしに聞くのはやめましょう」

「しかし、せっかく来てもらったことでもあるし」

「ふつうの老夫婦という以外に、どんな印象をもてと?」

「いやいや、卯月さんと私が同じ意見なら、それでいいんだ。なにしろこんなケースは初めてだからね。警察新聞にでも投書してやろう」

どんな業界にも業界紙はあり、警察業界にも警察官か警察ＯＢしか購読できない新聞がある。その業界紙との癒着《ゆちゃく》で甘い汁を吸っている警察幹部もいるという噂《うわさ》だが、事実かどうか、枝衣子は知らない。

「指紋がデータベースでヒットしないのなら、歯型の照会をしては？　歯科医師会に頼むだけなら費用もかかりません」

「そうだなあ、考えてみよう」

「生安はこれから近所の聞き込みですか」

「もう始めているよ。ただ侵入したのが今日か昨日《きのう》か一昨日《おととい》か、昼か夜かも分からない。かりに昼間だったとしてもこのブロック塀《べい》だ、台所の窓は表の道から見えない角度になっている」

日村もあまり気乗りのしない事件らしいが、枝衣子も本心ではシラケている。たとえ死人の身元が判明したところでそれまでのこと、岡江夫妻は長期間のトラウマを抱《かか》えるにしても、他人から見れば週刊誌の「面白ネタ」でしかない。

萩原がクルマをまわしてきて門の手前にとめ、枝衣子は日村に会釈《えしやく》をして助手席側へ向かう。暮れはじめた住宅街にはいくつか門灯がともり、野次馬の数も少なくなっている。

ドアをあけた枝衣子の首筋を、武蔵野台地の風が冷たく吹き抜ける。それでも風のなかに梅の香りが混じっているのは、近くに国分寺の史跡公園があるせいだろう。

明日から三月か。金本もあと一カ月で退官、三年半ほど前に小金井《こがねい》署から分離独立した寄せ集めの所轄ではあるけれど、金本には刑事課をチームとしてまとめた功績がある。

土井や黒田と送別会の相談でも始めようかなと、助手席のシートに身を移しながら、枝衣子は胸の内で独りごとを言う。

※

ニクロム線の電熱器も子供のころに見た気はするが、まだ市販されているとは知らなかった。隣室の小清水柚香《こしみずゆうか》はガス代を節約するために、この電熱器を使うという。安アパートでも給湯《きゆうとう》はガスだからそれほどの節約にはならないだろうに、気合いの問題か。その柚香に浜松《はままつ》の実家からスッポンが送られてきて、今夜は椋《りよう》と枝衣子にスッポン鍋をふるまうという。六畳のせまい部屋で鍋を囲むのも窮屈《きゅうくつ》だが、柚香は椋の部屋でいつも無料《ただ》ビールを飲んでいくから、返礼のつもりなのだろう。

「卯月さん、遅いですねえ。電話してみましょうか」

「やめておけ。おれたちとちがって彼女は堅気《かたぎ》の公務員なんだから」

水沢《みずさわ》椋は東京芸術学院というタレント養成校の日本芸能史講師、小清水柚香はフリーのジャーナリスト。二人とも家賃約三万円の超ボロアパート住まいだから正しい日本人ではない。それでも部屋には押し入れを改造した極狭《ごくせま》のユニットバスがついていて、寝て起きるだけの生活は賄《まかな》える。椋たちが卯月枝衣子警部補と知り合ったのは昨秋に発生した殺人事件がきっかけで、その後枝衣子は椋の部屋に泊まる関係になっている。当初は柚香の目を憚《はばか》ったがなにしろ壁の薄い安アパート、当然ながら二人の関係は察知され、たまには三人で焼き鳥屋へ行くこともある。そのときの勘定《かんじょう》はもちろん、枝衣子のおごりだが。

「それにしてもこのお部屋、きれいになりましたねえ。わたしもホットカーペットにしようかな」

柚香がメガネの向こうで眉をひそめ、ジャージの胡坐《あぐら》を組みかえながら壁を見渡す。六畳にせまい台所とユニットバスがついただけの部屋だから工夫の仕様はないけれど、それでも電気炬燵《ごたつ》は電気カーペットに替わり、座卓も洒落《しゃれ》たウッドテーブル。カーテンも寝具類もすべて枝衣子に一新され、四方の壁には学院の教え子に作業をさせた木製の棚が巡っている。小物類はすべてその棚に整理されているし、壁にも衣類掛けのフックが並んでいるから機能的ではある。

外階段に足音がして、五、六秒でドアがノックされる。チャイムやインターホンなどという贅《ぜい》沢《たく》な機能はないから、すぐドアがひらいて枝衣子が入ってくる。茶系のハーフコートにベージュのマフラー、タイトスカートにローヒールのパンプス、ショートヘアにきれいな脚に端正《たんせい》な顔立ちで、ジャージに綿入《わたい》れ半纏《はんてん》の柚香では勝負にならない。年齢は二十九歳と二十六歳だから大して変わらないだろうに、二人には大人と子供ほどの対照がある。

「遅くなってごめんなさい。始めていればよかったのに」

枝衣子がショルダーバッグを部屋の隅におき、コートとマフラーを壁のハンガーに掛ける。

「遅くなって」といってもまだ八時前、柚香は隣室だし椋の職場も徒歩圏内《とほけんない》で、枝衣子の職場である国分寺署もタクシーで十分ほどだというから、夜は長い。

「スッポンなんて珍しいわね。浜松といえばウナギぐらいしか知らなかったけれど」

「浜名湖《はまなこ》と遠州灘《えんしゅうなだ》がありますからね。カキもシラスも名物です。親戚に水産関係者がいて毎年送ってくれるの。カキも同封されていて、もう出汁《だし》をとっていますよ」

電熱器の上にはホーローの浅鍋、椋と柚香はもう三十分も前からカキしゃぶでビールを飲んでいるから、なるほど、このカキしゃぶの湯が出汁になるのか。

枝衣子が手を洗って窓側の座につき、椋は腰を浮かせて冷蔵庫の缶ビールをとり出す。台所にもユニットバスにもごろっと転がるだけで行きつくのだから、せまい部屋にも利点はある。

「電話では事件ということだったが、抜けてきて大丈夫なのか」

「これからゆっくり話してあげる。それに担当はうちの課ではないの」

とりあえず三人で乾杯し、椋は枝衣子のためにカキを鍋に入れてやる。枝衣子が連続婦女暴行事件に手こずっているという話は聞いているけれど、今日の事件は別ものらしい。

「卯月さん、暴行事件に進展はありましたか。被害者の名前だけでも教えてもらえれば、スクープになるんですけどねえ」

柚香は週刊講文《こうぶん》に出入りするフリーのライターで、業界では駆け出し。去年の秋に椋が二世議員と有名女優のW不倫《ダブルふりん》ネタを提供してやったが、取材を始めたとたんにどこかから「待った」がかかったという。議員は将来の総理大臣候補とまでいわれるホープだから、政権党と出版社の上層部とで取引があったらしい。記事はけっきょく野党議員と生コン業界の癒着に置き換えられ、柚香の大スクープは水の泡。それなら別の週刊誌にネタを持ち込めばよさそうなものを、柚香に言わせると「それは業界の仁義《じんぎ》に反する」のだとか。かりに一度はスクープを飛ばして話題になったとしても、もう大手の週刊誌から仕事はかから《こえ》ず、最後は右側か左側の特殊なメディアでしか働けなくなる。柚香が目指すのはあくまでも王道のジャーナリズムだというから、まあ、偉《えら》いものだ。

「事件が事件ですもの、被害者の名前は無理よ。それに三人とももう、転居しているし。学生は実家に帰っていて一人のOLは勤《つと》め先も替わっている。そのあたりのことも捜査をやりにくくしているのよね」

当然だ。三人の女性被害者は金品を奪われただけではなく、性的暴行まで受けたというから姓名の公表は不可。それぐらい柚香だって承知しているだろうに、一応カマをかけてみたのだろう。とぼけた顔をして、あんがい小癪《こしゃく》な真似《まね》をする。

枝衣子が鍋のなかをのぞき、割り箸《わばし》でカキをつまみ出して小皿においてから、ポン酢をふりかける。椋と柚香の食器類をあつめてもせいぜい七個、皿や小鉢のかわりにコーヒーカップも利用する。

「身がふっくらして美味《おい》しいわね。カキは東北の名産かと思っていたけれど」

「煮物用のカキはみんな美味しいですよ。生食用のカキはきれいな海水であく抜きをしてしまうから、味がなくなります」

枝衣子も土佐のカツオに対して蘊蓄《うんちく》をたれたことがあるから、女というのは総じて食に関する無駄な知識が多い。枝衣子なんか三鷹《みたか》のマンションで糠味噌《ぬかみそ》漬けまでつくっているし、ピザも生《き》地《じ》の段階から手作りする。

枝衣子がビールをあけたので、椋は冷蔵庫から白ワインをとり出してオープナーを使う。枝衣子と知り合う前はマグカップもグラスもみんなひとつだけ、それが徐々に二組になって今は歯ブラシも二本になっている。

「水沢さん、わたしにはビールをお願いします」

飲みたければ自分で出せばいいものを、今夜はスッポン鍋を用意しているせいか、柚香も態度が大きい。強い酒が苦手とかで最後までビールをつづけ、缶ビールなどは七、八本も飲むことがある。今夜も「ビールは水沢さん持ちで」と宣告されているから、冷蔵庫にはふんだんのビールが鎮座《ちんざ》している。

椋は柚香に缶ビールを出してやり、枝衣子と自分のグラスにワインをつぐ。

ビールとカキとホットカーペットで暖かくなったせいか、枝衣子が膝《ひざ》を横座りに崩してグラスを口に運ぶ。知り合った当初はこのきれいな脚に、椋は何十分も見とれたものだ。

「柚香さん、実はね、あなたに面白い情報があるの。面白いといってはご当人たちに、失礼ではあるけれど」

　柚香がビールをあおって身をのり出し、ちょっと待て、というように手をあげる。

「その前にスッポンを出しましょうね。下ごしらえはできているから、あとはお鍋に入れるだけです」

　ビールの缶をおいて腰をあげ、偉そうにうなずいて、柚香が部屋を出ていく。椋の部屋にある小型冷蔵庫はビールとワインで満杯、スッポンは柚香の冷蔵庫に用意されている。

　枝衣子が切れ長の目尻を右側だけもちあげ、口元に皮肉っぽい笑みを浮かべる。

「彼女も見かけによらず強《したた》かね」

「もらい物のスッポンで無料《ただ》ビールを飲みたいだけだから、単純さ」

「そうではなくて、暴行被害者氏名のこと。本当はもう知っているはずよ」

「警察が公表していないのに？」

「被害者たちのアパートや所在地は公表している。付近を取材すれば女性たちの名前も知れるし、勤め先も学校も調べられる。テレビや新聞や週刊誌や、取材陣は二百人以上いるんですもの。状況を憚って報道を自粛《じしゅく》しているだけよ」

「それならメガネはなぜ君から、被害者の名前を聞こうとする」

「ハッタリでしょうね。捜査に進展があるかどうか、わたしの反応を見ようとしたの」

　あのメガネにそこまでの深慮遠謀《しんりょえんぼう》があるとも思えないが、大学ではジャーナリズムを専攻して、駆け出しとはいえ一流週刊誌の仕事もしている。ある程度のスキルはあるのかも知れないけれど、興味はない。

ドアがひらいて柚香が肩を入れ、うしろ向きに入って肘《ひじ》でドアを閉める。ずいぶん横着《おうちゃく》な仕草だが、両手にはプラスチックパックとヤカンをもっている。

元の場所に座り、ビールをあおってから、柚香がプラスチックのパックをひらく。スッポンはすでに処理されているから知らなければなんの肉かは分からないけれど、足だけは見分けられる。

「これ、君が捌《さば》いたのか」

「素人《しろうと》ではここまでうまく捌けませんよ。膀胱《ぼうこう》と胆嚢《たんのう》は臭いから捨てられますけど、あとはお腹の甲羅《こうら》まで食べられます」

「生き血を飲むやつもいるよな」

「あれはオヤジです。そうか、水沢さんもオヤジだから、この次は血も送ってもらいます」

三十二歳がオヤジかどうかは知らないが、今夜は柚香の提供だから、言わせておく。

「わたし、たぶん、スッポンは初めてだと思うわ」

「この足がグロいですからね。でもコラーゲンたっぷりで、明日の朝はお肌がぷるぷるですよ」

ここからは自分が仕切ることに決めたらしく、柚香がパックに付属しているたれを鍋にふりまく。ヤカンからあふれているのはぶつ切りのネギで、もう皿はないのだろう。

「鍋といえば白菜ですけどね、あれは味が薄くなっていけません。わたしの家《うち》ではネギとエノキだけです」

蘊蓄をたれながら柚香がヤカンのネギとエノキを鍋に移し、ほっとひと息ついて、またビールをあおる。

「卯月さん、さっきの面白い情報というのを、お願いします」

枝衣子がまた箸でカキをつまみ、ワインにも軽く口をつける。

「西元町のご夫婦が温泉から帰ってきたら、知らない男がお風呂場で死んでいたの」

柚香のメガネががくっとさがり、椋の頭も一瞬混乱する。

「えーと、話が見えません」

「誰だって見えないわよ。署のベテラン刑事もこんなケースは初めてですって」

いくらなんでも冗談だろう、とは思ったものの、枝衣子は職務上の問題で冗談を言う性格ではない。

「なあ、本当に、本当の話なのか」

「信じられないでしょう、でも事実なの。年配のご夫婦が知り合いの女性と熱海《あたみ》へ行って二泊、帰りは鎌倉《かまくら》へ寄ったので帰ってきたのが今日の夕方。それで家へ入ってみたら、まったく見ず知らずの男が浴槽で死んでいたの。台所の窓が破られていたから、空き巣であることは間違いないけれど」

なんとも奇妙な事件で、空き巣が侵入先の家で飲み食いしたという話は聞いた気もするが、風呂にまで入ったという例は聞かない。まして入浴中に死亡したとなると、失礼ながら、笑える。

「ねえねえ、卯月さん、もう記者発表はしたんですか」

「発表は明日、でも概略だけで、関係者の氏名までは公表しない。生活安全課の課長が慎重な人でね、二、三日周辺の捜査をするらしいわ」

「空き巣男の身元なんかは?」

「分かっていない。前科はないけれど、逮捕歴がないだけかも。年齢は五十歳ぐらいかしら」

「この事件、わたし、いただきます」

「そのつもりで話したのよ。水沢さん、わたしのバッグを」

尻だけ動かして椋は枝衣子のショルダーバッグをひき寄せ、枝衣子の膝におく。そのバッグから枝衣子が葉書大の写真をとり出して、テーブル越しに柚香へわたす。横からのぞくと無精《ぶしょう》ひげを生やした男の顔で、しかし死んでいるようには見えない。

「修整してあるわ。善良な一般市民に死人の顔写真は見せられないでしょう。それにその男も、死ぬ前は生きていたわけだし」

このあたりのジョークは、椋の影響か。

「写真をいただいても？」

「どうぞ。でも週刊誌に間に合うかしら」

「わたしもプロですよ。テレビ局の報道部にも知り合いはいます。ちょっと失礼。水沢さん、もうスッポンを鍋に」

柚香がメガネを押しあげながら部屋を出ていき、一瞬吹き込んだ夜風が窓のカーテンをゆする。枝衣子が苦笑し、椋はパックのスッポンを鍋に移す。

「写真まで提供して、いいのか」

「だいじょうぶ。世間は面白がるでしょうけど、警察的にはたんなる空き巣と病死。テレビや週刊誌が騒げば身元の特定につながる可能性もあるわ」

枝衣子が鍋に箸を入れて黒い物体をすくいあげ、しみじみと鑑賞してから、椋に見せる。

「スッポンの足って、可愛《かわい》いわね」

「おれには恐竜の足みたいに見える」

「だからコラーゲンが豊富なのよ」

「スッポンなんか食べなくても、君のお肌はいつもぷるぷるだけどな」

「本当にあなた、よくそういうクサイせりふを思いつくわね。捕り物帳は書けている？」

「江戸の風俗をこまかく描写しすぎて、ストーリーがすすまない。やっぱり美人刑事が活躍する現代ミステリーにしようかな。現実のモデルが目の前にいるからリアリティーが出る」

くすっと笑って枝衣子が椋の肩をつき、スッポンの足を鍋に戻して、またなにかをすくいあげる。

「これ、内臓かしら」

「甲羅の腹部分だろう。そっちの黒いやつは甲羅の辺縁部で、ふつうはから揚げにする」

鍋はもう少し煮込んだほうがよさそうなので、椋はネギとエノキを小鉢にとり、カキと一緒に口へ入れる。

「そういえば明日から三月だよな。そろそろタンポポやアザミの芽が出るだろう。仕事の帰りにでもお鷹《たか》の道《みち》を探してみよう」

知り合ったころ枝衣子に「タンポポやアザミの新芽は天ぷらにすると珍味」と言われて、そんな道端《みちばた》の草を、とも思ったが、この四カ月間で枝衣子の料理上手は証明されている。三鷹のマンションではプラスチックの容器に、白菜のキムチ漬けまで仕込んであるのだ。

廊下に音がしてまた柚香が顔を出し、ちょん髷《まげ》のように結《ゆ》った髪を大きくふりながら、よっこらしょと胡坐を組む。手には別のパックを持っていて、鍋をのぞきながらそのパックをテーブルにおく。

「スッポンの追加です。ツーパック送ってきたの」

枝衣子の情報がなければワンパックで済ませるつもりだったのだろうから、調子のいい女だ。

「明日の昼にはもう少し詳しい情報が集まるはずよ。そのときは柚香さんにメールしてあげるわ」

「テレビ局の知り合いが大笑いしていました。人が死んだのに、不謹慎《ふきんしん》ですよねえ」

柚香だって唇《くちびる》をにんまり笑わせているくせに、建前《たてまえ》だけは正論を吐く。

「ねえ卯月さん、遺体発見者ご夫婦のアリバイは、たしかなんですかね」

「まだ電話で確認した程度らしいわ。生活安全課の捜査がすすんだら教えてあげる」

「お願いします。ねえねえ、もう煮えていますよ。まずそこの肝《きも》から試してください。お刺身でも食べられるぐらいだから半生《はんなま》が珍味です。水沢さん、ビールをもう一本」

柚香はいつも調子がよくて強引な女だが、今夜は相当に気合いが入っている。テレビ局の知り合いとやらと、仕事の相談でもまとまったのだろう。枝衣子の言うとおり警察的には瑣末《さまつ》な事件でも、茶の間やインターネットの暇人《ひまじん》には大イベントなのかも知れない。椋にとってはどうでもいいことではあるが。

枝衣子が肝の部分をつまんで口に入れ、椋と柚香の顔を見くらべながら、きれいな眉に少し段差をつける。そのちょっと皮肉っぽい表情のなんと知的で美しいこと、額と鼻筋と顎へのラインも完璧《かんぺき》で、よせばいいのに、つい見とれてしまう。

「水沢さん、ビール」

「うん、ああ、そうか」

枝衣子の美しさに対して、鍋の湯気でメガネを曇《くも》らせた柚香の、なんと色気のないことか。それでも憎めない性格なのだから、奇妙な女だ。

椋は冷蔵庫から缶ビールをとり出し、柚香にわたしてから自分でも鍋のスッポンに箸をのばす。

この週末には枝衣子の部屋で、ゆっくりタンポポやアザミの天ぷらをつくってもらおう。

2

A子、B子、C子。もちろんそれは仮称で、それぞれに大賀《おおが》沙里亜《さりあ》、今永《いまなが》聡美《さとみ》、遠山《とおやま》香陽子《かよこ》という実名がある。ただ被害者たちの実名が外部にもれないようにという建前で、捜査員たちのあいだでも三人をA子、B子、C子と呼び分ける。どうせマスコミには知られているのだろうが、このあたりの判断はむずかしい。強盗傷害の被害だけなら実名を公表しても不都合のないところを、非公表では逆に世間が強制性交を疑う。そうかといって被害者たちの人権を考えれば非公表にするより仕方なく、発表は強盗傷害《ごうしょう》となっている。

昼に近い刑事課室にいるのは卯月枝衣子と研修の婦警だけ。いつもはデスクで新聞を読んでいる金本の姿もなく、早番《はやばん》の刑事は出払って遅番《おそばん》組の出勤は昼以降になる。国分寺署刑事課の要員は課長の金本以下、枝衣子の二班が五人、土井の一班が五人の計十一人。事件の発生がすべて夜の十一時前後だから遅番組はその時間帯に聞き込みをするしかなく、そんなローテーションがもう四カ月もつづいている。

　A子の大賀沙里亜が襲われたのは前年十一月初旬、B子の今永聡美が同十二月の初旬。犯行はそこで終わりと思われていたところにこの二月の中旬になって、またC子の遠山香陽子に対する強傷が発生した。国分寺署の面目《めんぼく》は丸つぶれ、地域課や少年課の警官まで市民から嫌味を言われるという。もちろん退官が迫っている金本のために、刑事課員は全員が必死になっている。

　メタボのタヌキ親父に退官の花道を飾らせてやらなくては。枝衣子もそうは思うのだが、いわば三件とも通り魔のようなもの。被害者と加害者に接点や面識があればそれが突破口になるけれど、今のところ可能性は少ない。全体の調整役である枝衣子は一人署に残ってJR国分寺駅と西国分寺駅の監視カメラ、それにコンビニや銀行等から提供された防犯カメラの映像をくり返しチェックしているし、本庁の捜査支援分析センター《SSBC》の支援も受けているのだが、三件に共通する人間の割り出しはすすまない。顔認証システムも公安警察では内密裡《ないみつり》に導入しているという噂もあるが、表向きは「不採用」になっている。

　ドアがあいて一班班長の土井が顔を出し、書類鞄《しょるいかばん》を自分のデスクにおいてから枝衣子のほうへ歩いてくる。四十代なかばで髪には白いものが交じっているものの、柔道の有段者で固太り。なにかの大会で優勝した経験もあるというが、このところ夜間ローテーションで目はいくらか落ちくぼんでいる。

「どうかね、なにか情報は入ったかな」

土井にしても期待しているわけではないだろうが、挨拶《あいさつ》代わりのせりふとして仕方ない。枝衣子は椅子を少しデスクから遠ざけ、首を横にふりながら肩をすくめる。

「被害者三人の共通点を探しているんですけどね、それもなかなか」

「共通点は三人ともまずまずの美人という以外、誰も思いつかないよ」

A子は二十三歳で事件当時は立川のショッピングモール勤務、B子は二十歳の大学生、C子は二十一歳で吉祥寺《きちじょうじ》のインテリア会社に勤めている。三人に面識がないことは確認済み、犯行現場がそれぞれ国分寺の東恋ヶ窪《こいがくぼ》、本多《ほんだ》二丁目、同じく本多一丁目のアパートという以外に共通点はない。土井の言う「まずまずの美人」という評価も、考え方の問題だろう。もちろん三人ともアパートは引き払っているが、連絡先は確保してある。

「犯人に土地勘があることだけは確かなんだがなあ。だからって国分寺居住者とは限らないし」

このあたりは事件発生時からの検討事項で、三人の住居はみな駅から徒歩十五分圏内。犯人は電車内か駅かその周辺で被害者を物色し、帰宅する被害者のあとをつけて犯行におよんだらしい。三人の部屋は共通してアパートの二階、部屋のドアをあけたとたんに背後から襲われ、そのまま室内に押し倒された。男は被害者に声を出す間もあたえず刃物を顔に突きつけ、低い声で「騒いだら殺す」と脅《おど》したという。ここまでも共通、黒い目出し帽も共通、薄いラテックスの手袋をしていたのでドアノブや部屋内に犯人の指紋がなかったのも共通、被害者を全裸にして撮影したのも共通、犯人は少年や老人ではない、大男でも小男でもない、痩せても太ってもいないという人物像も共通、そしてなぜか挿入や射精をしなかったことまで共通なのだ。強制性交は少し前まで強姦《ごうかん》と称されていて、これは挿入や射精がなくても犯罪として成り立つ。

被害者たちはなぜ抵抗しなかったのか。なぜ大声で助けを呼ばなかったのか。いつも面白半分に揶揄《やゆ》するバカがいるが、実際に同じ状況におかれた場合、武術の心得《こころえ》でもあればともかく、まず躰《からだ》が硬直して茫然自失《ぼうぜんじしつ》になる。被害者の混乱と恐怖とその後の心的外傷はどれほどのものか。ふだんは事件に感情移入をしない主義の枝衣子でも、この事案に関しては子宮のあたりが痛くなる。

「卯月さんなあ、無駄かも知れないが、同様の事案をもう一度検討してくれないか。課長の許可をとって糸原《いとはら》に手伝わせてもいいし」

糸原絢子《あやこ》は研修の婦警で、年度がかわっても刑事課勤務を希望しているという。しかし日村が生活安全課から移ってくれれば子飼いの部下を連れてくるかも知れず、四月以降の人事は分からない。もっとも枝衣子は本庁捜査一課への転出を狙っているので、人事に興味はない。

「そういえば、課長は？」

「朝から顔を見ていません。腹ごなしの散歩でしょう」

もちろんそれはギャグ。

「土井さん、その課長のことなんですけどね。そろそろ送別会の手配なんかも」

「うん、黒田ともその話をしてるんだが、どうもうちの課だけでは済みそうもないんだ。課長と一緒に小金井署から移ってきた署員も多くいるし、地域課や少年課の婦警にも人気がある。クマのぬいぐるみを見ているようで、心が癒《いや》されるんだとさ」

笑っていいのかどうか、しかし金本にはたしかに、そういう部分がある。

「いずれにしても送別会のシーズンだ、大よその人数が決まったら黒田に会場を確保させるよ。だがその前に、なんとかこの事件をなあ。二件目と三件目にある時間間隔からして、届け出ていない被害者がいる可能性もある」

枝衣子も気持ちは同じ。強姦事件は年間に千二、三百件も発生している。このうち半数近くが顔見知りや親族からの被害で、反吐《へど》が出そうな数字だが、それでも欧米にくらべれば極端に少ないという。

「性犯罪者リストの範囲を広げて、もう一度洗い直します。射精をしていないので性的不能者の可能性もありますし、精神科や泌尿器科《ひにょうきか》のデータも必要かと。こちらは国分寺とその周辺から始めます」

そうはいっても医療機関は個人情報の壁があるので容易《ようい》ではなく、性犯罪前科者だって数十万人。一般からの情報も「元カレの○×が怪しい」「東恋ヶ窪で自転車を盗まれた」「夜中に歌をうたいながら近所をうろつく男がいる」とかいった通報が二百件以上、捜査員たちはそれらの確認にも追われ、枝衣子も情報やデータベースの記録を絞り込む努力はしているのだが、なかなか結果が出てくれない。せめて「犯人は国分寺かその周辺居住者」という確信が得られれば、捜査も進展するのだが。

またドアがあいて生活安全課の日村課長が顔を出し、なにかの紙をひらひらやりながら歩いてくる。

「昨日はお世話さま。供述《きょうじゅつ》の裏がとれたので、一応卯月さんにもね。指摘されたとおり歯型の照会を歯科医師会に頼んでおいたよ。ただ死亡診断書を書いた医者の話によると、心臓その他重度の内臓疾患《しっかん》は外から診《み》ただけでも分かるそうだ。人生の最後に暖かい家で酒も飲めて風呂にも入れて、本人は案外幸せだったのかも知れない」

紙を枝衣子にわたし、肩をすくめてから、日村が土井のほうへ顎をしゃくる。

「その顔では苦戦しているようだな。昨日金本さんにも言われたけど、冗談じゃなく、生安《うち》から何人かまわしてやろうか」

日村が統轄《とうかつ》する生活安全課の捜査員は四十人以上、管掌地域のほとんどが住宅街の国分寺署では地域課や生活安全課の規模が大きくなる。凶行事件を担当する刑事課は最小規模、それならなぜ日村が金本の後任を望むのか。理由は枝衣子が本庁捜査一課への転出を希望しているのと同様に、所轄では刑事課が花形部署なのだ。

「日村さん、遅番明けで、私には話が見えないんだけどね」

「それもそうか。いやな、昨日西元町で奇妙な事件があって、卯月さんと金本さんにご臨場《りんじょう》いただいたわけさ。もう騒ぎ始めたテレビ局もある」

「やっぱり話が見えない」

「話自体は単純、西元町の民家に空き巣が入って、その空き巣が飲み食いした挙句《あげく》に風呂にまで入った。そこまでならいいんだが、この空き巣が心臓麻痺《まひ》かなにかで突然死してしまった。私もこんな事例は初めてだよ」

土井が眠そうな目を見開き、日村と枝衣子の顔を何秒か確認してから、こらえきれなくなったように笑い出す。

「いや、失礼、そいつはとんだ大事件だ。だけどそんなことで卯月さんの超能力を使わないでくださいよ。こっちだって今の事件で手一杯なんだから」

「分かっている。ただ念には念を入れたくてな、金本さんも行旅死で処理できるというし、あと二、三日で片はつく」

土井の言った「超能力」もただのギャグ。空き巣とはいえ人間が死んでいる事案に不謹慎ではあるけれど、毎日詐欺《さぎ》や恐喝《きょうかつ》や暴力事件に追われている警察官はギャグやジョークで肩の力を抜こうとする。そういう警察体質になじめない婦警も多くいるが、枝衣子は軽く受け流す。

「だがどこで情報がもれたのか、もう昨日の夜中には現場へ押しかけたテレビ局があったという。あの夫婦が息子の家に泊まったのは正解だったよ」

「SNSの時代ですからね、野次馬の誰かが写真を撮ってテレビ局に送ったのかも知れません。岡江ご夫婦にはお気の毒ですが、テレビで騒いでくれたほうが情報も集まるでしょう」

わたされた用紙には岡江夫婦の氏名や供述内容、一緒に熱海へ行った女性の住所氏名や息子の連絡先等が簡略に記されている。この情報はさっそく小清水柚香へメールしてやろう。

「ところでねえ日村さん、金本課長の送別会を、そろそろ」

「もちろん私は出席させてもらう。うちの課にも何人か……」

そのときまたドアがあき、当の金本がうっそりと入ってきて、虫歯が痛むタヌキのような顔で部屋内を一瞥《いちべつ》する。そのままデスクへ歩きかけ、しかし途中から向きをかえて枝衣子のデスクに寄ってくる。

「日村、昼間から国分寺署一の美人刑事を口説《くど》いていられるほど、お前の課は暇なのか」

「いやいや、昨日の礼と、一応の報告をね」

「今朝《けさ》ちょっとテレビを見たら、もうワイドショーでやっていたぞ」

「近所の誰かが知らせたんでしょう。そのうちインターネットでも騒ぎ出しますよ」

「ご苦労なことだ。ついでに空き巣の身元でもアップされれば生安も助かるだろう」

「課長ね、日村さんにも言われたんですが、生安からこっちへ援軍をまわしてもいいと」

「お言葉はありがたいんだが、やたら人手を増やしてもなあ、なにしろ……」

すでに地域課からも聞き込み要員を補充していて、夜間のパトロールも強化している。それでいて目ぼしい情報が得られない現状で頭《あたま》数《かず》だけ増やしても、どれだけの成果が出るものか。しかし日村が捜査員を貸してくれれば刑事課の早番・遅番のローテーションは楽になる。

「まあ、せっかくの好意だ。まわせる要員があったらお前たちで調整してくれ」

日村、土井、枝衣子の顔を軽く見くらべ、ぽんぽんと腹を叩きながら金本が課長のデスクへ歩く。金本のいる場所で送別会の相談をするわけにもいかず、日村が枝衣子たちに目配せをしてドアへ向かう。土井がすぐあとを追っていき、枝衣子は椅子をデスクに寄せてパソコンの検証に戻る。C子の事件が発生して以来A子、B子、C子の生活環境のどこかに共通点、ないし本人たちも気づいていない接点等を見出せないかと探しているのだが、出身地も交友範囲もバラバラ、それぞれがそれぞれの事情で、たまたま国分寺のアパートに暮らしていただけのことなのだ。

それなら頼りはやはり、駅や周辺の防犯カメラか。

画像を切り替え、なんとなく金本のデスクに目をやる。ふんぞり返って新聞を読んでいるのはいつものとおり。刑事課員には社会全般の出来事を把握《はあく》しておく心構えが要求されるので、金本がいつも新聞を読んでいるのは「たんに暇だから」というだけの理由ではない。警察官生活も約四十年、若いころは有能さを買われて本庁捜査一課から声もかかったというが、難病を患《わずら》っている夫人との暮らしを優先したいと、その誘いを断ったという。そんな金本の退官まであと一カ月、首や頬《ほお》にたっぷり肉のついた横顔にも、気のせいか愁《うれ》いのようなものが感じられる。

ふと金本が顔をあげ、枝衣子のほうへ視線を送って、口のなかでなにかつぶやく。枝衣子が眉の形を疑問形にすると金本は肩をすくめ、また視線を新聞へ戻してしまう。話したいことがあるなら呼べばいいものを、面倒なオヤジだ。

枝衣子は席を立って金本のデスクへ歩く。

「課長、今日の昼食《おひる》もざる蕎麦《そば》でしょう」

「うん？　そうか、注文を忘れていた」

金本が新聞をおいて受話器をとりあげ、馴染《なじ》みの武蔵野庵《むさしのあん》にざる蕎麦の注文を入れる。週二回の昼食を蕎麦にしているのはダイエットのためというが、三枚も食べたら効果はないだろう。

「土井さんに言われたんですけどね、監視カメラの検証を、糸原さんに手伝わせるようにと」

「そんなことは君と土井にまかせる。ただなあ」

席が離れているので糸原に聞こえるはずはないのに、金本が肩をすくめるようにして姿勢を低くする。

「研修後も彼女が刑事課を志望していることは、聞いているかね」

「はい」

「俺は退任するのであとの人事は分からん」

「課長の後任は日村さんかと」

「内緒の話だが、それは決まっている。生安には地域課の吉田《よしだ》がまわるらしい。土井が昇任試験を受けてくれれば一番いいんだが、どうもあいつは欲がない。いつか君からハッパをかけてくれ」

「それはそれとして」

「うむ、つまりな、四月からのことは日村が決める。糸原くんが刑事課を志望したところで、そのとおりになるかどうか。だからあまり彼女に、期待をもたせんように頼む」

「承知しました。それでわたしに話したいことというのは？」

「話したいことなんか、べつに、まあ」

金本がゆっくりと身を起こし、肉に被《おお》われた目蓋《まぶた》を困惑《こんわく》したように上下させる。若いころから今のように太っていたわけでもないだろうに、枝衣子には痩せていたころのイメージが浮かばない。

「なんというか、特別に、話したいわけでもないんだが」

「秘密をもつと躰に悪いですよ」

「秘密なんて、そんな、つまり、あれだ」

「どれです？」

「だから昨日の……」

ちらっと糸原の席に目をやり、腹に溜《た》まった空気を追い出そうとでもするように、金本が大きくため息をつく。

「昨日のあの現場なあ、どうも前にも来たような気がして」

「おっしゃっていましたね」

「それで昨日付近を歩いてみたんだが、やはり思い出せん。それが今朝起きたとき、ふいになあ」

「思い出しましたか」

「それを確かめるために小金井署へ行ってきたんだ。卯月くん、三十年前に国分寺で発生した少女殺害事件を覚えているかね」

「冗談はやめましょう」

「それもそうだ。とにかくなあ、三十年前にあの西元町で少女の殺害事件があった。当時は国分寺も小金井署の管轄だったし、捜査自体は本庁の捜一《そういち》が仕切ったから所轄はただの下働き、俺もその下働きに加わったわけさ」

金本が首の肉に顎をうずめ、タバコでも吸いたそうな顔で腹から胸へ手のひらをさすりあげる。今は館内全面禁煙になっているが、三十年前の警察なんかどうせ、タバコ会社の試煙室状態だったろう。昔の刑事ドラマでは取調べの警察官も容疑者も、みんなうまそうにタバコを吸っている。

「もしかして、昨日の岡江家が、三十年前の現場だったとか」

「俺も今朝起きたとき、もしかしてと思ってなあ。だから小金井署で当時の捜査資料や現場写真を見てきたんだが、岡江家ではなかった」

もっと端的《たんてき》に説明できないものか。

「要するに家が似ていたと」

「似ていたもなにも、岡江家のとなりにクルマをとめた空き地があったろう。当時はあそこに同じ構造の二階家が建っていた。建売住宅ではよくあることだ」

三十年前も今も理屈《りくつ》は同じ、玄関のデザインをちょっとだけ変えたような建売住宅が、国分寺周辺には何棟も見られる。もちろん全国的にも、理屈は同じだろうが。

「今は空き地になっている場所に建っていた家が、三十年前の現場だったわけですね」

「近石《ちかいし》という家だった。小金井署の資料を見て思い出したよ。被害者は当時小学五年生の長女、周囲から『将来はアイドル間違いなし』と言われるほど可愛い子で、その聖子《せいこ》という長女が風呂場で殺害された」

「もしかして、性的暴行を？」

「うむ。だがもちろん発表は強盗殺人、留守番をしていた少女がたまたま強盗と遭遇《そうぐう》した結果と、表向きはそういうことにした。首に絞められた跡もあったが、直接の死因は浴槽の縁で頭を打ったことによる脳挫傷《のうざしょう》だった」

「その事件は未解決なんですね」

「容疑者が絞り切れなかった。当時は訪問販売も規制されていなかったし、御用聞きだのクリーニング屋の配達だのＮＨＫの集金だの宗教の勧誘《かんゆう》だの、住宅街に知らない人間が歩きまわっていても不審に思われなかった時代だ」

「被害者個人の関係者は」

「塾の講師から新聞配達から近所の人間まで、シラミ潰《つぶ》しに事情聴取したよ。だがどれも不発でなあ、家族以外の指紋と毛髪も発見されたが、一致する関係者はなし。結局いつの間にか捜査本部は解散になった」

当時は殺人にも十五年の時効があったし、DNA等の鑑定技術も未発達。テレビドラマのようなコールドケースがどうとかいう部署があるはずもなく、金本も昨日たまたま岡江家に臨場しなければ、少女の事件を思い出すこともなかったろう。

「なあ卯月くん、定年間近のおいぼれ刑事が未解決事件を調べて歩くとかいう話は、もちろん絵《え》空事《そらごと》だ。俺もべつに当時の事件に執着《しゅうちゃく》があるわけじゃない。ただここへきて昨日の現場に出向いたのは、なにかの因縁《いんねん》のような気がしてなあ。なんとなく気分が落ち着かない」

迷宮入りになっているその事件が今さら解決するはずはなく、金本が調べ直したところで新証拠や新目撃者があらわれるはずもなく、だいいち当時は小金井署の管轄だった国分寺も今は国分寺署の管轄になっている。捜査権限は小金井署にあるのか国分寺署にあるのか、新証拠でも出てくれば本庁を動かせるにしても、現状では無理だろう。

「で、課長、わたしへのご用は」

「用というか、つまり、昔そういうことがあったと、俺の独りごとだよ」

「小金井署の資料をご自分のパソコンに送ったでしょう」

「なぜ分かる」

「わたしは国分寺署一の美人刑事ですよ。課長のすることぐらい手に取るように分かります」

「それはまあ、そうかも、しかし」

「その資料をわたしのパソコンにも転送してください」

「いやいや、だからなあ、これは俺の愚痴《ぐち》みたいなもので、だいいち今は連続強傷がある。こっちの事件を一日も早く片付けないと、次の犠牲者《ぎせいしゃ》も出かねん。君にはこの事件に専念してもらわないと」

白髪の交じった左の眉をもちあげ、数呼吸枝衣子の顔を眺《なが》めてから、わざとらしくため息をついて、金本が自分のパソコンを起動させる。

「卯月くんは言い出したら聞かんからなあ。まあバックアップ代わりということで、転送だけはしておくよ」

最初からそのつもりだったくせに、言い訳がましいオヤジだ。

「しかしあくまでも、強傷を優先させてくれよ。ほかの連中には内緒だ。みんな今の事件で手一杯なんだから」

金本がパソコンの操作をはじめ、枝衣子は目礼《もくれい》だけして糸原の席へ向かう。遅番組が二人つづけて出勤し、それぞれに挨拶をして自分のデスクへついていく。ローテーションや聞き込み先の手配は土井にまかせてあるから、月もかわったし、夕方にはまた全体の捜査会議がおこなわれる。そのときは日村からの援軍も加わるだろう。

「糸原さん、いつも可愛いお弁当で羨《うらや》ましいわ」

糸原絢子が顔をあげ、ちょっと肩をすくめてから素直に微笑《ほほえ》む。

「弟が中学生なので母が一緒につくってくれます」

たしか立川の実家から通勤していると聞いた気はするが、それ以上のことは知らない。短大卒で入庁して少年課と刑事課で研修し、来月からは正式な刑事課勤務を希望している。刑事課員は拳銃や逮捕術の訓練に加えて鑑識作業の講習に報告書の作成術、それに一般教養まで求められるから花形部署でありながら若手の希望者は少ない。給料も他部署と同じで勤務時間は事件に左右される刑事課を、良家のお嬢さんらしい糸原が、なにを勘違いして希望するのか。

「防犯カメラの検証や被害者たちの履歴《りれき》検索なんかを、手伝ってくれないかしら。課長の了解はとったわ」

糸原の両手が膝におかれ、その視線が一度金本のほうへ向かってから、枝衣子の顔に戻る。口の端《はし》に力が入っているのは「待ってました」という意思表示だろう。

「事件を別の角度から見直せば、新しい発見があるかも知れないし」

「頑張《がんば》ります」

「わたしのデータをあなたのパソコンに送信する。ただ問題はね、犯人が被害者たちのビデオを撮っていること。どういう種類のビデオかは分かるでしょう」

「はい」

「ですから捜査状況はどんなことがあっても、外部に漏《も》らさないように。本庁のサイバー犯罪対策課にも依頼してあるけれど、今のところインターネットにはアップされていない。そのあたりにも気を配ってね」

糸原が目を見開いてうなずき、鼻の穴にまで力を入れて口元をひきしめる。容姿《ようし》は三人の被害者たちと似たようなものだから、土井の基準なら「まずまずの美人」になる。

「気づいたことがあったらなんでも報告してね。詳しいことは萩原くんにでも聞くといいわ」

糸原の肩をぽんと叩き、きびすを返して、枝衣子は自分のデスクへ戻る。考えたら刑事課の女性捜査員は枝衣子一人、日村がどんな人事を考えているのかは知らないけれど、時代の趨勢《すうせい》からも女性刑事を増やしたほうがいいだろう。今回のような連続強傷事件だって担当刑事は女性のほうが、被害者との関係も構築しやすい。

金本はまた新聞を読みはじめているから、資料は転送済み。枝衣子はデスクについてパソコンのスリープ画面を回復させ、メールのPDFを確認する。三十年も前の事件は今さらどうにもならないが、金本にもいくらか枝衣子の超能力に期待する部分があるのだろう。気分転換に資料ぐらい読んでもいいし、小清水柚香を扇動《せんどう》すれば波風ぐらいは立つかも知れない。

まず強傷関係のデータを糸原のパソコンに送信し、日村からわたされた岡江家関係の報告書をケータイの写真に撮って、小金井署の資料と一緒に柚香のパソコンに送信する。

それから水沢椋が「美人刑事が活躍する現代ミステリー」がどうとか言っていたことを思い出し、内心の苦笑をこらえながら、椋のパソコンにも資料を送信する。こんなことが監察官室に知れたら、まず三カ月ぐらいの停職になる。

※

もう少しテレビ局や新聞社が押しかけていると思ったが、空き地にとまっているのは一台の中継車とパトカーだけ。〈岡江〉と表札の出ている家の周囲に五、六人のマスコミ関係者らしい男女がたむろしているものの、立ち入り禁止テープも警察官の姿もなく、野次馬の姿もない。窓や玄関を被う青いビニールシートも見られないから、卯月刑事から聞いたとおりただの事故なのだろう。でも柚香は昨夜のうちにテレビ局の知り合いと、十万円の情報提供料授受《じゅじゅ》を約束している。

　温泉から帰ってきたら家で知らない男が死んでいたなんて、たしかに面白い事件ではあるけれど、テレビが騒ぐのはほんの二、三日。柚香としてはスッポン鍋で十万円をゲットしたから元はとれているし、それ以上にオッと声が出たほどの幸運は卯月刑事が添付《てんぷ》してくれた〈女子小学生殺害事件〉の資料。まだ精読はしていないものの、小清水柚香さん、これはいけるでしょう、という予感がある。三十年前とはいえ正真正銘《しょうしんしょうめい》の殺人事件で、今は再捜査がどうとかいう刑事ドラマも流行《はや》っている。柚香が殺人事件を解決できるはずもないが、ドキュメンタリー風の追跡記事ならじゅうぶんにいける。一番のポイントは当時の現場である近石家と今回の岡江家が隣り合わせで、現場写真では外観も似たような建売住宅、加えて両事件とも死者は風呂場で発見されているのだ。記事のタイトルとしては「怨念《おんねん》の建売住宅、はたしてその浴室には何が？」といったところか。この情報を得ている記者は柚香一人のはずだし、週刊誌向けの読み物記事なら取材に時間もかけられる。

　卯月刑事も見かけはクールビューティーだけど、友情に厚い人だよね。ただ隣室の水沢とできてしまったことには、かなりの疑問がある。水沢も兄や父親は政治家らしいし、本人も以前は伝《でん》報堂《ほうどう》という広告会社に勤めていたという。伝報堂といえば戦前の諜報《ちょうほう》機関で今でも政・官・財・学をあやつって、世論誘導ぐらいお手の物。給料も日本企業のトップクラスだろうに、水沢はあっさりドロップアウトして部屋代三万円の安アパートにとぐろを巻いている。いつだったかドロップアウトの理由を聞いたことがあるけれど、本人はただの体質と言うだけで、ドロップアウトの自覚さえないという。ひと言で表現すれば「変わり者」、加えて女たらしで前はよく芸能学院の女子学生を連れ込んでいた。そんな男のどこがいいのかしらね、とは思うものの、卯月刑事が「いいのだ」と思ってしまったのだから仕方ない。

でもね、水沢だっていつも無料《ただ》ビールを飲ませてくれるし、たまに芸能ネタなんかも提供してくれて、いいところはあるんだよね。

柚香は岡江家や隣りの空き地を何枚かケータイのカメラにおさめ、キャスケットにメッセンジャーバッグにポケットのたくさんついたワークパンツという定番のジャーナリストルックで、住宅街の道を府中街道の方向へ歩き出す。三十年前の資料は今夜にでもゆっくり読むとして、とりあえずは岡江夫妻と一緒に熱海へ行った室田良枝《むろたよしえ》という整体師を訪ねてみよう。


国分寺には市内を循環《じゅんかん》する市営の〈ぶんバス〉があって、料金は百円。西元町から国分寺駅ぐらい歩けないこともないけれど、まだちょっと寒いし、柚香は百円を奮発《ふんぱつ》してバスに乗る。国分寺駅の北口も再開発でツインタワービルができて、周辺の整備も進んでいる。それでも昔からの商店街や飲食店街は残っていて南口よりは猥雑《わいざつ》感がある。

北口から五分ほど商店街を歩くと〈リラクゼーション整体　青いパパイヤ〉という看板が見えてきて、足をとめる。古くてせまいビルの一階がドラッグストアで二階が青いパパイヤ、三階にはナントカ企画のオフィスが入っている。階段の上がり口には青いパパイヤの〈十五分・二千円三十分・三千五百円　四十五分・五千円〉という料金表が出ていて、思わず舌打ちをする。柚香だってパソコン仕事が多いから肩ぐらい凝《こ》るけれど、五分もストレッチをすれば解消する。費用は無料《ただ》、それをこの整体院は二千円だの三千五百円だの、詐欺みたいな料金を要求している。世間には無駄金を持っている人間が多くいるといえばそれまで、わたしなんか最近は千円カットの店にも行けなくて髪も自分で切っているのにね、とは思うものの、しょせんそれは僻《ひが》みだろう。貧乏は人間を卑《いや》しくする。僻まないように、嫉《そね》まないように、自分で自分の品格を落とさないように、せいぜい自戒しよう。

憤懣《ふんまん》をおさえてせまい階段をのぼると、ドア横の壁には施術室や東南アジアらしい風景写真などが貼られている。ネーミングからして整体院とタイ式マッサージをコラボさせたような店なのか。

ドアをあけると思ったとおりのインテリア、葉ヤシの大鉢に天井からのポトスに、アジアン雑貨店で見るような竹製のベンチ。そのベンチにはアオザイの裾《すそ》を短くしたような服を着た女が座っている。

女が週刊誌をわきに置き、腰をあげて目と口元をわざとらしく微笑ませる。室田良枝の年齢が四十一歳であることは卯月刑事からの情報にあるし、コスチュームからしてこの女が当の整体師だろう。セミロングの髪を背中でまとめて化粧は控えめ、顔立ちもどことなく東南アジア人風だから、インテリアとのバランスはとれている。部屋の一角には棕櫚《しゅろ》の葉で編んだような衝立《ついたて》がおかれていて、その向こうが施術室なのだろうが、客の気配はない。

柚香は良枝が口をひらく前に名刺をとり出し、ベンチへ向かいながら目礼をする。

「申し訳ありません、お客ではないんです。週刊講文でライターをしている小清水といいます」

良枝が「あら」というように唇を動かし、柚香がわたした名刺を十秒ほど確認する。

「そうなの、やっと来てくれたの。朝からテレビでやっていたから店《うち》にもマスコミが来るかと思っていたけど、みんな知らん顔。今の時間は暇だから、なんでも話してあげるわ」

柚香の名刺をポケットに入れ、仕草でベンチをすすめて、良枝が衝立の陰《かげ》へ歩いていく。「今の時間は暇」というより、雰囲気からしてどの時間も暇な店のような気がする。それでも衝立横の壁には〈武蔵野整体師学院〉の修了証が飾られている。

柚香がベンチに腰を落ち着けてしばらくすると、良枝が木製の盆に中国茶セットのようなものを持ってきて、盆をベンチの中央におきながら自分もベンチに腰をおろす。

「沖縄のさんぴん茶よ。いわゆるジャスミンティーね。沖縄では煎茶《せんちゃ》よりさんぴん茶のほうが定番なの。昔から中国と縁が深かったせいでしょうけれど」

「室田さんは沖縄のご出身ですか」

「母がね。向こうに親戚がいるからたまには遊びに行くけれど、いつも天気が悪くてうんざり。沖縄の年間晴天率はたったの二十パーセントなのよ。青い海と輝く太陽なんて、観光客向けのフェイクニュースなの」

沖縄の年間晴天率なんかどうでもいいが、良枝の顔立ちがどことなく東南アジア的なのは母親の影響か。

良枝が二つの湯呑《ゆのみ》にポットの茶をつぎ分け、「どうぞ」というように目顔で柚香にすすめる。

「それで記者さん、私のことも週刊誌に書くわけ？」

「まだ取材を始めたばかりなので」

「それもそうね。でも記事にすることがあったらお店の名前を出してくれないかしら。できたら場所や電話番号なんかも」

ずいぶん図々《ずうずう》しい要求で、かりに記事を書くとしても金輪際《こんりんざい》名前なんか出してやるものか、とは思ったが、柚香もプロだからそれらしい表情でごまかす。

「わたしが警察から得ている情報は室田さんが岡江さんご夫妻と熱海に行かれたこと、二泊してから鎌倉へ寄って国分寺に帰ってきたことと、その二つだけです。それ以外にもなにか、特別な情報を？」

「だって記者さん、帰ってきたら知らない男がお風呂場で死んでいたなんて、それだけでも特別じゃないの」

「はい、まあ」

「岡江のおばさんから電話がきたとき、冗談かと思ったわよ。昨日の夕方あの家の前で二人をおろして、私はちょうどこのお店をあけたときだった。そうしたら電話でおばさんが……」

「岡江さんとはご親戚かなにか」

「いえいえ、昔から知っているというだけ。岡江くんとわたしは小・中学校が一緒だったから、子供のころから遊びに行ったりもしていたし」

岡江くんというのは立川に住んでいる岡江夫妻の息子、孝明《たかあき》のことか。そういえばもらった情報でも良枝と孝明の年齢は、同年の四十一歳になっている。

「室田さんが岡江さんご夫妻と熱海へ行かれた経緯《けいい》は、どういうものでしょう」

「宿泊クーポンをもらったのよ」

「はあ、クーポン券を」

「私がもらったわけではないの。もともとは岡江くんがもらってご両親を連れていく予定だったの。それが仕事の都合とかで行けなくなって、代わりに私がね。岡江のおじさんはクルマを運転しなくなったたし、熱海もまだ梅が見られるというから、二日ぐらいいいかなと思ったわけよ。温泉にもゆっくり入れていいお休みになったわ」

良枝が湯呑に口をつけてウムとうなずき、柚香もうながされてさんぴん茶とやらを口にはこぶ。かすかにジャスミンの香りがして味に酸味があり、番茶のような苦みも混じっている。特別にうまい茶とも思えないが、温泉云々《うんぬん》は警察も確認しているから事実だろう。経緯に疑問があればちょっとした特ダネに、と期待したのはさすがに欲が深すぎる。

「岡江さんのご主人がクルマを運転しなくなったことに、理由でも?」

「交通事故。いえね、自損事故でちょっとどこかのブロック塀にぶつけただけらしいんだけど、そのとき膝を傷《いた》めてね。私が施術してだいぶ良くはなって、でも歳も歳だし、面倒くさいからやめようかって、そういうことみたい」

このあたりの事実関係にも問題はなし。週刊誌半ページぐらいの小ネタでも拾えれば、と思って整体院を訪ねてみたものの、やはり十万円の情報料で我慢するより仕方ないか。

「どうかしら記者さん、今の話で記事になるかしら」

「警察からの情報と同じですから、ちょっと」

「せめてテレビ局にお店の名前を教えてもらえない?」

「ご自分でインターネットにアップしたら」

「そこなのよねえ。お店のホームページも他人《ひと》に作ってもらったぐらいで、苦手なのよねえ。施術料をサービスするから、記者さん、そのアップとやらをやってくれないかしら」

十五分の二千円コースか、三十分の三千五百円コースか。一瞬心は動いたけれど、プロのジャーナリストがそんな安い利益供与《きょうよ》に尻尾《しっぽ》をふって、どうする。

「室田さん、とりあえず、お風呂で死んでいた男の顔写真を見てもらえますか」

「もう昨夜のうちに警察から見せられたわよ」

それもそうか。

「誓《ちか》って言うけど、完璧に知らない男だったわ」

「なにか他に、思い当たるようなことは？　岡江家が誰かに恨《うら》まれていたとか、いやがらせを受けていたとか」

「そう言われてもねえ」

良枝が湯呑をおいて腕を組み、眉間《みけん》に皺を寄せながら口の端をゆがめる。少し頰骨が高くて口は大きめ、その躰からなんとなく甘ったるい匂いがするのはマッサージオイルの香料か。

「岡江くんとは高校から別になったし、また会うようになったのはこのお店を始めてからなの。会うといったって、べつにね、ヘンな意味ではないのよ。もう四年になるかな、お店を始めるときって昔の知り合いや同級生にダイレクトメールを出すでしょう。それまで私は結婚して横浜《よこはま》にいたし、だからその間のことは知らないわけよ」

結婚して横浜にいた良枝が四年前に国分寺へ戻ってきて〈青いパパイヤ〉を開いた。離婚だか別居だかなにかの事情はあるのだろうが、事件には関係ない。

「記者さんにはまだ分からないでしょうけど、人間なんてねえ、四十年も生きればいろいろあるわけよ」

「そうでしょうね」

「岡江くんもけっこう大変だったみたい。奥さんとおばさんがね、ほら、よくあるでしょう」

「嫁《よめ》姑《しゅうとめ》問題ですか」

「そういうこと。何年かはあの家で一緒に暮らしたんだけど、けっきょくダメで立川にね。岡江くんの勤めている病院が立川にあるから」

「岡江さんはお医者様？」

「そうじゃなくて、レントゲン技師。子供のころからまじめな優等生だったし、ぴったりの仕事みたい。ただまじめすぎるというか、神経質すぎるというか、せっかく両親と別居したのにねえ、奥さんがあれなわけよ」

あれとはどれか。聞かなくても想像はつくが、どうせあれだろう。

「もう半年になるかな。奥さんが子供を連れて、実家にね。いつだったかお酒を飲んだとき、岡江くんが愚痴っていたわ。でも離婚する気はないって、なんとかやり直したいって。だけど男と女って一度こじれると、なかなかねえ。まだ記者さんには分からないでしょうけれど」

男と女の関係が面倒なことぐらい、中学生でも知っている。そんな当たり前のことを四十一年も生きなくては分からない良枝は、学習能力が低い。

良枝にも岡江孝明にも「記者さんには分からない」トラブルはあるらしいが、だからって別居中の孝明夫人が姑への嫌がらせに、西元町の家で知らない男を溺死《できし》させたはずはなく、この話はここまで。一応は週刊講文の編集長に連絡するにしても、このネタは原稿料にならない。

それよりも本命は三十年前の、と思い直して、ふと気づく。

「岡江さんとは小・中学校が一緒でしたよね」

「私の家が東元町なの。子供のころはお鷹の道なんかで遊んだものよ」

「三十年前に岡江家のとなりで殺人事件があったことを、覚えていますか」

「三十年前……」

良枝が腕組みを解いてベンチの端に両手をかけ、記憶をたどるように壁や天井に視線を巡らせる。

「そういえばあったわねえ。記者さん、若いのによくそんな昔の事件を知っているわねえ」

「特別な情報源があります」

「有能なのねえ。このお店もちゃんと宣伝してね」

「機会がありましたら。それで?」

「覚えているわよ。あのときはずいぶん騒ぎになったわ。たしか強盗に殺されたのよねえ。犯人が捕まったという話は聞かないけれど」

「迷宮入りのようです」

「可哀《かわい》そうにねえ。警察が私たちの小学校にまで来て、いろいろ聞いていったことを覚えているわ。私が六年生のときだったかしら」

「殺害された少女は小学校の五年生でした。岡江さんのお隣りでもありましたし、お友達だったのでは」

「そうでもないの。あの家、なんといったかしら、とにかくあの家の子はどこかの私立に通っていてね、私や岡江くんとは学校がちがったの。だから見かけたことも、あるようなないような」

「放課後一緒に遊ぶようなことも」

「なかったわねえ。なんだか気取った感じの家だとかで、岡江くんの家とも親しくなかったみたい。だけど記者さん、あの三十年前の事件が、今度の事件となにかの関係が？」

「もちろんありません。ちょっと思い出しただけのことで。あのお宅、近石という名前でしたよね」

「そこまで覚えていないけれど」

「今は空き地になっています。近石家はその後、どうなったのでしょう」

「知らないわよ。事件のあと、どこかに引っ越したんじゃないかしら。家はずっと残っていて、別の家族が住んだりして、でも四年前はもう空き地になっていたわ。国分寺もねえ、北口は再開発されているけれど、南口はねえ、史跡公園があって環境的にはいいにしても、逆に史跡公園が発展の妨《さまた》げになっているわけ。私の実家だってまるで値上がりしてくれないのよ。そういう問題も週刊誌でとり上げてくれないかしら」

　誰がとり上げるか。

　空き巣男の死も三十年前の事件も、この店では進展なし。さんぴん茶をもう一杯いただいて、そろそろ退散しよう。

　柚香の気配を察したのか、良枝がポットの茶を湯呑に足してくれ、脚を組みながら誘うように目をほそめる。

「それで、どうする？　施術を受けてみる？　腰痛や肩凝りなんか一発で治るわよ」

「仕事中ですので別の機会に」

「いつでもいらっしゃいね。『事件のカギをにぎる美人整体師』とでもいうような記事を書いてくれたら、四十五分コースをたっぷりサービスしてあげるわ」

四十五分コースなら五千円か。そんな甘言《かんげん》に心が動いてしまうのだから、貧乏はイヤだ。さんぴん茶を飲みほし、柚香はきっぱりと腰をあげる。

※

名目は東京都でも独立した地方都市的立場にある町は、八王子《はちおうじ》、町田《まちだ》、そしてこの立川。JRの中央線に青梅《おうめ》線に五日市《いつかいち》線に南武《なんぶ》線に多摩都市モノレールが乗り入れているから、駅前は商業ビルと歩道橋だらけ。この歩道橋はまるで迷路だわねと、柚香は駅ビルを出たところでしばらくケータイの地図アプリを凝視《ぎようし》する。

整体師の室田良枝に会ってみたものの、風呂場男に関する情報はなし。それでも週刊講文に電話をしたら半ページぐらいの捨て記事にはなるとかで、けっきょく死体発見者の岡江夫婦からもコメントを得る必要が出てきた。新事実なんかなくても仕事は仕事、捨て記事でも華麗《かれい》に決めてみせれば次の仕事につながるかも知れず、岡江夫婦に会えば三十年前の事件に関しても情報を得られる可能性がある。ちなみに風呂場男を死体と表現するのはいつだったか卯月刑事から教えられた呼称で、警察では身元の判明している亡骸《なきがら》を遺体、非判明者を死体と呼び分けるのだという。

岡江孝明が住んでいる立川市柴崎《しばさき》の住所を確認し、ジャングルジムのように張り巡らされた歩道橋を多摩川方向へわたる。立川は航空産業と米軍基地で栄えた町だから歓楽街の名残《なごり》もあるというが、柚香には関係ない。まだ夕方のラッシュが始まる時間ではなく、バス溜まりには中学生や高校生の制服が目立っている。ランドセルを背負った小学生もいるのは何駅か離れた私立にでも通っているのか。

多摩都市モノレールの高架《こうか》沿いを十分も歩くと商業施設もまばらになり、歩道に面してマンションやオフィスビルが多くなる。柴崎の住宅街には国分寺と同様に二階建ての住居が広がり、所どころにメゾンなんとかというアパートが点在する。メゾン、ハイツ、マンション、レジデンスの区別は知らないが、たぶん家主の気分だろう。

岡江夫妻が身を寄せている孝明の〈ヴィラ柴崎〉も住宅街のなかにあって、総戸数が十二戸の二階建て。夫婦向けのちょっと洒落たアパートという感じで駐車スペースもあり、ドアの横に三輪車が出ている部屋もある。岡江夫妻も昨日の今日で外出する気分ではないと思うが、訪ねてみなければ分からない。アポイントをとらないのは柚香の主義、ケースにもよるけれど、この取材では夫婦の反応も見ておきたい。

外階段を二階へあがり、203号室のインターホンを押す。二秒、三秒、四秒と待つと男の声で応答があって、身分と来意を告げる。そこからまた五秒ほど声が途切れたのは、部屋内で対応の相談でもしていたのだろう。

直後にドアがあき、縁なしメガネの気難しそうな男が顔を出す。年齢は四十歳ほどだから室田良枝と同級生だった孝明だろう。午後五時を過ぎたあたりで終業時間でもないだろうに、レントゲン技師というのは融通《ゆうずう》のきく職業なのか。それとも両親を労《いたわ》って仕事を休んだのか。

柚香がわたした名刺にちらっと目をやり、一度部屋内をふり返ってから、孝明が視線を戻す。

「〈青いパパイヤ〉へも行った記者さんですね。良枝から連絡が来ましたよ」

それぐらいは柚香も想定している。

「ご両親にお話をうかがえればと思って伺いました」

「話すほどのことはないと思いますがね」

そのときうしろから声をかけたのは母親の孝子《たかこ》だろう。

「孝明、まだ外は寒いんだし、せっかく来てくれたんだから入れてやりなさいよ。ドアをあけたままではこっちも寒いわ」

孝明が返事をしかけ、しかし口元をゆがめただけでため息をつき、「仕方ない」という表情で柚香をうながす。柚香は沓脱《くつぬぎ》に入ってドアを閉め、奥の部屋から顔を向けている老夫婦に頭をさげる。その二人が岡江晃《あきら》と孝子夫妻に違いなく、年齢はそれぞれ六十九歳と六十四歳になっている。

「突然お邪魔して申し訳ありません。でも世間が注目する事件ですし、週刊誌がお役に立てることもあるかと」

靴を脱いだところが洗面所とユニットバス、六畳ほどのダイニングキッチンがあってその向こうが和室。エアコンの暖房がきいた和室にはガラスの丸テーブルがおかれ、岡江夫妻がテレビを見ている。隣りにもう一部屋あるらしいから、夫婦に子供一人ぐらいなら普通に暮らせる間取りだろう。もっとも孝明の女房と子供は今、どこかにあれだというが。

孝明が柚香の名刺をテーブルにおき、軽くため息をついて隣りの部屋へ姿を消す。ドア横の壁には飾り棚があって、模型づくりが趣味なのか、十台ほどのカーモデルが並んでいる。柚香はキャスケットを脱いで夫妻の前に腰をおろし、あらためて挨拶をする。晃が名刺を眺めながらリモコンでテレビのスイッチを切る。

「如何《いかが》ですか、いくらか気分も落ち着きましたか」

「それがなかなか、昨夜なんか寝られなくて、もうトイレを行ったり来たり。あんなものを見てしまったら誰だって寝られませんよ。それなのに主人のほうは鼾《いびき》をかいてぐっすり。どういう神経をしているんだか」

長年暮らした夫婦には女房のほうが対外的広報を務める例が多く、岡江夫妻も例外ではないらしい。

晃が腰をあげてキッチンへ歩き、柚香のために茶をいれてくる。交通事故で膝を傷めたというが歩き方に不自然さはなく、良枝の言うとおり軽傷だったのだろう。

「だけど記者さん、どうしてこのアパートが分かったの。新聞もテレビも、ほかはどこも来ていませんよ。この住所は知らせないようにって、警察にはちゃんと頼んでおいたのに」

「いわゆる蛇《じゃ》の道はヘビですかね」

「あらあら、よくそんな古い言葉を知ってるわねえ。週刊講文といえば一流ですものねえ。それでどうなの記者さん、あれから警察はなにも言ってこないけど、そっちではなにか分かっているの」

「警察と同じだと思います。ですけど向こうの仕事は事件の捜査、こちらの仕事は〈知る権利〉のお手伝いですからね。視点がちがいます」

「なるほどねえ、さすがは一流週刊誌の記者さんだわ。でも正真正銘、あたしも主人も、昨日の男なんか本当に知らないんですよ。留守中にあんなことをされて、本当に迷惑なんですから」

昨夜は寝られなくてトイレを行ったり来たりしたわりには饒舌《じょうぜつ》で、なぜか化粧も決めている。若いころは水商売でもしていたのか。

晃が自分の湯呑を口に運び、背中を丸めながら柚香に視線を送る。

「そちらも仕事だろうから記事を書くのは仕方ないとして、私らの名前は金輪際出さんように、それだけは頼みたいな。死んだ男は気の毒だが、被害者は私らなんだから」

まさに正論、店の名前を宣伝しろという室田良枝とは品性がちがう。それにこういうケースで関係者の名前を出さないことぐらい、マスコミでは常識になっている。

「岡江さん、お宅の門には表札が出ています。ですが今朝のテレビでもお名前は報道していませんし、それは新聞でも週刊誌でも同様です。お名前が出ないことは保証しますので、安心してください」

晃がむっつりとうなずき、あとは女房に任せたとでもいうように、そっぽを向いて茶をすする。現役時代の職業は分からないが、なんとなく技術系の雰囲気がある。

「こちらは週刊誌ですからね、インタビュー記事にさせてもらえると助かります」

孝子が小皺に囲まれた目を見開き、ファンデーションで塗り固めた頬を、ぴくっとふるわせる。

「インタビューなんて、そんな、記者さん、いくらなんでも大げさでしょう」

「でも岡江さんのような経験をする方は、珍しいですから」

「そりゃ珍しいわ。珍しすぎてあたしなんか、泡を吹きそうになったぐらい」

「そのあたりの体験をぜひ読者に」

「読者にねえ、たしかにねえ、お他人《たにん》さまから見ればたしかに、面白い話なんでしょうねえ。あたしだってこれが隣りの家の出来事なら、大笑いだわ」

このタイプの初老婦人はインタビュー大好きが定番で、亭主の手前自重《じちょう》をよそおってはみても、どうせ我慢はできない。

「それで記者さん、なにを聞きたいわけ？」

「熱海の件や室田さんとの経緯は確認できています。もともと温泉は、息子さんと一緒に行く予定だったとか」

「そうそう、仕事柄息子はクーポンなんかもらうことがあるわけ。世間ではレントゲン技師とかいうけど、正式な名称は診療放射線技師なの。ただレントゲンを撮るだけじゃなくてね、MRIとか超音波検査とか、放射線治療までやるんだから。それでほら、患者さんから、お礼にみたいな」

「はあ、そうですか」

「それで休みがとれるから熱海へってね。そうしたら同僚の誰かが出産だとかで、でも旅館だって予約しちゃったし、無駄にしたらもったいないものねえ」

孝子が鼻の穴を膨《ふく》らませてうなずき、亭主のほうにちらっと目をやってから、少し身をのり出す。

「本当はねえ、孝明だってゆっくり休ませてやりたいんですよ。大きい病院だから遅番だの早番だのあって、今日も早番から帰ってきたところ。それで昨日のこともあるから、今夜は三人でどこかへ食事にってね。子供も嫁もいるんだけどちょっと今、嫁とはあれでねえ、そういうごたごたもあるから、息子も気の毒なんですよ」

「女房《かあ》さん、余計なことは言わなくていい」

「だってあなた、まじめに一生懸命《いっしょうけんめい》働いている孝明をほったらかして、志緒美《しおみ》さんは勝手すぎますよ。ちょっとぐらい顔がいいからってあなたも孝明も甘すぎるわ。顔がどうとかなんて結婚するまでのこと、家庭に入って大事なのは家事や子育てや家計のやりくりや、そういうことじゃないですか。結婚だって、もともとあたしは反対だったんですから」

亭主が顔をしかめてため息をつき、小さく首を横にふりながら、また湯呑を口に運ぶ。習慣として女房への反論は控えているらしく、その対処法は正しい。柚香だって嫁姑問題や夫婦間のあれなんか聞きたくはないし、しかし世の中には喋《しゃべ》りはじめたらとまらない女がいる。その無駄話のなかから一行でも二行でも使えそうなコメントを拾い出すのが、柚香の仕事なのだ。

「そういえば、思い出しました」

色の薄い茶をひと口すすり、湯呑をテーブルに戻して、柚香はしびれそうになる膝を横にずらす。

「青いパパイヤの室田さんから三十年前の事件を聞きました。その事件でもお宅は迷惑されたでしょうね」

「三十年前の……」

孝子の眉間に皺が寄り、顎が上向いて、視線が何秒か宙にただよう。

「あらあら、そういえばあったわねえ。すっかり忘れていたわ。でもあれは家《うち》ではなくて、お隣りの、あなた、あのお隣りは、なんていう姓《なまえ》でしたっけ」

「忘れた、親しかったわけでもないし」

「近石さんというお宅でした」

「近石？　そうそう、思い出したわ。あのときも大変だったわよねえ。なにしろブロック塀をはさんだだけのお隣りでしょう。一カ月も二カ月も、毎日のように警察が来たりしてねえ。あなたなんかずいぶん怒ったじゃないですか」

「昔の話だよ」

「そうはいうけど、ねえ記者さん、警察はね、主人まで疑って、アリバイがどうとかいって指紋までとったんですよ。そりゃ小学生の女の子が殺されて気の毒だったけど、主人まで犯人扱いされてねえ、あたしだって最後は腹が立ちましたよ」

亭主がまた腰をあげて台所へ歩き、茶葉でも新しくしたのか、大きい急須《きゅうす》をもって戻ってくる。亭主に茶の支度《したく》をさせて「嫁に大事なのは家事」とか放言する孝子には、論理的な矛盾《むじゅん》がある。

「だが記者さん、三十年前の事件と今度の事件は、関係ないだろう」

膝立ちで三つの湯呑に茶を足し、テーブルから少し離れて晃が胡坐をかく。最初からほとんど表情は変わらないが、口調には不愉快そうな気配がある。

「今回の事件も昔の事件も、私ら家族にはまるで無関係。たまたま運が悪かったというだけのことだよ」

「そのたまたまが読者の興味をひきます。なにも落ち度のないご夫妻がたまたま二度も災難に遭《あ》われた。これはもう興味津々《しんしん》です。それに些少《さしょう》ながら、取材協力費も提供させていただきます」

小清水柚香さん、こんな捨てネタに週刊講文が謝礼金を出しますか。でもね、一応は打診してみるし、不可だったらポケットマネーから千円か二千円を供出《きょうしゅつ》すればいいわけで、情報収集には経費がつきまとう。

孝子が新しくなった茶をすすり、ちらっと亭主の顔をうかがってから、目だけで柚香に笑いかける。

「いいじゃないのよねえ、べつにあたしたちが悪いことをしたわけじゃなし、世間さまに知らせるのも義務みたいなもの。若い人ならみんなインターネットで話していますよ」

「情報化の時代ですからね。週刊誌もそのお手伝いです。ですから三十年前の事件も、もう少し詳しく」

「主人まで疑われたこと?」

「それはけっこうです。警察も本気で疑ったわけではないでしょうし、事件は解決していません。お聞きしたいのは近石さんというお宅が、どんな家だったのか、みたいな」

「どんなって、そりゃあ、家《うち》と同じで、ふつうの家《いえ》ですよ。ですけどねえあなた、なんだか気取った感じのご夫婦でしたよねえ。ご主人は金融関係に勤めているとかで、二人の子供も私立なんかへやっちゃって、奥さんという人もパートに出てたくせにブランドのバッグを持ってたりねえ。世間にはそういう見栄《みえ》っ張《ぱ》りがいるものなんですよ」

青いパパイヤの室田良枝も岡江家と近石家の関係を「親しくはなかった」と言っていたから、

このあたりは事実だろう。

「そのくせねえ、上のあの男の子なんか、ねえあなた、なんだか気味の悪い子でしたよねえ」

亭主はもう放任を決めたらしく、肩をすくめながら、そっぽを向いて茶をすする。

「その、気味の悪い子というのは」

「だって記者さん、あたしたちが挨拶してやっても、下を向いてにやっと笑うだけなんですよ。中学生のくせにお相撲《すもう》取りみたいに太って、そうそう、ほら、あなた、いつだったか勝手に家《うち》へ入ってきて、孝明のプリンを食べたことがあったじゃないですか」

一応は亭主に確認を求めたものの、孝子も返事を期待してはいないらしい。

「今だってねえ、そういうことがあるでしょう。まして三十年も前なんですから」

「他人が勝手にプリンを?」

「そうじゃなくて、ちょっと近所に出るとき、家に鍵を掛けないようなこと」

「まあ、そうですね」

「あたしがちょっと近所に出掛けて、帰ってきたらね、名前は忘れたけど、あの男の子が台所にいて孝明のおやつに買っておいたプリンを、勝手に食べてるじゃないですか。驚いたというか、腹が立ったというか、それでもにやっと笑っただけで帰っていくんですよ。さすがにあたしもお隣りへ苦情を言いに行きましたよ。そうしたらまあ、あの奥さんが……」

息でも切れたのか、孝子が茶をすすり、口をへの字に曲げながら大きくまばたきをする。亭主のほうは相変わらず知らん顔で、映ってもいないテレビのほうへ視線を向けている。

「いくらお隣りのお子さんでも、勝手に家へ入られてプリンまで食べられたら腹が立ちますよね」

「そうそう、今なら警察沙汰《ざた》ですよ。でもあのころはまだねえ、それに一応はお隣りでもあるし、でもこっちだって、言うだけのことは言わなくちゃねえ」

「それでお隣りは？」

「プリンのお金は払うとか、子供のことだから許してくれとか、悪気《わるぎ》はないんだとか。そのくせけっきょくは、鍵を掛けなかったあたしのほうが悪いみたいなねえ。あの日は腹が立って寝られませんでしたよ」

けっきょくプリン代は支払われたのかどうか。そんなことはどうでもいいけれど、留守中に隣家の子供が勝手に家へ入ってくるような例が、どれほどあるものなのか。隣り同士で親戚づき合いという関係ならまだしも、岡江家と近石家は疎遠《そえん》だったという。

小清水柚香さん、このプリンネタは使えるわね。情報とはこういうふうに、足で稼ぐものなのだ。記事のタイトルを「怨念の建売住宅、謎のプリン事件の顛末《てんまつ》は」とでもするか。

「プリンはお気の毒でしたが、近石さんはその後どうしたのでしょう。今は空き地になっていますね」

「その後といっても、あなた、どうしましたかねえ。一年ぐらいは住んでいましたかねえ」

「知らん。どうせあの家は縁起《えんぎ》が悪い。空き地になって清々《せいせい》した」

「そうそう、たしか一年ぐらいは住んでいて、それからプイっとね。アパートや賃貸《ちんたい》じゃあるまいし、引っ越すなら引っ越すで挨拶に来るのが礼儀じゃないですか。それをあの家は夜逃げみたいに、突然いなくなったんですよ。そのあとはしばらく借家になって、借り手がついたりまた空き家になったり。だけど主人も言ったとおりでねえ、べつに幽霊《ゆうれい》が出るわけじゃないけど、縁起の悪い家ってのがあるもんなんですよ。どの家族も長続きしなくて、えーと、空き地になってから十年ぐらいはたちますかねえ。それで不動産屋がね、家《うち》と地続きにしてマンションを建てようとか言ってきて、あたしはそれもいいかなって思うんだけど、主人がねえ。孝明のことを考えれば、マンションもいいと思うんですけどねえ」

そんな岡江家の内部事情を話されても、柚香が困る。近石家の転居先は市役所か不動産屋を調べるより方法はなく、この部分は卯月刑事の友情に期待しよう。

近石家や三十年前の事件に関してほかの情報もなさそうなので、柚香は茶を飲みほし、暇《いとま》の支度をする。

「突然お邪魔して失礼しました。貴重なお話をありがとうございました」

亭主が肩をすくめて口元をひきしめ、上目遣《うわめづか》いに強い視線を送ってくる。

「念を押しておくが、私らの名前はぜったい出さないように」

「ご心配なく。細心の注意を払います」

柚香は膝立ちになってバッグをひき寄せ、ていねいに挨拶をしてからキャスケットを頭にのせる。

「ねえ記者さん、さっきの、取材協力費とかいうやつは、どうなりますの」

「記事が掲載されてから一カ月か、経理の都合では二カ月後ぐらいになります。そのときはまたご連絡します」

柚香が腰をあげたのと同時に隣室の襖《ふすま》がひらき、正式名称は診療放射線技師だとかいう孝明が居間に戻ってくる。ずっと隣室にはいたものの、柚香と岡江夫婦の会話には聞き耳を立てていたのだろう。

柚香がまた挨拶をして沓脱に向かい、孝明が見送りについてくる。

「記者さん、なにしろ私は病院勤めですからね。ヘンな噂は困るんですよ。その配慮だけはくれぐれも頼みます」

病院勤めでなくともヘンな噂は困るだろうに、孝明や父親は極端に世間体《せけんてい》を気にするタイプらしい。子供のころ隣家の男児におやつのプリンを食べられたときの感想は、と聞いてやろうかとも思ったが、バカばかしいのでやめる。

柚香は靴に足を入れ、もう一度居間の老夫婦に声をかけてから、孝明にも挨拶をしてアパートを出る。昨夜はスッポンパーティーで盛りあがってしまったから、ちょっと二日酔い気味。今夜は早く帰って三十年前の事件資料を精査しながら、ついでに捨てネタの原稿も書いてしまおう。

3

課長の金本が朝からずっとパソコンを睨《にら》んでいるのは、少女殺害事件の検証だろう。

昨日は生活安全課から六人の捜査員が追加され、夜の九時まで強制性交事件の捜査方針の再確認がおこなわれた。遅番組と早番組のローテーションも楽になり、追加のデスクも運び込まれて刑事課内には活気がある。今も糸原の席に萩原と二人の援軍捜査員が集まり、談笑交じりに情報交換をしている。

捜査員が追加されたからといって、事件自体の進捗《しんちょく》はなし。枝衣子は相変わらずA子、B子、C子の資料を検証しながら「どこかに三人の共通点はないか」と思考を重ねている。年齢も似たようなもの、身長や体重もほぼ同一、ショートカットの髪型まで共通しているのだ。もちろんそれは犯人の好みによるものだろうから、犯人はどこかで被害者たちを確認している。問題はそれがどこなのか、駅なのかコンビニなのか居酒屋なのかたまたまの路上なのか。昨夜の捜査会議でもその点への注力が主眼とされ、地域課の職員にも国分寺駅周辺で被害者たちと似たような容姿の女性を見かけた場合は、「誰かにあとをつけられたことはないか」「周辺に不審者はいないか」「ストーカー等のトラブルはないか」とかいった情報の収集を要請《ようせい》した。地道で根気のいる仕事ではあるが、明確な犯人像が浮かばない現状では仕方ない。

捜査員も増えたことだし、気分転換にと、パソコンに少女殺害事件のデータを呼び出す。事件の発生月は五月の中旬だから正確には二十九年と十カ月前、しかしそんな誤差に今さら意味はなく、要するに金本もまだ三十歳の若さだったということだ。これがヤクザ同士の抗争とか痴情《ちじょう》のもつれによる殺人だったら記憶にも残らないだろうに、被害者が小学五年生の少女では金本がこだわるのも無理はない。

被害者少女の名前は近石聖子。両親と兄の四人暮らしで国立《くにたち》にある私立の小・中一貫校に通っていたという。三十年前でも公立校より授業料は高かったはずだから、家計はそれなり。父親は大手保険会社勤務で母親はパートの薬剤師、ローンで西元町に家を買ってから六年目の事件だった。

新興《しんこう》の住宅地ではどこでも同じだろうが、住人同士にそれほど接触はなく、まして聖子は兄と二人で電車通学。事件当日は聖子が一人で下校し、パート仕事から帰ってきた母親が遺体を発見した。今の基準ではずいぶん不用心な家ではあるけれど、当時は「カギッ子」とかいう言葉が流行るほど治安がよかったらしく、ロリコン犯罪の発生率も低かったらしい。

この「一人で下校」という部分が問題なんでしょうねと、枝衣子はマウスをクリックしながら眉をひそめる。今なら〈ぶんバス〉があるけれど当時は未開通。当日は天気もよかったとかで、聖子はたぶん国分寺駅から史跡公園を通って帰宅した。犯人は途中のどこかで聖子を見かけ、「欲望を我慢できなかった」という動機で犯行におよんだ。警察も帰宅ルートに大量の捜査員を投入したが有力な目撃情報はなく、ホームレスや性犯罪者の洗い出しも不発。小学生に金銭的な利害関係はないだろうし、学校で「仲の悪い友達」ぐらいはいたにしても、それが凄惨《せいさん》な殺人にまで及ぶとは考えにくい。

金本に超能力を期待されても、さすがにもう無理ではないかしら。ただ小清水柚香が枝衣子の扇動で取材を始めたらしく、「近石家の転出先を調べられたし」とかいう生意気なメールを送ってきた。週刊誌やインターネットが騒げばいくらか世間の関心が喚起《かんき》されるかも知れず、転出先ぐらいは市役所で調べられる。ここは柚香のジャーナリスト魂《だましい》とやらに期待してみよう。

午後の三時をすぎて早番と遅番も入れかわり、このところ署に詰めていることが多いので、散歩がてら市役所へ出掛けてみるか。

パソコンのスイッチを切ってバッグとコートを抱えあげ、金本のデスクへ歩く。

「課長、例の別件で外出します」

「例の別件？　ああ、えーと、うん」

「被害者家族の転出先などを」

「そうなんだよなあ。親兄妹《きょうだい》はあれからどうやって暮らしているのか、考えたら俺も気が滅入《めい》ってきた。別件はパンドラの箱だったかも知れん」

パンドラの箱だなんて洒落た言葉を。気が滅入るのは定年が近いことと老人性鬱病《うつびょう》のせいでしょうね、という発言を封印し、目礼をしてドアへ向かう。三十年前の事件はあくまでも気分転換、市役所へ寄ったあとで国分寺駅から連続強傷被害者たちのアパートまで、その道々を再検証してみよう。見落としがあるとも思えないが、今のところ他にすることもない。

ドアを出て廊下を正面通用口へ向かいかけたとき、階下から生活安全課の日村課長が顔を出す。

「やあ卯月さん、例の風呂場男事件が解決したので、報告に行くところだった」

生安では西元町の変死を「風呂場男事件」と命名していたのか。もちろん略式の符丁《ふちょう》ではあるけれど、そんな報告ぐらい内線でも済むだろうに。

「ご苦労さまでした。男の身元が？」

「そうじゃないんだが、史跡公園の近くに浅間《せんげん》神社があるのを知っているかね」

「あいにく」

「神社といっても神主《かんぬし》のいない祠《ほこら》みたいなものなんだがね。一応は国分寺の管理下に入っていて、職員が賽銭《さいせん》の回収に行ったそうだ。そうしたら堂の扉が少しあいていて、なかを見たら寝袋とビニールバッグがひとつ。報《しら》せを受けてさっき、うちの課員が寝袋とバッグを押収《おうしゅう》してきた」

「寝袋に毛髪ですか」

「必要があるならＤＮＡの鑑定を、と思ったら荷物のなかに懐中電灯があった。そこの指紋が風呂場男のものと一致したから、男が神社で寝泊まりしていたことは間違いない。ただ職員も先月の堂に異常はなかったというし、長期間住み着いていた痕跡《こんせき》もない。最近になってどこかから流れてきたホームレスだろう」

「荷物のなかに身元を特定できそうなものは」

「下着だのセーターだのタオルだの、そんなものだけでね。今はホームレスでさえケータイを持つ時代なのに、あのホトケは古典的なホームレスだったらしい」

ホームレスに古典派や革新派があるとも思えないが、いずれにしても男の身元が割れないのなら「事件が解決」でもないだろうに。けっきょくは金本が指摘したとおり行旅死で処理され、あとは警視庁のホームページに顔や全身のイラストが掲載されるだけ。そうなれば警察的にはたしかに「解決」したことになる。

「そういうことでね、こっちは坂巻に報告書を書かせれば終了。問題はそっちの……」

階段へ向かいかけた枝衣子に肩を並べ、前後に視線を配ってから、日村が「ちょっと話を聞いてくれ」というような顔で足をとめる。

「実はねえ卯月さん、後藤署長がそっちの連続強傷に、生安の全員が加われと」

「生安の全員？」

「継続捜査中の事件に何人かは残すにしても、要するに国分寺署として総力体制を敷けと。どうやら本庁からなにか言われたらしいんだ」

最初のA子事件発生から約四カ月、世間にはたんなる強盗傷害事件と発表はしているものの、マスコミだって強制性交絡《がら》みであることは知っている。いつテレビや週刊誌が騒ぎださないとも限らず、本庁にも、そして署長の後藤にも面子《メンツ》がある。

「そのことを金本課長には？」

「だから、それが、どうしたものかと」

日村が顔をしかめながら窓側の壁に寄りかかり、薄くなりかけた髪をゆっくりと梳《す》きあげる。

「卯月さん個人はどう思うね」

「上司《うえ》の方針に意見はありません」

「しかしなあ、頭数だけ増やしたところで捜査が進捗するわけではなし、今だって打てる手は打っているだろう」

「と思いますが」

「だが署長も署長なりに、本庁へ『打てる手はすべて打っている』というパフォーマンスを見せたいわけだ」

「キャリアですから当然ですね」

「そうはいっても生安が全員参加したら、刑事課長である金本さんの面子がつぶれてしまう。今月いっぱいで定年だというのに、そんな恥はかかせられない」

「ですが……」

なるほど日村の言うとおり、生安全員参加の総力体制をとった場合、刑事課長である金本に

「はい、あんたは無能」というレッテルを貼ることになる。どんな体制をとったところで事件さえ解決すればそれでいいという考え方もあるけれど、枝衣子個人としては、退官していく金本に傷を負わせたくない。日村の心中《しんちゅう》も同様なのだろう。

「昨日も六人の援軍をもらいましたし、捜査員の数はじゅうぶんだと思いますが」

「卯月さんがそう思うなら署長をごまかそうかなあ」

「ごまかせますか」

「私は根回しや裏工作が得意でね。卯月さんの意向に沿った線で動いてみよう」

「ねえ次期刑事課長、いちいちわたしに聞かないでくださいよ。わたしはたんなる班長なんですから」

枝衣子はわざと日村の顔を睨んでから、唇を意図《いと》的に笑わせ、バッグとコートを抱え直して階段へ向かう。その枝衣子にまた日村が肩を並べてくる。

「あとで時間をつくろうと思っていたんだが、ついでなので、ちょっと」

どうしてオヤジ連中は、こういうふうに、まわりくどいのか。

「私が金本さんの後任に就《つ》くことは、まあ、知っている人間は知っている」

「署の全員が知っているでしょうね」

「うん、まあ、だから、そのこと自体に問題はないんだが」

階段になったので日村が言葉を呑《の》み、一階までおりきったところでまた前後左右に視線を配る。

「実はねえ卯月さん、来年度から、刑事課を三十人体制に拡充《かくじゅう》しようと思うんだ」

思わず枝衣子の足がとまったのは、三十人というその員数《いんずう》のせいだろう。課長をのぞく現在の刑事課員は十人、三十人ならその三倍ではないか。

「考えてもみてくれ。一昨日の風呂場男だって病死ではあったが、もし他殺だったら刑事課の扱いになっていた。ストーカーや夫婦喧嘩《げんか》だっていつ殺人に発展するかも知れず、ＤＶや幼児虐《ぎやく》待《たい》もこれから増えていく。その対応として刑事課を充実させ、国分寺で発生する事件全体を把握できる組織にしたい」

ごもっともな見解で、たしかに刑事課と生安の管掌事案にはあいまいな部分がある。これまでも刑事課から生安へ、生安から刑事課へと援軍のやり取りもしている。去年までは刑事課と生安を統合して刑事・生活安全課に縮小とかいう案もあったのに、まさに真逆の方向。日村が以前から「自分が次期刑事課長に」と公言していた理由は、その腹案があったのかも知れない。

「どうかね卯月さん、私の計画をどう思う？」

「異論はありません」

「そう言ってもらえると有難《ありがた》い。もう根回しはしているし、金本さんにも方針は伝えてある」

根回しだの裏工作だの、そんなゲームに興味はない。

「そこで相談なんだが、かりに私の案が実現した場合、卯月さんに次長ポストをひき受けてもらいたいんだ」

「次長ポスト？」

「名称は次長でも課長補佐でもなんでもいい。つまりは全体を統轄する私の補佐役になってもらいたいという意味だよ」

刑事課三十人体制の実現も未定だというのに、よくもまあ、気の早い根回しをするものだ。

「さっきも言いましたけど、上司《うえ》の方針や人事に意見はありません」

「それなら承諾《しょうだく》という意味に受けとっておこう。なにしろ卯月さんは昇任試験をすべて一度でクリアした逸材《いつざい》、能力は署員の誰もが認めている。本来は一席設けて打診するべきだったが、これで私の肩の荷がおりたよ」

どうせ「オヤジ連中を手玉にとる能力」にも期待しているのだろうが、日村の意図などどうでもいい。次長だか課長補佐だかになったところで階級があがるわけでもなし、仕事の内容も変わらない。ただ「いつかは本庁の捜査一課に」という目標がある枝衣子にしてみれば、名目だけのポストでも実績にはなる。

「ということで、またいつかゆっくり」

日村が意味ありげに目配せをして会釈し、勝手にうなずきながら生安課室の方向へ歩き出す。枝衣子もロビーへ向かいながらコートに袖をとおし、バッグを肩にかけて、そのバッグをぽんと叩いてみる。日村の構想が実現するかどうかは知らないが、もし実現するようなら女性課員も増やせるし、糸原の刑事課残留も提言できる。

それはそれとして、問題は今のこの連続強傷なのよねと、枝衣子は通用口を出ながらコートの襟を合わせる。三月になったのでウールのマフラーは外したけれど、風はまだ冷たい。

ケータイでレシピを確認したはずなのに、どうもうまくいかない。醤油《しょうゆ》味が濃すぎることは分かっているが、濃くなってしまった味をどうやって薄くすればいいのか。もちろん椋が豚の角煮なんかつくるのは初めて、国分寺署の刑事課も捜査員が追加されたとかで枝衣子もローテーションが楽になり、この週末は久しぶりに連休がとれるという。

それならと、椋はもう二時間も前から枝衣子の部屋でにわか料理人を始めている。勤めていた広告会社を辞めて一人暮らしを始めたのも二年弱前、それまで台所に立ったことはなく、今だってあの安アパートだから米も炊いていない。スーパーもコンビニもあって料理なんか一生無縁だったはずなのに、惚《ほ》れた女には手作り料理を、と思ってしまうのだから恋は恐ろしい。

すでに十時に近く、できているのは若竹煮《わかたけに》とアボカドの明太子和《めんたいこあ》えだけ。これで豚の角煮が成功していれば枝衣子にも褒《ほ》めてもらえたろうに、今夜のところは「愛」で我慢してもらうより仕方ない。

料理はあきらめ、リビングに食器でも出そうかと思ったとき、ドアがあいて枝衣子が帰ってくる。このマンションはJRの三鷹駅から徒歩十分ほどの立地で広いリビングに寝室も別にあり、ベランダからは井の頭《いかしら》公園の森も見渡せる。賃貸ではなく、すでにローンで購入済みというのだから恐れ入る。

「あなたって見かけより勤勉《マメ》なのよねえ。マンションの外までお料理の匂いが流れていたわ」

まさか。

枝衣子がキッチンへ歩いてきて椋の腰に手をかけ、くすっと笑ってから寝室へ入っていく。インチキ芸能学院の貧乏講師とは不釣り合いな美人ではあるけれど、枝衣子は「そこにスリルがある」と言う。

椋は食器類をリビングのローテーブルへ運び、枝衣子自家製のキムチ漬けや椋手作りの料理もセットする。椋のアパートで歯ブラシやカップが二組になっているのと同様に、枝衣子の部屋でもグラスや食器類が二組になっている。

冷蔵庫からビールをとり出すと枝衣子も寝室から戻ってきて、ローテーブルに向かい合って腰をおろす。枝衣子はパジャマの上に着物の裾を短くしたような袷《あわせ》の部屋着を羽織《はお》っている。

「肉ジャガ以外のお料理も覚えたのね。時間がかかったでしょう」

「若竹煮は成功だと思うが豚の角煮は味が濃すぎた。水を足すわけにもいかないだろうしな」

「ビールを入れて煮直せばいいのよ。でも今夜はもう働かないで。月曜日の朝まで時間はあるんだから」

ビールのグラスを合わせ、枝衣子が背伸びをするように大きく深呼吸をして、ほっと息をつく。先月に発生した三件目のレイプ事件以降ほとんど休日はなかったから、気丈な枝衣子にも疲労の蓄積《ちくせき》はある。

「天ぷらにできそうなアザミやタンポポを探してみたんだけどな、見つからなかった」

「冬が寒かったからかしら。でも公園近くの野草には殺虫剤や除草剤が撒《ま》かれていることがあるから、もともと無理よ。お彼岸のころになったら青梅か秩父《ちちぶ》へ摘《つ》みに行きましょう。タラの芽や野生のフキなんかもあるかも知れないわ」

それまでに連続強姦事件が片付けば、という話だろうけれど、枝衣子がパソコンに送ってきた資料を見ると捜査の進捗はないらしい。

「君が苦労しているのは分かる。だが三十年前の資料はともかく、今の事件に関しておれにまで捜査状況を知らせて、いいのか」

口の前にグラスを構えたまま枝衣子が目を見開き、テーブルに片肘をかけて身をのり出す。

「今の事件って、連続強傷の？」

「専門用語でなんというのかは知らないが、要するに、今の事件さ」

「わたしがあなたに送ったのは……」

そのまま何秒か言葉を呑み、小さく咽《のど》を詰まらせてから、枝衣子がくつくつと笑い出す。

「ごめんなさい。あのデータは研修の婦警に送ったものなの。それをあなたのパソコンにも送ってしまったらしい。自分で思っているよりわたし、疲れているのかしら」

捜査の情報漏洩《ろうえい》はもちろん警察官の守秘義務違反、しかしその情報を椋が他者に漏らさないことは枝衣子も知っているし、椋のほうも肝に銘《めい》じている。

ビールがなくなり、椋は冷蔵庫から赤ワインを持ってくる。

「月曜日の朝まではすべておれがサービスする。リクエストがあったらなんでも言ってくれ」

二つのグラスにワインをつぎ分け、お互いに視線を合わせて、小さくうなずく。

「でもこの角煮、あなたが言うほどしょっぱくないわよ。ショウガを添えてあるところなんかお洒落じゃない」

「もう二品ぐらいつくるつもりだったけど、時間がなかった」

「あなたの愛だけでじゅうぶん」

「そのせりふはおれが言うつもりだった」

交際を始めて四カ月、他人からはじゃれ合いやいちゃつき合いに見えるのだろうが、椋は枝衣子との会話が気に入っている。毎日強盗だの傷害だのの凶悪犯罪を扱っている生活のどこから、枝衣子のようなセンスが生まれるのだろう。

「三十年前の事件はともかくね、正直なところ、今回の連続強傷には手こずっているの。美人刑事が主人公のミステリーだったら、どういう結末になるのかしら」

これまでも断片的には事件の経緯を聞いているが、今はすべてのデータが椋の頭に入っている。本当に小説を書くかどうかはともかく、枝衣子にしても素人の名推理は気休めになるのだろう。

「よくテレビの二時間ミステリーなんかで、刑事は家族にも事件の詳細を言わない、とかのストーリーがあるでしょう。あんなのは嘘《うそ》よ。警察官だって人間ですもの、うまく事件が解決すれば自慢するし、手こずれば愚痴も言う。名推理作家のご意見ならつつしんで拝聴《はいちょう》するわ」

枝衣子がグラスを空《あ》け、椋のとなりへ場所を移してから、二つのグラスにワインをつぎ足す。

「今度の事件、警察的には連続強傷というのか」

「正式には連続強盗傷害致傷事件ね」

「前にも概略は聞いていて、すっかりレイプ事件だと思っていた」

「今は強制性交等罪というの。もちろん被害者の人権があるから発表は三人とも、手足に軽い傷を負っただけにしてある」

「それも聞いていたが、あの資料では三人ともレイプはされていない。裸の映像を撮られただけになっている」

「それは……」

ワインを口に運び、アボカドの明太子和えにも箸をつけて、枝衣子が椋の肩に自分の肩を寄せる。

「一般的な認識は別として、いわゆる挿入や射精がなくても犯罪としては強制性交なの。だから強制性交未遂罪というのも存在しないわけ」

枝衣子の奇麗《きれい》な顔で「挿入」とか「射精」とか言われると椋も赤面するが、このあたりは警察官としての割り切りなのだろう。

「しかしなあ、せっかく襲っておいてビデオだけというのは、犯人としても中途半端だろう」

「あなたなら最後までするかと?」

「もちろん今夜も最後までするけどさ」

枝衣子が拳《こぶし》で椋の脇腹を突き、笑いながらワインをあおる。

「その部分は捜査員にも意見があるの。性的不能者なのか、あるいは撮影だけが目的なのか」

「実際は挿入と射精をされていた、とか」

「でも、被害者たちが」

「女性にとっては精神的に大きな負担だろう、カレシでもいればなおさらだ。だが挿入と射精はなかった、裸の映像を撮られただけ。それなら世間的にもいくらか体面を保《たも》てるし、カレシにも自分にも言い訳ができる」

「たしかにレイプ検査はしていない。本人たちが挿入と射精はなかったと言い張れば、警察としても検査を強要できないし。それに事情聴取の様子を観察したかぎり、嘘を言っているようにも思えなかった」

この場に小清水柚香がいて、椋と枝衣子が臆面《おくめん》もなく「挿入と射精」を応酬《おうしゅう》させる様子を見たら、どんな顔をするか。

「それにね、一人だけならともかく、三人とも同様の供述でしょう。やっぱり挿入と射精はなかったと思うわ」

「君の口からその、いや、かりに動画を撮られただけだったとしても、なぜ犯人はインターネットにアップしないのかな」

「身元を特定されるから」

「被害者たちが事件を通報するのに、それぞれ二、三十分の時間がかかっているのは、やはり映像のせいか」

「こういうケースでは泣き寝入りする被害者もいると思う。でも今回はそれぞれ現金もとられたから、勇気をもって」

「状況は分かるが、なんとなく、全体に、不自然な感じがする」

腰をあげて椋はまた冷蔵庫へ歩き、新しいボトルを出してくる。このまま二人で酔いつぶれたところで時間は月曜日の朝まである。

「若竹煮、上手にできているわね」

「師匠がいいからな」

「明日はわたしがピザを焼いてあげる」

「おれは彼岸までに天ぷら鍋を買っておく」

豚の角煮も失敗したし、本気で料理の腕をあげなくてはなと、椋はつまらない決心をする。

「素人の素朴《そぼく》な疑問なんだが、今は駅にもコンビニにも防犯カメラがある。同じ手口の犯行ならそこから容疑者を割り出せるだろう」

「やってはいるの。本庁にはSSBCという分析専門の部署があって、協力も頼んでいる。それでもこれといった犯人像が浮かばないの。なにかを見落としている気がして、今日も国分寺駅から犯行現場まで歩き直してみたけれど、新しい発見はなかった」

「着眼点がちがっていたら?」

「着眼点?」

「専門のことは知らないが、防犯カメラの分析は被害者たちの行動を追って、その被害者を尾行《びこう》していく怪しい男を割り出すものだろう」

「かんたんに言えば、そうね」

「つまりは犯行のあったその日のその時間前後に限定される」

「理屈でしょう」

「それなのに三件とも、どの防犯カメラも怪しい男をとらえていない。いくらなんでも不自然だと思わないか」

枝衣子がグラスを顔の前でとめ、向かいの壁際におかれているローデスクの辺りに何秒か視線を据《す》えてから、ふと椋の顔をのぞく。

「不自然だから捜査が難航しているんだけど、要するに？」

「犯人は前から被害者もそのアパートも知っていた。事件当日に尾行したわけではないから、防犯カメラに写らなかった」

「犯人は顔見知りだと？」

「犯人のほうが一方的に知っていた可能性もある」

「でも被害者たち相互に接点はないし、三人はたまたま、偶然国分寺のアパートに住んでいただけなの。その点に関しては何度も確認してあるわ」

「あの資料を読むと……」

こんな寛ぎタイムにふさわしい話題でないことは分かっているが、椋を相手に愚痴を言うことが枝衣子の寛ぎになることも、同じように分かっている。

「一般的にレイプ犯なんていうのは、粗野《そや》で衝動的で性欲をおさえられないタイプだろう」

「大学教授や有名なジャーナリストの例もあるけれど」

「それは加害者と被害者のあいだに事前の接点があるケースだ。同意か不同意かの判断も微妙なはずだし」

「でも決定的な同意がなければ、やっぱりレイプよ」

「おれは決定的な同意を得られて運がよかった」

「はい、ギャグはそこまで」

「ともかく今回の犯人が大学教授や文化人だとは想定していないだろう」

「たしかにね、一般的な、社会に紛《まぎ》れている変質者だろうと」

「そこなんだよなあ、資料を読むとこの犯人は指紋も残していないし、素早く押し倒して手で相手の口をふさぎ、素早く刃物を突きつけて素早く被害者をコントロール下においている。防犯カメラを避けて被害者のアパートを事前に調べていたとしたら、かなり緻密《ちみつ》で計画的で、いわゆるインテリタイプのような気がする。もちろんインテリにも変質者はいるけどさ」

枝衣子が肩をすくめるようにため息をつき、椋の腰に腕をまわして、椋の肩に顎をのせる。

「新人ミステリー作家のデビュー作としては面白いけど、現実はもっと単純なものよ。他県警でもうんざりするほど似たような例がある。犯人を捕まえてみたら女性や社会に劣等感《れっとうかん》を抱えている、冴《さ》えないサラリーマンだったとかね」

「現実はたぶん、そうだろうな」

「でもあなたの発想にも一理はある。プロファイルを再検討してみるわ」

「美人で脚がきれいで有能で性格も素直で、欠点は男の趣味が悪いことだけか」

「あら、男の趣味だって最高よ。季節に合わせてちゃんと若竹煮をつくれるような男性には、初めて会ったもの」

「よし、この次は野草の天ぷらだ」

どうでもいい会話で、椋にとっては連続レイプ事件も関心外ではあるが、枝衣子の心理的負担は軽くしてやりたい。枝衣子は本庁への転属を希望していて、できればその希望もかなえてやりたい。椋の父親は都議会議長、兄は国会議員で義兄はキャリア官僚、疎遠な家族ではあるけれど、いざとなったら頭をさげてみるか。

「冷蔵庫に新しいワインを補充しておいた。ただあと二、三品、肴《さかな》が欲しいよな」

「オムレツはつくれる?」

「まさか」

「あとで指導してあげる。でもまだワインだけでいいわ」

「うん、それよりふと思ったんだが、この連続レイプ事件、本命は三人のなかの一人という可能性はないかな。昔のミステリーにそんな話があったろう」

「クリスティーの〈ABC殺人事件〉かしら。似たようなストーリーはほかにもあるけれど、いくらなんでも、ちょっと」

「資料の顔写真を見ると三人の被害者はみんな似たタイプに思える」

「そこが犯人のこだわりよ。わたしも本命一人説や顔見知り説を考えなくはなかった。でも警察としては事実をもとに捜査しなくてはならないの」

「おれの説は美人刑事が主人公のミステリーとしてさ」

「犯人はたまたま事件当日に被害者を見かけたのではなくて、事前に調べていた可能性が大きい。否定はしていたけど、あなたに指摘されるとそんな気もしてくる」

「愛は偉大《いだい》だ」

「酔っただけよ。でも顔見知り説を再検討してみようかしら、ほかの捜査員には言えないけれど」

　枝衣子がグラスを空け、椋がワインをつぎ足し、ゆらりゆらりと、二人の肩が触れ合う。椋の安アパートでもすることは同じなのだが、隣室に小清水柚香がいるので多少は遠慮する。枝衣子に言わせると「それはそれで、またその緊張感が洒落ている」のだとか。椋のほうもいくらか、そんな気分にはなるけれど。

考えたら椋も枝衣子も人が悪い。

「もう十一時ね、あなたもパジャマに着替えたら?」

「二時間ミステリーでも見ながら推理合戦をしよう」

「オムレツはわたしがつくってあげるわ」

必要もないのに、二人は手をつないで腰をあげ、椋は寝室へ、枝衣子はキッチンへ向かう。二人とも三十歳前後でいい大人のはずなのに、枝衣子は椋を初恋にのぼせた中学生のような気分にさせる。この関係がいつまでつづくのか、やはりどこかで破綻《はたん》がくるのか。男と女なんてどうせいつかは別れる。一般的で不変の真理ではあるけれど、稀《まれ》には別れない例もあるだろう。考えても意味のないことは、考えても意味はない。

4

子供のころ両親に〈常磐《じょうばん》ハワイアンセンター〉とかいう温泉へ連れてこられた記憶はあるが、それ以外に福島県とは縁がない。JR常磐線のいわき駅に着いたのが午後の二時前、そこから乗ったタクシーの車窓《しゃそう》に目をやりながら、金本はふと、フラダンサーたちの太い足を思い出す。

卯月枝衣子警部補から近石家の転出先を福島県のいわき市と聞いたとき、まず「ずいぶん遠くへ」と思い、それからすぐ三陸《さんりく》の大地震を思い出した。小金井署の廊下を歩いていた金本でさえ揺れの大きさに尻もちをついたほどで、岩手から茨城へかけての沿岸部はそれこそ激震。その後の津波被害と原発事故の処理は今でもつづいている。

近石家が国分寺からいわき市へ転出したのは約二十八年前で、現在も同市に居住しているとは限らず、それでも念のため地元の警察に所在確認を依頼した。その報告が昨日の土曜日に届き、懸念《けねん》したとおり近石幸次郎《こうじろう》の家は地震と津波で倒壊《とうかい》し、現在は板倉《いたくら》仮設住宅に居住しているという。三十年前の資料では殺害された女子小学生の上に稔志《ひとし》という中学一年生の兄、それに薬剤師の郁子《いくこ》という妻の名前があるが、地元警察の報告に二人の名前はない。あるいは震災で何らかの不幸があったものか。

今さら近石に会ってどうなる。それは昨日から頭にこびりついている設問で、仮設住宅地区へ向かっている今もつづいている。会ったところで事件に関する新証拠が得られるはずはなく、事件の解決も無理だろう。それでもなんとなく気分がわだかまるのは、やはり定年が近いせいか。

タクシーが仮設住宅地区につき、料金を払っておりる。仮設住宅というからコンテナ風の住居が密集しているのかと思っていたが、建物は木造。昔の棟割長屋《むねわりながや》のような住宅が扇形《おうぎがた》に五、六十棟ほど並んでいる。背後には低い丘陵《きゅうりょう》がつづき、仮設住宅群の周囲は閑散《かんさん》として平坦地で、そのなかにぽつんぽつんと新築の住宅も見える。津波はこのあたりまで及んだのか、あるいはもともとの空き地なのか。

仮設住宅のほうは一棟ずつにドアが三つ四つ。どの棟にもテレビのアンテナが突き立ち、三輪車や自転車が散らばって洗濯物が干された棟もある。一棟に三世帯の単純計算でも百五十世帯前後、東京では震災の記憶も薄れているが、放射性物質の除染も進んでいないし、まだ相当数の震災難民が不自由な暮らしをしているのだろう。

住居案内図で〈近石〉の家を確認し、愛用の古鞄を抱え直して五分ほど歩く。休日だからといって背広にネクタイに着古したウールのハーフコートは変わらず、靴も履《は》き古した革靴。定年後に筋萎縮《きんいしゅく》症の妻と暮らすために熱海の中古リゾートマンションを購入した都合上、無駄遣いは控えている。妻には「お酒とタバコが一番の無駄遣いですよ」と言われるが、酒とタバコをやめたところで妻の病気は治らず、金本の人生も変わらない。

やっぱり東京より寒いな、と思いはじめたとき〈近石〉の表札を見つけ、性懲《しょうこ》りもなく、また一瞬ためらう。今さら近石に会ってどうなる。事件を解決できないでいる警察の無能を詫《わ》びるか、近石に罵倒《ばとう》されればいくらか気が楽になるのか。

迷っていても寒いだけなので、四つ並んだ右から二番目のドアをノックする。すぐに男の声が返ってきて、無施錠《むせじょう》のドアをあける。なかから石油ストーブの臭気と暖気が押し寄せ、思わず咳《せ》き込みそうになる。

「覚えてはおられんでしょうが、私、東京の小金井で警察官をしていた、金本といいます」

部屋の中央で老人が膝立ちになり、金本の言葉が理解できないような顔で、しばらく口をもぐもぐさせる。髪は白いがまだ量は多く、頬がこけて目が落ちくぼんで、それでもジーンズに茶色のセーターは小ざっぱりした感じに見える。部屋自体は六畳一間に工事現場で見るようなステンレスの流し台、そこに二口のガスコンロもあって、板襖《いたぶすま》の向こうにはユニットバスがあるらしい。ドアの反対側が掃《は》き出し窓になっているから洗濯物も干せるし、都心ならこのレベルのアパートで五、六万円の家賃をとられる。

近石が状況を理解したように深くうなずき、礼儀正しく頭をさげて、金本をうちへ招く。部屋内に沓脱のスペースはなく、外で靴を脱いでから部屋へあがる。テレビでは競馬の中継をやっていて、そういえば福島にも競馬場があったなと、つまらないことを思い出す。

コートを脱いで近石に名刺をわたし、デコラのローテーブルをはさんで腰をおろす。自宅では立ち居に「よっこらしょ」と声を出す習慣になっているが、ここでは慎《つつし》む。

「国分寺署、ほーう、国分寺に警察署がありましたか」

「三年半ほど前に小金井署から独立しましてね、国分寺と小平《こだいら》を含めた地域を管轄しています。小金井署時代は生活安全課におりまして、三十年前の事件では、本庁捜査一課のお手伝いを」

近石が皺だらけの口元に力を入れ、ひとつ肩で息をついてから、テレビのスイッチを切る。テーブルには刺身の盛り合わせやから揚げのパックがおかれ、横には〈いわきゴールド〉とラベルのある酒瓶《さかびん》がおかれている。事件当時四十二歳だったから今は七十二歳、日曜日でもあり、競馬中継を見ながら昼酒を決めていたのだろう。

「金本さん、失礼ながら、お名前もお顔も覚えておらんのですよ」

「こちらも同様です。署内で一、二度お見受けしたことはあるはずですが、三十年も昔のことですからね、私のほうは体重が倍ほどにもなりましたが」

実際に胡坐の体勢でも腹が苦しく、金本はベルトを弛《ゆる》めて、ついでに背広の上着も脱ぐ。

「わざわざ東京からお見えになった理由が、分かるような、分からんような。聖子の事件に進展があったのなら、まずは電話で知らせてくれるでしょうからね」

「ごもっとも。正直に言うと私自身、なぜこちらへ伺う気になったのか、よく分からんのです。今月いっぱいで定年になりますので、あの事件を解決できなかったお詫びかたがたの、ご挨拶のような、そのあたりはまあ、お察しいただきたい」

近石が量の多い髪を梳きあげ、額の皺をより深くして、少し目尻を震わせる。罵詈雑言《ばりぞうごん》が発せられるかとも思ったがその気配はなく、近石の頭は深々とさげられる。

「そうですか、ご定年にね。聖子の事件を長いあいだ気遣《きづか》っていただいて、ありがたいことです。また当時は警察の皆さんにもお世話になり、心から感謝しております」

このあたりの対応は人それぞれ。事件当時は延《の》べ人数にして二百人以上の警察官が捜査に関わったから、手抜きはしていない。それでも警察を非難する遺族はいるし、同調するマスコミもある。

「金本さん、ご覧のように、もう仕事はしておらんのですよ。それで暇なもんだからこんなふうに、昼酒をね。福島の地焼酎《じじょうちゅう》ですが、よろしければおつき合いを」

「よろこんで」

「そうですか、よかった。このところ人に会うのも面倒で、考えたら十日ほど、誰とも口をきいていなかった」

近石が拳を畳について腰をあげ、流し台から湯呑と割り箸を持ってくる。部屋の隅にはたたまれた寝具、周囲の棚には段ボール箱やプラスチックケースが並んでいるが、女の気配はない。

「少し風を入れましょうかね、東京の方に石油ストーブは暑いでしょう」

掃き出し窓を少しあけ、テーブルの前に腰を落ち着けて、近石が二つの湯呑に焼酎をつぐ。

「よかったら刺身もね。放射能がどうとかの風評はありますが、専門機関がちゃんと検査をしている。人間の躰に一番害があるのは生きていることで、放射能ではありませんからね」

二人で湯呑を軽くささげ合い、金本はまず唇を湿らせる。湯呑につがれたときからなんとなく椎茸《しいたけ》の香りが漂っていて、口に含んでみると、本当に椎茸の香りがする。

「珍しい焼酎ですなあ、こいつは絶品」

「あれやこれや、地元の酒屋も工夫するわけです。私も若ければもうひと仕事、と思うんでしょうが、さすがに七十を過ぎますとねえ、最近は生きているだけで疲れる」

自嘲《じちょう》気味に頬を曲げ、近石が目をしばたいて湯呑を口へ運ぶ。事件当時は大手の保険会社で営業課長をしていたほどだから、それなりの学歴と学識はある。

「近石さん、お聞きするのはいけないのかも知れんのですが、奥さんと息子さんは、やはり震災で?」

近石がこほっと咳《せき》をし、首を横にふって、また白髪の髪を梳きあげる。

「家内とは離婚しました。ですから正確には、元家内です」

「それは失礼」

「なんの、金本さん、愚痴を言ってもよろしいでしょうかね」

もともと近石の愚痴や非難を聞くために出向いてきたようなものなので、金本はネクタイを弛めながら、うなずく。

「聖子の事件があって以降、正直なところ、私の、いや、家内や息子の人生は一変した。個人の意志や努力ではどうにもならない試練が人生にあることを、つくづく思い知った」

しゅっと焼酎をすすり、胡坐を組みかえて、近石が手の甲で鼻の下をこする。

「最初は東京を離れるかどうかの決断でしたよ。私はあの家に住んだまま、仕事をつづけたま ま、警察が聖子を殺した犯人を捕まえてくれるのを待ちたかった。ですが家内がねえ、なんとい うか、精神的にね。浴室も改装はしたんですが、どうにも風呂には入れないと。聖子の遺体を浴室で発見したのは家内ですから、私なんかとはトラウマがちがう。そのうち家事もできなくなって、食事の最中に突然泣き出したり笑い出したり。精神科に通わせて薬も飲ませたんですが、まるで効果なし。息子は息子でもともと変わったところがあって、その、べつに知能に問題があるわけではなく、他者とのコミュニケーションがうまくとれないという、今でいえば発達障害です。たとえば家内が息子に、台所に出ている皿を洗ってくれと言う。そうすると息子は皿を洗う。でも洗うのは皿だけで、箸や茶碗《ちゃわん》は洗わない。家内の言った皿が食器類すべてであることを理解できんのです。当時は発達障害とかアスペルガー症候群などという病名はなく、たんに変わった性格だとね。それに太っていて動作も緩慢《かんまん》、当然友達なんかできず、たったひとつの救いは妹と仲が良かったこと。登下校はもちろん一緒、ただ息子も中学生になって授業も多くなる、小学生の聖子は午前中に授業が終わることもある、そんなことで、あの年の春からは下校がばらばらに。事件の日の下校も聖子は一人で、それを息子は、自分の責任だと思い込んでしまった。お前のせいではない、悪いのは犯人だと、いくら言い聞かせても親と口さえきかない、家内は家内で錯乱《さくらん》がひどくなる、これはもう限界だな、環境をかえるよりほかに方法はないと、あのときは、そう決断したわけです」

また焼酎をすすり、当時の混乱でも思い出したように、近石が平手で何度か膝を叩く。

「私は出身がこのいわきだし、母親も兄もいる。海の近くなら環境もいいだろうと、海岸沿いに中古住宅を買いました。国分寺の家は不動産屋に買いたたかれましたが、家族のためなら仕方ない。高校時代の友人が医薬品の卸《おろし》会社に誘ってくれて、すぐ営業部長に。収入は半減しましたが田舎《いなか》でもあるし、家内と息子が健康をとり戻してくれればそれでいいとね。たしかに一時的には、三カ月ほどはまあ、ふたりともちょっと明るくなった感じがあったり、ですがそんな小手先の対応では、なにも解決しなかった」

近石がテーブルの下へ手をのばし、タバコと灰皿をとり出す。

「申し訳ないが、タバコを吸っても？」

「実は私も喫煙癖《きつえんへき》がなおりませんでなあ。いつお許しを願おうかと、うずうずしておりました」

金本もコートをひき寄せてタバコをとり出し、それぞれのライターで火をつける。

「東京ではずいぶん、規制が厳しいようで」

「歩きタバコをする人間なんぞ、まずいなくなりましたなあ。警察署もご多分にもれず全館禁煙、私など肩身の狭い思いをしておりますよ」

「金本さん、コウナゴの刺身を召し上がってみませんか。東京ではお口に入らんでしょう」

「コウナゴの、お、これはまた」

パックに半透明の小魚が盛られているのは知っていたが、コウナゴか。東京ではたしかに、シラス干しでしか食べられない。

「こっちはアンコウの皮をから揚げにしたものでしてね、ご遠慮なく」

酒も魚もタバコも申し分なく、状況を知らなければ旧友オヤジ二人の宴会に見えるだろう。

「家内と息子が明るくなったのは一時的で……」

天井に向かって長く煙を吹き、近石が皺に囲まれた咽仏《のどぼとけ》を大きく上下させる。

「もともと発達障害だったこともあってか、息子は新しい学校にも海辺の環境にも適応できず、家内のほうもまた気分の振幅《しんぷく》が大きくなる。東京とちがって近所づき合いや親戚づき合いもしなくてはならず、それがかえって負担になった。泣いたり喚《わめ》いたり、あげくに聖子を殺したのは私だとか言いはじめた」

何度か首を横にふり、タバコを吹かして、近石が焼酎を口へ運ぶ。

「たった一度ですが、金本さん、私は家内に手を上げてしまった。慣れない仕事や新しい人間関係の軋轢《あつれき》や、経済的なやりくりや家内と息子の精神状態や、そんなことだけに気を遣っていて、私は自分の神経がやられていることに無自覚だった。未熟な人間にはどこまでも、不運がつきまとう」

娘が殺害されて転居や転職を余儀《よぎ》なくされ、精神的に不安定な妻子のケアをしながら新しい環境での再出発。当時の近石にどれほどの負担と緊張があったのか、想像はつく。妻子以上に近石のほうが追い詰められていたはずで、たぶん喚きつづける女房に平手打ちでも食らわせたのだろう。それを近石は自分の未熟さだという。

「以降の経緯は定番のようなもので、家内は息子を連れて長野の実家へ。私もその実家に足を運んで向こうの両親に事情を説明したり、家内を説得したりもしたんですが、結局は離婚です。当時は気が抜けたような、逆に解放されたような、不思議な精神状態だった」

一瞬間をおいてから、近石が目尻をゆがめて笑い、二つの湯呑に焼酎をつぎ足す。「愚痴」という前提で淡々《たんたん》と話しているものの、実際には状況も精神状態も壮絶だったに違いない。

「それからあとはねえ、まあ、たいして面白い仕事でもなかったが、東京へ戻っても意味はなく、このいわきで一生を終えるのも宿命と割り切りました」

「奥さんや息子さんとは、その後？」

「多少の交流はね。震災のあとも一応は無事であることを伝えましたよ。ただ家内は長野で再婚しましたから、あまり接触しても再婚相手に失礼になる。息子のほうはさっきも言ったように、どうしても他人とのコミュニケーションがとれない性格で、長野での生活にもなじめなかったらしい。中学だけは卒業したものの、あとは家でぶらぶら。そうかと思うとぷいと家出をして何日も帰らず、家内からこちらへ来ていないかと電話が来たり、そんなことのくり返しでした。最後は本当に家出をして、警察にも捜索願を出したようですが、いまだに行方《ゆくえ》は知れていない。三十年前に聖子の事件がなければ、あのまま私が東京で頑張りつづけていれば、別な結果が出たかもとは思いますが、はたして、どんなものですかねえ」

家出人や失踪人《しっそうにん》は年間に八万五千人ほどもいて、そのうち行方や居所が知れるのは約七割。逆にいうと三割の二万五千人はそのまま行方不明になり、そしてまたその何割かは岡江家の風呂場で行旅死したようなホームレスになる。

「近石さん、ちょっと、その……」

タバコを消し、古鞄をひき寄せて、金本は行旅死男の顔写真をとり出す。

「この写真の男に見覚えはございませんか、お嬢さんの事件に関係しているわけではありませんが」

　近石が写真を受けとって二、三度、老眼らしく目から遠ざける。

「存知ませんなあ、この男がなにか？」

「いやいや、まあ、面白いといっては不謹慎ですが、国分寺で奇妙な事件がありましてね。確認してみただけのことですので、気になさらずに」

　西元町の行旅死男はもしかして行方不明になっている近石の長男かも、と一瞬期待してしまったが、稔志という長男が生きていれば四十二、三歳、変死男はどう見ても五十歳を過ぎている。

「話のついでといってはナンですが、国分寺におられた当時、隣りに岡江という家があったのを覚えておられますかな」

　写真を金本に返し、口のなかで「岡江」と呟《つぶや》いてから、近石が金本のほうへ眉をあげる。

「たしか西隣りのお宅でしたかね。東隣りは中村《なかむら》さんといったように記憶していますが」

「その西隣りの岡江さんです。近石家のあった場所はもう更地《さらち》になっていて、不動産屋が売りに出しているようです」

「更地にねえ。いわきの家も地震と津波で更地になったし、私の人生には更地がつきまとう」

　咽の奥でくっと笑い、タバコを消して、近石が湯呑に焼酎をつぎ足す。

「で、その岡江さんが？」

「ご夫妻が温泉から帰ってきたら、まったく見ず知らずの男が自宅内で死亡していました。本当に見ず知らずの他人なのか、警察はそのあたりを調べておるわけですよ」

　聖子という近石の娘が殺されたのも浴室だったので、行旅死男が浴室で死亡した事実は伏せる。

「それはまたとんだ災難、もっとも私の、いや、愚痴も過ぎると自虐《じぎゃく》になる。しかしあの岡江さんは……」

焼酎の足された湯呑を口の前に構えたまま、近石が掃き出し窓や映っていないテレビを見くらべてから、ゆっくりと視線を金本へ向ける。

「他人の陰口《かげぐち》は嫌いなんですが、昔のことを思い出したので、こちらも話のついでということでよろしいでしょうかな」

「ご遠慮なく」

焼酎もうまいしアンコウのから揚げもコウナゴの刺身も絶品、それにやはり、タバコもうまい。

「私は家にいないことが多かったのですが、家内がねえ、どうもあのご夫婦とは気が合わなかったような。お隣りだからといって無理につき合う必要はないとは、話していたんですが」

「具体的になにか、諍《いさか》いのようなことでも?」

「いやいや、たんにあちらの奥さんがガサツな感じの方で、それに、ご主人が不気味だと。どうもいつも見られている、いつも視線を感じる気がすると」

「ほーう」

「もともと家内は神経質すぎるところがあって、気のせいではあるんでしょうがね。ですから聖子の事件があったときも」

近石が眉をひそめ、唇をひきしめてから、湯呑を口へ運んでため息をつく。

「あのときは私も必死でしたから、警察につい、家内が感じていた視線の話をしてしまった。その点では岡江さんに失礼なことをした」

警察が不審者や心当たりを問うのは当然で、近石が必死になるのも当然。しかし当時の資料には岡江が容疑者に浮上したという記録はない。

「もちろんね、警察は岡江さんの指紋まで調べて、アリバイも証明しました。西元町の府中側に大手の家電メーカーがあるでしょう。今は中国に身売りしたようですが、あそこで機械関係の技師をされていたとか。家内が感じた岡江さんの視線が本物だったとしても、事件自体には無関係でした」

離婚したという近石の女房に記憶はないが、岡江の女房は西元町の現場で見かけている。隣りの芝生は青いという諺《ことわざ》があるように、岡江も自分の女房より隣家の女房に関心があったか。警察が指紋を照合し、アリバイを確認しているといっても府中の家電工場なんか現場からせいぜい二、三百メートル、徒歩だって五、六分の距離にある。三十年前でも指紋の知識は一般に普及していたから、慎重な人間なら残さない工夫をする。

「そういう事情もありましてね、国分寺のあの家には住みにくくなったわけです」

近石が新しいタバコに火をつけ、金本もつられてタバコをくわえる。

「考えたらこの五月で、もう三十年ですか。幸《さいわ》い聖子の遺骨は実家の墓に入れましたので、震災だけは免《まぬが》れましたがね。金本さんとお話ししていると、まるで昨日のことのように思い出される」

「余計なお世話でした」

「いやいや、もちろん当初は私も、なぜ犯人を捕まえられないのか、警察はなにをしているんだとか、恨みに思ったこともありますよ。ですがみなさんが必死に捜査してくれていたことも知っていた。いくら必死に捜査したからって、殺人事件が解決しない例もある。たしか殺人事件の解決率は九十パーセントほどでしたかね、逆にいうと十パーセントは解決していない。聖子の事件は運悪く、その十パーセントに入ってしまったわけです」

ずいぶん冷静な性格で、社会に対する観察眼も的確。言葉遣いにも知性があり、もし三十年前の事件がなければ今ごろは孫の二、三人もいて、国分寺で平穏《へいおん》な余生を送っていただろうに。

「近石さん、失礼ですが、この仮設住宅にはいつまで」

「それなんですよねえ」

近石がぷかりと煙を吹き、窓の外に目をやって、首のうしろをさする。

「この住宅を買い取ることもできるし、年金もありますから、一人で暮らすだけならそれほどの不自由もない。あとは死ぬまでただ生きるだけ、それも宿命だろうと決めていたんですが、金本さんにお目にかかって、なんだか働きたい気になってきた」

「それは重畳《ちょうじょう》」

「知り合いが地元でスーパーマーケットのチェーンをやっておりましてね。復興需要《じゅよう》もあるから手伝えと言ってくれて、もうそんな気力はないと断っていたんですが、考え直してみようかとも」

「近石さんのような方が埋もれてしまうのは、地元にも損失でしょう」

「幸か不幸か、意味もなく躰だけは丈夫にできています」

またぷかりとタバコを吹かし、そのタバコを消して、近石が湯呑を口へ運ぶ。金本もなんとなく積年のわだかまりが解消したような気分になって、焼酎を飲みほす。

「奇妙な人間が突然お邪魔をして、ご迷惑をかけました。定年が近くになると、柄にもなく感傷的になりましてね」

金本が暇《いとま》の気配を見せたのに気づいたのか、近石が腰をずらし、「ちょっと待て」というように目配せをする。

「お帰りはＪＲのいわき駅でしょう。東京とちがって流しのタクシーは通りませんからな、今呼んでさしあげます」

たたまれた寝具の上からケータイをとりあげ、近石が十秒ほど会話をする。

「十分ほどかかるとか。もう少しお待ちください」

そのまま座を立ち、冷蔵庫へ歩いて、近石がビニール袋になにかの支度をする。

「コウナゴはいわゆる腐敗《あし》が早いというやつで、それでシラス干しにするわけです。生で食べられるのは地元ぐらい、氷を入れておきましたから、東京までもつと思いますよ」

「ごていねいに、恐縮」

「まだ日もあるし、私も聖子の墓へ参ってから、スーパーマーケットの知人を訪ねてみます。金本さんにお目にかかって、なんだか気力のようなものがわいてきた」

ビニール袋を戸口におき、箸や湯呑を台所に始末してから、近石がストーブを消して窓の鍵を閉める。こんなタヌキ面《づら》を見て気力がわくのならいくらでも訪ねてくるが、逆に金本のほうが定年。難病の妻を介護しながらののんびりした余生を、という計画も、どこまで持続するものか。余生といっても二十年ぐらいはあるだろうし、熱海で魚釣りをするだけで二十年もの時間がつぶれるものなのか。

定年後の人生設計はまたあとで考えるとして、三十年前に警察が確認したという岡江のアリバイが、なんとなく気になる。

今さら再確認の方法があるのかどうか。卯月枝衣子警部補の超能力なら、あるいは、なにか見つけ出すか。

「タクシーは家の前まで来てくれませんので、外へ」

近石が壁に掛けてあるジャンパーを外し、金本もコートと鞄をひき寄せて腰をあげる。珍味のコウナゴを土産《みやげ》にもらったし、駅に着いたら〈いわきゴールド〉という焼酎も探してみよう。弛めてあったベルトをしめ直しながら、金本は習慣で、つい腹をぽんぽんと叩いてしまう。

5

犯人は被害者たちの顔見知りか。

A子、B子、C子それぞれの供述記録を読み直しながら、枝衣子は水沢椋の指摘を再検証している。たしかに三人の住居は国分寺駅から徒歩十五分圏内、方角的にも駅の北口で、三人がどこかですれ違ったことぐらいはあるかも知れない。しかし枝衣子が三鷹のマンションを購入してから四年のあいだ、駅構内や路上ですれ違っただけの人間を覚えているか。朝晩の通勤風景を思い描いても、覚えている人間は一人もいない。買い物をするスーパーやコンビニの店員にだって記憶はなく、同じマンションの住人さえ知らない。無縁な人間には注意を払わない自分の冷淡《れいたん》さなのか、とも思うが、音楽を聴いたりケータイをいじくりながら歩いている人間はもっと不注意だろう。

それでも念のために、今朝は金本と土井に相談してA子、B子、C子の再事情聴取を決定した。今回は三人にそれぞれの顔写真を確認させ、どこか同一の場所に居合わせたことはないか、美容院でもカフェでも同じ店を利用していないか、かかりつけの病院や歯科医院などがあるかと、そこまで詳細な聞き取りにした。大学生のB子は年度末で福井の実家に帰省しているので萩原刑事を派遣《はけん》し、ほかの二人にはベテラン刑事を当てた。無駄足になるかも知れないが、このあたりも捜査員の増員はありがたい。

次長か課長補佐、か。たしかにね、刑事課も三十人体制になれば、仕事はやりやすいでしょうけれどね。

気になっているのは椋が言った「犯人は被害者のアパートを事前に調べていた」という仮説で、無理筋《むりすじ》ではあるけれど、可能性もゼロではない。それぞれの被害者が写っている防犯カメラは駅の改札と出口、それにコンビニとドラッグストアの四カ所。その四カ所の映像をつなぎ合わせて点を線にし、被害者の足取りを追う。渋谷《しぶや》や新宿の繁華街《はんかがい》なら二、三百台の防犯カメラが設置されているが、国分寺ではこんなもの。事件当日は被害者の直後から同じ足取りで行動した男がいるはずで、四台のカメラ映像だけでその割り出しをおこなう。今回の事件ではその分析手法が通用せず、しかし現実問題として、レイプ犯が事前に被害者の周辺を調べておくほど、周到《しゅうとう》な準備をするものなのか。

目の前に影のようなものが広がり、顔をあげると課長の金本が立っている。

「卯月くん、忙しいかね」

「ご覧のとおりです」

「見ただけでは君が忙しいのか暇なのか、俺には分からんよ」

周囲を見まわし、近くの刑事が出払っていることを確認してから、金本があいている椅子をひき寄せて腰をのせる。

「今朝はほかの連中がいたので渡せなかったが、福島の土産だ」

太鼓腹で隠すように金本がビニール袋をさし出し、顎をしゃくって、早くしまえと合図をする。枝衣子は受けとってデスクの足元へおく。

「福島というと？」

「昨日いわき市の近石氏を訪ねてみた。案じたとおり震災で家が流されて、仮設住宅に暮らしていたよ」

「お気の毒に」

「しかしまあ、意外に元気でな。仮設住宅で近石氏にふるまわれたのがその焼酎だ。椎茸の香りがして珍しいので買ってきた」

その気になればインターネットでもとり寄せられるのだろうが、一応は金本の心遣いに感謝する。

「資料では奥さんと息子さんがいたはずですが」

「不幸中の幸いというか、離婚して長野にいるので、二人は震災には遭わなかった。ただその間の事情を聞いてみると壮絶でなあ、よく正気を保っていられたと感心した。内心には警察に対する恨みもあるんだろうが、特別に非難されることもなかった。なかなかの人格者だったよ」

金本と近石のあいだでどんな会話が交わされたのかは知らないが、金本も肩の荷がおりたような顔をしているから、ある程度は友好的だったか。

「実はなあ卯月くん、あれやこれや昔の話をしているとき……」

誰が聞いているわけでもないだろうに、金本が椅子を前に出し、肉づきのいい背中で糸原の視線をさえぎろうとする。

「話のついでに岡江家の話題になってなあ。近石家と岡江家はあまり仲が良くなかったそうだ」

岡江家といえば風呂場男事件があった家で、三十年前の事件当時は隣り同士。小清水柚香もすでに取材済みらしく、両家が不仲だったことや「謎のプリン事件」とやらの顚末も知らせてきた。岡江家は近石家のことを「気取った感じで見栄っ張り」と評したらしい。

「隣り同士だからって挨拶程度という家はよくある。それだけなら問題はないんだが、当時近石氏の奥さんは、岡江の視線を気にしていたという」

「視線?」

「旦那の岡江晃だろう」

「具体的には」

「なにもない、ただいつも岡江に見られている感じがすると。奥さんは神経質なところがあって、気のせいだろうと取り合わなかったそうだ。しかしそのことを娘の事件があったとき、担当の刑事に話したという」

「事件の性質上は当然です」

「刑事もすぐ岡江のアリバイを調べて、関わりはなしと判断した。だがなあ卯月くん、当時の岡江はすぐ近くにある家電メーカーの工場に勤務していたという」

「府中側の工場ですね」

「誰が岡江のアリバイを証明したのかは知らんが、工場から自宅まで歩いても五、六分。休憩《きゅうけい》時間に抜け出すことぐらい簡単だったはずだ」

ほっとため息をつき、首周りについた肉に顎をうずめるように、金本が枝衣子の顔をのぞく。言わんとしていることは明白、岡江にはじゅうぶん犯行の時間があったということ。近石の妻が「いつも見られている感じがする」というだけでは警察も岡江を追及しなかったろうが、この視線というのは案外難しい。あるのかないのか、自意識が脳を反応させるだけなのか、まだ証明されていない物理的システムが存在するのか。枝衣子が他者を無視して歩くのも男たちの視線が煩《わずら》わしいからで、椋と初めて住宅街の路地ですれ違ったときなんか「こいつ、静電気でも発射しているのか」と思うほどピリピリした視線を感じたものだ。

しかしもちろん、一般的にはたんなる気のせいとされている。

「俺も職場との距離や奥さんの感想だけでは、再捜査の理由にはならんとは思うさ。だがここへきてあの風呂場男だ。因縁というか、なにかこう、理屈では説明のつかん運命のようなものが、なくはない気もする」

ホラー映画ならそんなストーリーもあるだろうが、現実は無機質にできている。

「岡江のアリバイを調べた捜査員は分かりますか」

「当時は何十人ものアリバイを調べたからなあ。本庁の連中か小金井署の誰かか、見当もつかん。資料にも岡江を正式に取調べた記録はない。一応は小金井署に問い合わせてみるけどな」

その捜査員を見つけ出したところで三十年も前の事件で、明確な記憶は期待できないし、すでに退職している可能性もある。しかし警察官には正式な調書以外に、個人的な捜査メモを残している人間もいる。

「課長、近石さんと交わした会話を詳しく思い出して、わたしのパソコンに送ってください」

「俺の発言も併記しよう」

「そこまではいりません」

「いやあ、でも、話には順序がある」

「それならご自由に」

「うん、俺だってまあ、あの事件が解決できるとは思わんが、近石氏には借りがあるような気がしてなあ。しょせんは気分の問題だろうけれど」

今は七十二歳になっている近石という老人がどんな人格かは知らないが、金本は相当に共感したらしい。娘の不幸に加えて離婚や震災の被害、世の中には運の悪い人間がいるもので、金本でなくとも同情したくなる。

「それじゃ、そういうことでな。俺はやっぱり、ちょっと小金井署へ行ってこよう」

金本が腰をあげて自分のデスクへ歩き、愛用の古鞄とコートをとりあげて戸口へ向かう。目下《もっか》の眼目は連続強傷のはずなのに、気持ちは三十年前の事件に向いているらしい。金本がいたところで連続強傷に進捗があるわけではないから、人情として、許す。

それはそれとしてと、枝衣子は金本の土産をデスクの抽斗《ひきだし》にしまい、パソコンの画面に目を戻す。金本が来る前に考えていたのは、レイプ犯が襲う相手の住居などを事前に調べておくものか、ということ。欲望をおさえられなくなった咄嗟《とっさ》の犯行という事例が多いことはたしかだが、椋の指摘にも一理はあるし、「あんがい椋ちゃんの屁理屈《へりくつ》は当たるのよね」と、一緒に過ごした週末を思い出して頰が弛みそうになる。

卯月枝衣子警部補、仕事に集中しましょう。

かりに犯人が被害者の行動を事前に調べていたとしても、方法はやはり尾行だろう。二、三日前か、一週間前か、一カ月前か。一般的に防犯カメラ映像の保存期間は三カ月、A子とB子の映像は警察がコピーした事件当日分を除いて、たぶん消去されている。しかしC子の事件は一カ月もたっていないから、二カ月分はある。

C子の遠山香陽子は吉祥寺にあるインテリア関係会社のデザイナーだが、二十一歳なら雑用係みたいなものだろう。退社時間が一定しているとは思われず、四台の防犯カメラ二カ月分をチェックするのは相当の労力。中国の顔認証システムなら十分ほどで検証してしまうらしいが、それは人権無視国家の話。善悪は別にして、日本では二カ月分の映像をただひたすら、根気よく凝視しなくてはならない。

でも糸原に半分手伝わせれば、一カ月分で済むか。

しばらく考え、四台分の防犯カメラ映像を回収することに決めて、枝衣子はパソコンをオフにする。

昨日あたりから少し暖かくなった気もするので、枝衣子のアウターはコートからフラノのジャケットに替わっている。新築の所轄署館内は空調も万全、一階へおりてからバッグとジャケットを抱えたまま生活安全課へ向かう。十一人体制の刑事課でももともと部屋は広く、四十一人体制の生活安全課室は刑事課の三倍はある。ただ人数が多いだけ雑然感はあり、制服婦警の数も多い。

生安課室へ入って枝衣子が日村課長のデスクへ歩いていくと、もう二十メートルも先から日村が顔をあげてくる。これが視線だ。

「お忙しいところをお邪魔します」

「主婦売春と振り込め詐欺を一件抱えているだけで、あとはご覧のとおりだ」

婦警のほかにも三人がデスクについているし、刑事課へも六人の援軍を送れるほどだから、なるほど繁忙《はんぼう》ではないらしい。年度末や年度初めになると酒の上のトラブルや企業への防犯指導などで、生安も忙しくなる。

デスクのななめ横に立ち、必要もないだろうが、枝衣子は少し声をひそめる。

「日村さんもたしか、小金井署からこちらへ移られたんですよね」

「金本さんと一緒だよ。ほかにも二十人ほどはいるだろう」

「三十年前はもう任官を？」

「三十年前？　任官した年か、その翌年ぐらいだと思うが」

日村が椅子を少しデスクから遠ざけ、疑問形に眉をあげる。この日村も枝衣子が生まれた年ぐらいにはもう警察官になっている。

「ちょうど三十年前の五月に、近石聖子という小学生の殺害事件があったそうですが、覚えておられますか」

「近石聖子、小学生」

腕を組みかけ、しかし深くまでは組まず、二、三度呼吸をしてから日村が右の頬と口元をゆがめる。

「あったなあ、私は任官二年目で地域課の下っ端《したっぱ》、先輩たちに追いまくられて史跡公園の周囲を走り回ったよ。だが、それが？」

「殺害現場は西元町の、あの岡江家の隣りだったそうです」

「あの岡江家というと、風呂場男の」

「クルマをとめた空き地があるでしょう。三十年前はあの場所に近石家があって、事件はそこの浴室で起きました」

「そうかあ、いやあ、まるで気づかなかった。もっとも私は当時、現場を見ていなかったけど」

「金本課長も当日は思い出せず、翌日になって、もしかしたらと」

「すごい偶然だねえ。だが三十年もすればいろんなところで人が死ぬ。他殺はまずないだろうが、あの住宅街一帯だって十人以上は死んでいるだろう」

「でも金本課長には胸騒ぎがあるようです」

「胸騒ぎというと」

「いわゆる、気分的にひっかかる、みたいな」

「気分のどういうところが」

「知りませんけど、定年が近くなると思い出すことも多くあるのでしょう。近石家は事件後に福島県のいわき市へ転居して、運悪くそこでまた震災に。金本課長は昨日、その近石さんを訪ねたそうです」

金本にはほかの課員に内緒と釘《くぎ》を刺されているが、連続強傷の捜査に支障《ししょう》が出るわけでもなし、日村にまで隠す必要はない。

日村が今度こそ深く腕を組み、何秒か天井を仰《あお》いで、ウームと息をつく。

「金本さんの気持ちも分かるような、分からないような。それでご本尊《ほんぞん》は、どうしたいというんだね」

「指示はありません。ただ昔そういう事件があったと」

「要するに卯月さんの超能力に期待しているわけだ」

「わたしは当時の捜査資料に目を通しただけです。日村さんのほうこそ、なにか記憶に残っているようなことは?」

「そういわれてもなあ、私は近石という名前すら覚えていなかった。駅やコンビニの防犯カメラが一般的になったのは地下鉄サリン事件以降のことで、あの事件はそれより前。先輩たちも休日返上で聞き込みをつづけたが、とうとう有力な容疑者は浮上しなかった」

枝衣子は日村のデスクに腰を寄せ、バッグを肩にかけて、腕のジャケットを抱え直す。

「近石さんは震災後の仮設住宅にお住まいのようですが、訪ねていった金本課長に、事件当時奥さんが岡江氏の視線を気にしていたと」

「岡江氏？　旦那の岡江晃かね。あの岡江が近石氏の奥さんに、どういう視線を」

「想像はつくでしょう」

「いわゆる『いやらしい視線』というやつか」

「そこまでは知りません。それに『気がする』というだけで、実際に顔を合わせていたわけでもないようです」

「つまり近石氏は訪ねていった金本さんに、岡江が怪しいと」

「その告発は聞いていません。たぶん金本課長の気分でしょう」

「気分なあ、ただ気分といわれても、それに被害者は近石氏の奥さんではなくて、小学生の娘だろう」

「将来はアイドル間違いなし、といわれるほど可愛い子だったとか」

「いくら可愛くても小学生では、いや、しかし、そんな事件はいくらでもあるか」

「岡江が見つめていたのは奥さんではなくて、娘のほうだった可能性もあります」

日村がまたウームと息をつき、腕組みを解いて両肘をデスクにのせる。

「卯月さん、言いたいことは分かるが、さすがに無理だろう」

「わたしも無理だと思います。でも当時岡江はすぐ府中側の、家電メーカーに勤務していたそうです。一応アリバイは確認したようですが、家から勤務地まで徒歩五、六分。抜け出そうと思えば、抜け出せたかも」

「可能性とか視線とか、まして岡江がロリコンだったなんて、どうやって証明する。調べ直す手段もないだろう」

「分かってはいますけどね。定年を控えた金本課長の気分だけ、お知らせしておこうと」

「気分だけでよければ承《うけたまわ》っておくよ。送別会の会場も二十八日で黒田が手配したそうだ。幹事は刑事課の深沢《ふかざわ》と早川《はやかわ》にやらせるらしい。詳細は二人から説明されるだろうが、いずれにしても連続強傷に、早くけりをつけなくてはね」

日村の指摘に異論はなく、枝衣子はジャケットを抱え直しながら、一歩しりぞく。

「岡江家で変死した男は、いつ火葬に？」

「うん、いやあ、書類ができれば今日にでも」

「一週間ほど延期してもらえませんか」

「それは、その、なぜだね」

「わたしの気分ということにしてください」

「卯月さん、本気で？」

「わたしと次期刑事課長とは意思の疎通《そつう》だけではなく、気分の疎通も大事でしょう」

「もちろん、もちろん、火葬ぐらい一週間でも一カ月でも延期できるが、要するに、その、いや、なんだか知らないが、それじゃそういうことにしておこう」

日村が肩の力を抜くように苦笑し、頬骨の下あたりをぽりぽりと掻《か》く。枝衣子と気分を疎通させたわけでもないだろうが、日村もずいぶん素直な性格で、これなら来年度からの仕事も楽になる。

枝衣子は日村に頭をさげ、きびすを返して戸口へ向かう。風呂場男と三十年前の少女殺害事件に関連があるとは思えないけれど、因縁ぐらいはある気がする。定年で警察を去っていく金本への餞別《せんべつ》として、超能力の一端ぐらいは見せてやりたい。

※

ずいぶん広い工場なのね、と思いながら枝衣子は北府中の駅前に立つ。ＪＲ武蔵野線の車窓から空に突き立つ矩形《くけい》の建造物は見えていたけれど、てっきり煙突だと思っていた。しかし工場のホームページではエレベーターの試験装置だとかで、この工場ではエレベーターのほかに空調設備や電車まで製造しているらしい。冷蔵庫や洗濯機をつくっているだけの〈家電メーカー〉とはイメージがちがって、敷地もひとつの町全体をしめている。従業員は今でも一万人以上、少女殺害事件のあった三十年前は三万人以上もいたという。

国分寺で四カ所の防犯カメラ映像を回収してから、岡江家と工場の距離を確かめてみようと北府中駅まで足をのばしてきた。金本は「せいぜい五、六分」と言ったがそれは敷地の端までの距離、正門まで歩けば二、三十分はかかるかも知れない。

まあね、お天気もいいし、とりあえず岡江家まで歩いてみようと府中街道を北へ向かう。岡江が怪しいという根拠は「近石氏の奥さんが感じていた視線」と「現場との距離」だけだから、これはもう言い掛かり。そんなものを理由に再捜査をしたら人権侵害になってしまうし、本庁も後藤署長も認めない。

府中街道を刑務所の北西端まで歩くとそれだけで五分、男が早足で歩けば多少の短縮は可能だろうが、西元町まで直線距離でも一キロ以上、最低でも片道十五分はかかってしまう。三十年前の犯行時間は聖子の下校時間と母親の帰宅時間からの推定で午後一時から四時半までのあいだ。遺体体温低下推定では午後三時ごろらしいが、確定はしていない。かりに午後三時として、岡江が休憩時間に工場を抜け出して犯行におよんでからまた工場へ戻るまで、一時間はかかるだろう。工場のシステムは知らないが、いくら三十年前でも〈おやつ休憩〉に一時間もあてるものなのか。

刑務所角の交差点に立って四方を見くらべ、そういえばこのあたりで昔、三億円の強奪《ごうだつ》事件があったはずとは思ったものの、枝衣子が生まれる前の事件なので興味も記憶もない。

この交差点から国分寺の西元町へ向かうには府中街道をまた北へ歩き、東八《とうはち》道路を渡ってから住宅街へ入る。往復三十分も歩けば途中のどこかで誰かに目撃されたはずで、しかし当時は岡江を容疑者と推定しての聞き込みはされていない。時間的にもかなり無理があるし、岡江が自転車通勤でもしていないかぎり犯行は不可能だろう。

そうか、自転車か。もし岡江の通勤手段が自転車だったら、自宅と工場間ぐらい十分で往復できる。

西へかたむいていく陽射《ひざ》しを背に受けて東八道路まで歩き、交差点を国分寺側へわたる。府中市と国分寺市の境界になっている細路《さいろ》をしばらく歩くと西元町の住宅街になって、岡江家の二階家が見えてくる。信号待ちの時間まで含めると工場からここまで、枝衣子の足で二十分。事件の翌日ぐらいはマスコミも押し寄せたろうに、今は人もクルマも通らない。

岡江家の前まで進み、昔は近石家があったという空き地を眺める。奥に不動産屋の売地広告が出ている以外は枯れた雑草がはびこり、しかしよく見るとちらほらタンポポの新芽が顔を出している。もちろんこの空き地には除草剤が散布されているはずだから、食用にはならない。三億円事件も枝衣子が生まれる前、近石家に起きた悲劇も枝衣子の生まれる前で、どちらの事件にも実感はわかない。

岡江家の門内《もんうち》に人の影が動き、そちらへ向かう。事件から五日もたって、さすがに岡江夫婦も息子の家から戻ったのか。

門の内をのぞくと思ったとおり岡江晃が庭の西端にいて、花壇の前にかがみ込んでいる。花壇といっても畳半分ほどのスペースだが、手前側に五株ほどのパンジーが見える。

枝衣子の視線に気づいたのか、岡江が顔を向け、手にシャベルを持ったままゆっくりと腰をあげる。

「お帰りでしたか。その後ご様子はどうかと思って、伺ってみました」

岡江が皺で囲まれた目を見開き、「ほーう」というように口をすぼめて、二歩ほど枝衣子のほうへ寄ってくる。痩せ型で猫背《ねこぜ》気味で髪も薄く、平凡を絵にかいたような退職老人だが目の光には鋭《するど》さがある。

「刑事さん、その節はお世話になりました。いつまでも倅《せがれ》のところへ厄介《やっかい》になっているわけにもいかず、昨日戻ってきたんですよ」

「とんだ災難でお気の毒でした。なにかお困りのようなことはございますか」

「いや、特別には、そうはいってもなにしろあれでしたからねえ。まだごたごたしていて、ですがまあ、家内が買い物に出ておってお茶ぐらいしか出せませんが、お上がりを」

事件当日はむっつりとして気難しそうに見えた老人だが、あんがい気さくな性格なのか。風呂場での変死は刑事課員である枝衣子の管掌外で、事件当日も日村の要請で臨場しただけ。しかしその事実を岡江に告げる義理はない。

「お庭で結構です、様子を見に寄っただけですので」

「そうですか、しかしまあ、お茶だけでも」

岡江がシャベルと軍手を花壇のわきへおき、枝衣子をうながしながら掃き出し窓へ入っていく。その掃き出し窓へ歩いていくと、家と隣家の塀との隙間に自転車の後輪が見えてくる。

枝衣子が掃き出し窓の框《かまち》に腰をおろし、待つまでもなく岡江が盆に客用の湯呑と筒茶碗をのせてくる。

「家内はまだグズグズ言いますがねえ、大した被害でもなし、居間や台所を片付ければ済むだけのこと。窓ガラスももう直しましたよ」

部屋の奥に胡坐をかき、筒茶碗をとりあげて岡江が口へ運ぶ。

「貴重品がなくなっていたようなことは」

「現金は家におかない主義なんですよ。腕時計とか家内の宝飾品《ほうしょくひん》とかもありますがみんな安物、あの男も手を出す気にならなかったんでしょうなあ」

そうはいっても風呂場男はホームレス、いつ家人が帰ってくるかも知れない侵入先では、まず貴重品を物色するのではないか。物色の痕跡があったのかどうか、日村にでも聞いてみよう。

「男の身元はまだ分からないのですが、ホームレスだったことは間違いないようです。最近近所でホームレスを見かけていませんか」

「さあて、どんなものですか。今はホームレスも身ぎれいにしていますからねえ。遠くから見ただけでは分かりません」

それもそうで、ホームレスすべてが段ボールハウスの住人というわけではなく、マンガ喫茶やネットルームで寝泊まりするホームレスもいる。日本のホームレス人口は五千人ほどらしいが、隠れホームレスの実態は分からない。しかし風呂場男は日村の言ったように、古典的なホームレスなのだ。

岡江が筒茶碗をすすり、枝衣子も客用の湯呑をとりあげる。

「そうですか、やはりホームレスですか。あんなことをされてたしかに迷惑でしたが、考えてみると気の毒でもありますなあ。飲み食いだけして、さっさと帰ればよかったものを」

「帰る家のないのがホームレスです」

「なるほど、これは一本とられた」

うしろ首をさすってにやりと笑い、岡江が胡坐の足を組みかえて視線を花壇のあたりに据える。警察官なんかに立ち寄られたら迷惑だろうに、話し相手が欲しいのか、女好きなのか。

「そういえば刑事さん、息子の家になんとかいう雑誌の記者が押しかけましてねえ。あれやこれや詮索《せんさく》されて困りましたよ」

「申し訳ありません。どこで息子さんの住所がもれたのか、署内でチェックしてみます。ですが向こうもプロですのでね、ガードしきれないときもあります」

「まあまあ、名前は出さないと約束させましたから、実害はないでしょうが」

「で、その記者は、どんな詮索を？」

「どんなといっても、室田の良枝ちゃんと熱海へ行った経緯やら、息子の職業なんかも聞いていましたかね。相手は家内がしたので、私は上《うわ》の空《そら》でしたが」

小清水柚香は近石家との関係や〈謎のプリン事件〉とやらの話も聞いているが、岡江はその事実に触れたくないらしい。

「せっかく静かに暮らしておられるのに、あの男も罪なことをしたものです」

オヤジとの世間話は枝衣子の得意技で、これは警察官になってから身につけた技術でもある。

「岡江さん、わたしは土佐の出身なんですが、岡江さんの言葉にもどこか四国訛《なま》りのようなものが」

「ほうほう、刑事さんは土佐ですか。ですが残念ながら私は岩手なんですよ。岩手の久慈《くじ》という町なんですが、ご多分にもれず、この前の地震でやられましてねえ」

「お気の毒に」

「なんの、もう親兄弟はおりませんし、私も十年以上帰っておりません」

隣りに住んでいた近石もいわき市の出身で震災に遭い、今は仮設住宅暮らしだという。そこにも岡江と近石には因縁がある。

「岩手から出ていらして、ずっと東京に？」

「そういうことですなあ。刑事さんは集団就職なんかご存知ないでしょう」

「記録映画で見たぐらいです」

「そうでしょうなあ。私らの世代ではまだ集団就職がありまして、中学の同級生でも十人ほどは東京や川崎《かわさき》の町工場に就職したものです。さいわい私は工業高校を卒業したので、集団就職ではなかった」

「府中の家電メーカーでしたね」

「あそこの車両部門に配属されましてね、四十二年間、きっちり勤めあげました。お陰で家も建てられたんですから、考えてみればいい時代でしたなあ」

岡江が筒茶碗を口に運び、四十二年間の工場勤めを回想するように、府中側の空に目をほそめる。

「今は派遣だの契約社員だの、労働者にはつらい時代になってしまった」

「岡江さんもご苦労されたでしょうに」

「いやいや、なにしろ私の時代はまじめにコツコツ働いてさえいれば、会社が最後まで面倒を見てくれましたからね。この家だって会社の持ち家制度で建てたんですよ。最近はだいぶ社員も少なくなったようですが、刑事さん、当時はあの工場だけで三万人以上ですよ」

「ひとつの町みたい」

「まったくまったく、食堂や休憩室がいくつもあって、活気がありましてなあ。女子社員も多くいましたから、あっちやこっちで、まあ、いろいろと」

「奥さんとは職場で？」

「いやいや、それがまた」

膝をさすりながらにやっと笑い、岡江が顔をしかめて、また府中側の空に目をやる。岡江の昔話なんかに興味はないが、三十年前の通勤手段には興味がある。

「今では考えられんでしょうが、会社にいろんな物売りが来たんですよ。セキュリティーがどうとか言い出したのはずいぶん後のことで、なにしろ三万人以上ですからね、衣料品やら食品やら健康器具やら、昼休みなんか化粧品のセールスが女子社員にメイク指導なんかして、それを私らが冷やかしたりでねえ、本当にあれは、いい時代だった」

「奥さんは化粧品のセールスレディーだったわけですね」

「おっと、さすがは刑事さん、鋭いですなあ。今はあんなですが当時は垢抜けもしておって、田舎から出てきたばかりの女子工員のなかに入ると、まあまあ、ちょっとね」

「ほかの男性社員から嫉《ねた》まれたでしょう」

「いくらかは、まあ、そんなこともありましたかな。聞いてみると彼女も出身が山形で、けっこう話も合う。二人力を合わせれば家も建てられて子供も育てられると、つまりは、そういうことですなあ」

見かけによらずずいぶん饒舌なオヤジで、このあたりはたぶん、枝衣子の超能力だろう。

「近くに史跡公園もありますし、職場も徒歩圏内にあって、理想的なお住まいですよね」

「徒歩圏内ではありますがねえ、毎日ですとなかなか。雨の日以外は自転車でしたよ。雨の日は家内にクルマで送らせたり、まあまあ、二人でコツコツ、この歳までなんとか暮らしてきたわけです。これで倅が、いや、まあ、長く生きていると多少のトラブルはありますがねえ」

そのときバッグのなかでケータイが鳴り、枝衣子は岡江に黙礼《もくれい》をして花壇の前へ歩く。

電話の相手は福井へ派遣した刑事の萩原。

「署に電話をしたんですが、課長も外出していて。今話せますか」

「だいじょうぶよ。情報でも?」

「B子の今永聡美に会って話を聞いたんですけどね。A子とC子の写真をみせたら、C子の遠山香陽子を見かけた気がすると」

「すごい、やったわね」

「でも確実じゃないんです。『たぶん』というレベルで」

「それでじゅうぶんよ。なにかの糸口になる気がする」

「僕もそう思います。なにしろB子がC子を見かけた場所が〈青いパパイヤ〉という整体院なんです」

「青い……」

思わず声が大きくなりそうになり、枝衣子は慌《あわ》てて送話口を手でおおう。青いパパイヤといえば岡江夫婦と熱海へ行った室田良枝が経営する整体院ではないか。

「萩原くん、こちらから折り返すわ。まだ福井でしょう」

「JRの駅へ戻るところです」

「ご苦労さま。五分ほどでかけ直すわ」

一度電話を切り、岡江からは見えない角度で深呼吸をしてから、枝衣子はわざとゆっくりきびすを返す。

「申し訳ありません。別件で急用ができまして、署へ戻らないと」

「刑事さんのお仕事も大変ですなあ。ご覧のとおり私は暇を持て余していますので、いつでもお寄りくださいい」

岡江の愛想《あいそ》がいいのは女性全般に対してではなく、たぶん枝衣子個人へのものだろう。

枝衣子は茶の礼を言って頭をさげ、内心の興奮を悟《さと》られないように注意しながら、無表情に岡江家を出る。萩原に詳しい話を聞かないと判断はできないが、B子がC子を「見かけた気がする」という情報は突破口になる予感がある。

タクシーを拾うために府中街道へ向かいながら、手に持ったままだったケータイで萩原の番号へ折り返す。

※

招集《しょうしゅう》をかけたので十一人の刑事課員と、生活安全課からの援軍組に加えて課長の日村まで顔をそろえている。福井へ行っていた萩原刑事も三十分ほど前に帰署し、金本、枝衣子、土井に対してB子の供述内容を報告している。

全員の顔がそろったのを確認したのか、金本がゲップのような咳払いをしてデスクから腰をあげる。

「毎日みんなご苦労さん。もう話は聞いていると思うが、福井へ行った萩原が貴重な情報をもち帰った。生安の扱い事件とも関連があるかも知れんので、日村課長にも来てもらっている。とりあえず萩原からB子の話を報告させる」

金本が腰をおろし、かわって萩原が席を立ってロングの前髪を梳きあげる。

「B子こと今永聡美二十歳は学期末で福井の実家へ帰省中です。このB子にA子とC子の顔写真を見せたところ、A子に記憶はないが、C子は覚えていると。見かけたのは整体院〈青いパパイヤ〉の待合室で、髪型が自分に似ているので記憶に残っていると。時期は昨年十二月の初旬、肩凝りがひどかったので整体を試してみようと思ったとか。青いパパイヤの特別優待割引券とかいうのが、アパートの郵便受けにポスティングされていたことがきっかけだったそうです」

土井が座ったまま手をあげ、椅子を半分ほどまわして二、三秒課内を見渡す。

「A子とC子に事情聴取した刑事たちの話では、どの顔写真にも見覚えはないと。ただ二人とも青いパパイヤを利用していて、きっかけはやはりポスティングされた割引券だった。残念ながら俺の家《うち》に、そんな割引券は配られなかったけどな」

軽い苦笑がおこり、萩原が席についていて、ふんぞり返っていた金本がぽんぽんと腹をたたく。

「これまで探していた三人の共通点が、やっと見つかったわけだ。整体院なんてのはジイさんバアさんが通うところだと思い込んでいたことが、盲点《もうてん》だったかも知れん。それにしても今どきの若い娘は、贅沢をしやがる」

また苦笑がもれ、静まるのを待ってから枝衣子は金本と日村の顔を見くらべる。

「もう皆さんご存知でしょうが、青いパパイヤの経営者は室田良枝といって、先週の水曜日に西元町で発生した〈風呂場男事件〉の関係者です。日村さん、お手数ですが概略を説明していただけますか」

「あとで報告書のコピーを配るけどね。かんたんに言うと、岡江という老夫婦が室田良枝の運転するクルマで熱海へ行き、二泊して帰ってきたら見ず知らずの男が自宅の風呂場で頓死《とんし》していた事案だ。付近や岡江夫婦の周辺に聞き込みをかけたけど、男と岡江夫婦との接点は見つからなかった。男が最近になって国分寺へ流れてきたホームレスであることは判明しているが、身元は不明。推定年齢は五十歳を超えていて、いつ死んでもおかしくない健康状態だったらしい。今のところ生安《こっち》で分かっているのはそれぐらいだ」

日村が解説を終了させ、「あとは卯月さんが」というように顎をしゃくる。

「連続強傷と風呂場男事件に関連があるのかどうか、まったく分かりません。常識的にはたんなる偶然と判断するのが正解でしょうが、ここで金本課長から重大なお知らせがあります」

ふんぞり返っていた金本が睡眠を邪魔された熊のように身を起こし、枝衣子に向かって唖然と口をひらく。

「いやあ、卯月くん、例の件は」

「連続強傷の捜査に支障が出ないように、というお気持ちは分かりますが、皆さんにも知らせたほうがいいと思います」

「そうは言うが、さすがにあれが、あれというのは、無理だろう」

「課長があれこれ言うのでわたしが説明します」

枝衣子はわざと数呼吸おき、金本には「任せておけ」という視線を送って、軽く咳払いをする。三十年前の事件が連続強傷や風呂場男事件に関連しているとは思わないが、捜査員たちも状況を頭に入れておいたほうがいい。

「先日日村課長にはお話ししましたが、実は三十年前に、風呂場男事件のあった岡江家の隣り、今は空き地になっている近石家で女子小学生の殺害事件が発生しています。この事件は残念ながら未解決、金本課長は連続強傷事件の捜査に支障が出ないようにと、皆さんには知らせず、ひそかにご自分だけで捜査しています。女子小学生の事件は三十年も前ですから、今回の事件に関連させるのは無理でしょうけれど、金本課長は女子小学生殺しの犯人を岡江晃と睨んでいます」

「おい、おい、卯月くん、俺はそんなこと、ひとことも言ってないぞ」

「わたしが察しました」

「あのなあ、勝手に察してもらっても、たんに俺の空想みたいなもので、それをみんなに言ったら混乱するだろう」

「いかがですか皆さん、混乱しましたか」

しばらくざわついてから、全員が苦笑交じりに首を横にふり、枝衣子はウムとうなずく。

「日村課長、通常なら青いパパイヤへ出向くか室田良枝を署に呼んで事情聴取すべきなのでしょうが、ここは慎重を期して、目立たないように、岡江夫婦や室田良枝の身辺調査から始めるということで」

日村が腕を組んで五秒ほど黙考《もっこう》し、大きくため息をついてから、天井や壁を眺めまわす。

「ホームレスの身元が判明しない以上、こっちの事件は行き止まりだ。去年の例もあることだし、卯月さんの超能力に任せようじゃないか」

このあたりも気分の疎通は都合がいい。

「金本課長、お聞きのとおりです」

「うん、まあ、そういうことなら、そういうことだ」

「三十年前の事件に関しては捜査資料等を、のちほどプリントしてお配りします。土井さん、今後の捜査方針をご説明ください」

やっと自分の番が回ってきたというように、土井が座ったまま背伸びをし、椅子をぎしぎしと軋《きし》らせる。

「なにしろ連続強傷では、初めて青いパパイヤという共通項が見つかった。慎重を期すべきという卯月さんの意見には、私も金本課長も賛成している。そこでまずは室田良枝の身辺調査を徹底させることだ。市役所と税務署を当たって家族関係や経済状況を把握する。離婚をしているらしいが、その背景も調べる。並行して岡江夫婦の身辺調査、それから被害者たちが整体を受けるきっかけとなったポスティングの実態、あとは、どうかな卯月さん」

「青いパパイヤはインターネットにホームページを出していますので、一応確認を。C子が写っている二カ月分の防犯カメラ映像は回収してきましたから、その解析はわたしと糸原さんでおこないます」

そのとき糸原が突然手をあげ、席を立って毅然《きぜん》として声を出す。

「青いパパイヤへは、捜査ということではなくて、一般客として私が潜入するのはどうでしょう」

入口に近い席だから全員が糸原をふり返り、誰も感想を言わないまま、その視線を枝衣子へ戻す。

「いい発想ですけど、室田良枝の身辺調査が進んでから考えましょう。三人の被害者が偶然同じ整体院を利用していただけ、という結果になるかも知れませんしね。もちろん整体院の評判なども聞き込む必要があります」

糸原が腰をおろし、代わって日村が空咳《からぜき》をする。

「こっちは岡江夫婦と室田良枝が泊まったという熱海の旅館等を、調べ直してみる。それから風呂場男の身元特定を、もう一度検討してみよう。立川や府中にいるホームレスにも聞き込みをかけてみる」

金本が身をのり出して課内を見渡し、意見が出尽くしたと判断したのか、ふんぞり返って腹をぽんぽんと叩く。

「みんなが俺の在職中に連続強傷の片をつけたいと頑張っていることは、知っている。だがここまで手こずった事件だ、今月だろうと来月だろうと、俺のことなんかは気にせず、慎重かつ遺漏《いろう》のない捜査をしてくれ。本番は明日からということで、今夜のところは早く帰って家族サービスをするようにな」

金本がもう一度課内を見渡し、コートと古鞄をとりあげて席を立つ。自分がいては捜査員が帰りにくいと思ったのだろう。援軍組のことは知らないが、刑事課での独身は枝衣子と萩原と糸原ぐらい。警察ではなぜか、早婚の職員が多い。

全員に会釈しながら金本が退出していき、すぐ糸原が枝衣子のデスクへ寄ってくる。

「申し訳ありません。出過ぎたことを言いました」

「気にしないで。わたしも自分で青いパパイヤへ寄ってみようか、と思ったぐらいなの。近いうちにお願いするかも知れないから、そのつもりでいてね」

「はい」

「三十年前の捜査資料をあなたのパソコンに送る。プリントアウトして皆さんに」

糸原が口のなかで「はい」と返事をして自分の席に戻っていき、枝衣子は捜査資料や金本と近石が交わした会話の内容を、糸原のパソコンに送信する。枝衣子も二人が福島で交わした会話の内容は見ているが、近石が岡江を疑っている様子はないから、今のところ金本の勘でしかないだろうが。

日村が寄ってきて軽く枝衣子の肩をたたき、身をかがめて声をひそめる。

「今回の事案がいい例だ。やっぱり刑事課の拡充は必要だろう」

「わたしに意見はありません。それより、風呂場男が岡江家を物色した痕跡はありましたか」

「物色というと？」

「時計とか貴金属とかパソコンとか」

日村が記憶をたどるように眉をひそめ、ほっと息をついて、首を横にふる。

「その痕跡はなかったなあ。とにかく腹がへって咽が渇《かわ》いて、気がまわらなかったんだろう。それに言っては失礼だが、あの家に金目《かねめ》のものはなかったよ」

空き巣に入ってまず空腹を癒したかった。そういう理屈も成り立つが、風呂にまで入る必要があるのかどうか。

「それより例の件なんだけどさ。近いうちに一席設けるから、ぜひつき合ってくださいよ」

そのまま日村が戸口へ向かい、代わって土井と黒田がデスクの横に立つ。

「卯月さん、日村課長に口説かれましたかね」

「ぜひ今度不倫をしたいと」

「身の程知らずとはよく言ったもんだ。あれで日村さんは恐妻家《きょうさいか》なんですよ」

黒田のせりふはギャグに決まっているが、課内の誰かに黒田本人の恐妻家ぶりは聞いたことがある。

「ところで卯月さん、黒田とも話したんだが、捜査対象の人員割りふりなど、私のほうでやっていいかね」

「お願いします」

「それにしても三十年前の事件というのは、びっくりしたよ。私が大学に入った年で、当時は相当の騒ぎになった。考えたらあの事件が解決したという話は、聞いていなかった」

「金本課長はいわき市まで行って、ご遺族の近石氏に会ってきたようです」

「いわき市というのは」

「事件後に近石家はいわき市へ転居して、お気の毒なことに、そこでまた例の震災に」

土井と黒田が顔を見合わせ、二人同時に顔をゆがめて、二人同時にため息をつく。

「できれば三十年前の事件も解決してやりたいが、どうかね、卯月さんの見通しは」

「わたしに超能力はありません。それより連続強傷に集中しましょう。課長は『来月だろうと』と言いましたけど、ここは刑事課の意地を見せるところです」

糸原がプリントアウトした用紙を配りはじめ、土井と黒田も席へ戻って〈人員割りふり〉の相談を始める。三人の被害者に関する共通項は見つかったものの、それで事件が解決する保証はない。三十年前の事件、連続強傷、風呂場男の死。この三案件に直接の関連はないにしても、たぶんどこかに、因縁はある。

枝衣子は歩きまわる糸原やコピー紙に見入る捜査員たちを確認してから、いわき市で金本と近石が交わした会話を、小清水柚香のパソコンに送信する。

※

先月また一人芸能界へ送り込んだせいか、来年度から月給が一万円アップされるという。タレントや声優を目指す学生たちに日本芸能史など不要とは思うが、東京芸術学院も短大だからカリキュラムはある。講義内容なんか前年度と同じで構わないとは思うものの、それでも学生を飽きさせないための工夫はする。

水沢椋が拾い読みしているのはエドワード・モースが書いた〈日本その日その日〉全三巻で、日本見聞録《けんぶんろく》のようなもの。明治の初期だから風俗や生活習慣は江戸時代と変わらず、挿絵《さしえ》まであって面白い。

そのモースがほとんどの日本文化を肯定《こうてい》しているなか、ただひとつ否定しているものがある。それは夜になると窓の外を奇妙な声を張りあげて通る人で、モース本人はその人の名称を知らなかったようだが、文章の前後から判断すると新内流《しんないなが》しだろう。この新内流しだけは「我慢できない」とまで言っている。

同じ芸能でも文化の違いというのは恐ろしいもので、鈴虫や松虫の声を美しいと感じる日本人と、騒音としか感じられない欧米人との違いに似ている。オペラで相撲取りのように太ったオバサンが恋にやつれた少女の役になり、「胸が苦しくて死にそうだ」とか喚いたとしても、日本人から見ればただの見世物《みせもの》だろう。逆に歌舞伎《かぶき》なんかではいい歳をしたオジサンが女形《おやま》とかいって、顔を真っ白けに塗り、躰をくねくねさせながら頭のてっぺんから奇妙な声を発する。欧米人から見れば背筋《せすじ》が寒くなるような見世物のはずで、正直に言うと椋本人も背筋が寒くなる。

芸能史の講義に文化史まで組み込むか、月給が一万円あがるぶん、学生たちにサービスしてやるか。逆に比較文化史まで持ち込むと、学生たちが混乱するか。だいいち新内流しをどう説明する。

ドアがノックされ、返事をする間もなく隣室の小清水柚香が顔を出す。

「鍵がかかっていませんね。今夜も卯月さんが来るんですか」

「かけ忘れただけだ。こんなアパートは強盗も敬遠する」

勝手に入ってきて冷蔵庫の前に胡坐をかき、柚香がテーブルに焼き鳥のパックをおく。

「臨時収入が入ったので奮発しました。いつもお世話になっているお礼です」

「最近はずいぶんサービスがいいな」

「わたしと水沢さんの仲じゃないですか。気にしなくていいですよ」

どんな仲かは知らないが、どうせ目的はビールで、それにたぶん、枝衣子が捜査している事件に対して何らかの魂胆《こんたん》がある。

椋は本を閉じてパソコンもテーブルからおろし、窓際の壁に寄りかかる。

「ビールは冷えていますか」

「おれと君の仲だからな」

「気が利《き》きますねえ。さすがは元伝報堂、卯月さんがいなければカレシにしたいところです」

誰がおまえなんかの。

柚香が当然のような顔で冷蔵庫をあけ、缶ビールを二本とり出して一本を椋の前におく。

「さっき卯月さんがメールをくれたんですけどね、面白い情報があるんです」

プルタブをあけ、くーっと咽に流してから、柚香がずれたメガネを押しあげる。

「水沢さんは三十年前の殺人事件を知っていますか」

「まあ、なんとなく」

枝衣子が推理小説を書くときの参考に、と過去に西元町で起きた少女殺害事件の資料を送ってくれたが、被害者が小学生というのは気が滅入る。性暴力が絡んでいるとなればなおさらで、被害者が成人女性ならいいとは言わないが、できればパスしたい。

「刑事課の金本という課長さんは知っていますか」

「あのなあ、そんなことまで」

「知らなければいいんですけどね。とにかくその金本課長が、いわき市の近石さんを訪ねたと思ってください」

「近石というのは、そうか、資料にあったかな」

「殺害された少女のお父さんです。事件のあとでいわき市へ転居して、そこでまたあの大震災に。世の中には運の悪い人がいるものです」

椋はプルタブをあけ、なんだか知らないが、柚香の話を聞くことにする。来期用の講義構想も急ぐわけでもなし、十時を過ぎて寝酒を始める時間にもなっている。

「焼き鳥をどうぞ」

「うん」

「それでね、訪ねていった金本課長に、近石さんは『岡江が怪しい』と言いました」

「岡江というのは」

「お風呂場事件のあの家ですよ。ほら、温泉から帰ってきたら、知らない男が死んでいたという」

そういえばスッポン鍋を食べながら、その椿事《ちんじ》は聞いたが、それが三十年前の事件にどんな関係がある。枝衣子のマンションで風呂場事件の話題は出なかったし、金本とかいう課長が近石を訪ねた話も聞いていない。枝衣子が柚香に送った情報は、たぶん今日判明したものだろう。

柚香が焼き鳥をとりあげ、ためらいもなく歯でしごく。枝衣子なら箸でとり分けるだろうに、くらべても意味はない。

「岡江家の隣りに空き地があるでしょう」

「あのなあ、おれは」

「はいはい、要するに空き地があって、昔はそこに近石家がありました。岡江は近石さんの奥さんに、いやらしい視線を送っていたようです」

家の位置や人間関係は想像できても、柚香がなにを言いたいのかは分からない。近石が岡江を怪しいと思ったのなら事件当時警察に訴えたはずで、岡江が犯人なら事件そのものが解決している。

「なあ、金本課長に、近石さんは本当に『岡江が怪しい』と言ったのか」

「直接は言っていません。わたしが行間から推理しました」

「いやらしい視線というのは」

「わたしの勘です」

「おまえなあ、いや、とにかく、それで？」

「三十年間も解決していなかった殺人事件の犯人を特定できたら、すごいスクープです」

「そうかも知れないが、君の勘だけではスクープにならない」

「わたしは岡江晃というおじいさんに取材しています。立場的に有利なんです」

「だから？」

「あのおじいさんは怪しいです。だって世間体を、ものすごく気にします」

「そういう問題ではないだろう」

「問題は視線ですよ。男性は無神経ですから感知しないでしょうけど、女性は敏感《びんかん》です」

「君でもか」

「どういう意味です？」

「いやあ、まあ、つまり？」

「近石さんの奥さんが感じた岡江の視線は、本物だったと思います」

「だからって、だいいち、殺されたのは奥さんではなくて小学生の娘だろう」

「ロリコンなんですよ。岡江の視線は奥さんではなく、娘に注がれていたものです」

「証拠は」

「それを見つけるのは警察の仕事です。わたしの仕事は社会に対して問題提起することです」

生意気ににんまりと笑い、ビールを飲みほして、柚香が冷蔵庫から新しい缶ビールをとり出す。柚香のせいで最近はビール代がかさむが、昇給もあることだし、これぐらいは大人として我慢する。

「このロリコン問題は根が深いんです。今は毎日ネットで報道されますけど、当然昔からありました」

ウラジミール・ナボコフの〈ロリータ〉に出てくる少女も当初は十二歳、江戸時代は十五、六歳で出産する例が多かったし、一概に背徳《はいとく》とはいえない。もともと猿類《えんるい》のなかで若いメスを好むのは人間だけで、チンパンジーもオランウータンも日本猿もオスは熟女を好む。理由は出産や子育ての経験がある熟女のほうが、自分が産ませた子供の生存率が高くなるから。社会的要因はあるにしても、生殖《せいしょく》と性欲を分離させた人間は狂った猿なのだろう。もちろんそれは、幼女に対する性虐待とは別次元の問題だが。

「視線もロリコンも行間からの推理も、要するに君の妄想《もうそう》だ」

「わたしが言ったのはストーリーとしての整合性ですよ。どうです、筋が通ると思いません？」

「ストーリーだけで犯人が捕まったら警察はいらない」

「水沢さん、卯月さんからなにか、極秘情報を聞いていませんか」

「彼女は連続強傷にかかりきりだ。かりに極秘情報があったとしても、君には漏らさない」

「水臭いですねえ。わたしたちの仲じゃないですか、ほら、焼き鳥を食べてくださいよ」

柚香がパックを押して寄こし、椋は仕方なくナンコツをつまんで、歯でしごく。

「それよりね、三十年前の資料を読んでいて、わたし、とんでもない発見をしたんです。なんだと思います？」

「知るか」

「少しは考えてくださいよ」

「君の美しさに見とれて思考が麻痺している」

「お世辞《せじ》は卯月さんに言いましょう」

「彼女には本心だけを言っている」

「はいはい、どうでもいいですけどね、わたしが発見した衝撃の事実は、もしかしたらこれが、事件の本質かも知れません」

なにを偉そうに。あの資料から柚香が事件の本質を発見できるのなら、とっくに枝衣子が発見している。

「何度も何度も、くり返し資料を読んだんですけどね。その結果発見したのは、警察が一度も、犯人として父親を疑っていないという事実です」

「おれもあの資料は読んだが」

精読したわけではないが、たしかに、少女殺しの容疑者に近石幸次郎の名前はない。だからって父親が自分の娘を犯して、まして殺したりするものか。

「柚香くん、どこかで悪い酒でも飲んできたのか」

「プロとしての推理ですよ。近石さんは自分が犯人だからこそ、隣家の岡江さんに疑いを向けようとした」

「さっきは岡江がロリコンだと言ったろう」

「そういうストーリーも成り立つ、という仮定の話です。でも警察が父親を疑わなかったのは、初歩的な、そして根本的なミスだと思います」

「君には推理と妄想の区別がついていない」

「甘いですねえ。わたしが知っているだけでも、家庭内での性虐待が三件ありますよ。昔は表面化しなかっただけのことです」

たしかにインターネットの掲示板でそういうニュースも見かけるが、特殊な事件だから騒がれるだけで、現実にはごく稀にしか起こらない。

「要するに君は、なにが言いたいんだ」

「わたしの推理を卯月さんに伝えてほしいんです」

「自分で言えばいいだろう」

「それは僭越《せんえつ》です。卯月さんはプライドが高いですからね。警察のミスをわたしが指摘したら気を悪くします」

気を悪くするどころか、鼻で笑うだろう。いくら三十年前でも警察が手抜きをしたはずはなく、岡江と近石に対しても身辺調査はされている。しかし柚香の妄想も、推理小説としては面白いか。

「ついでがあったら伝えておくけどな。それより柚香くん、最近の連続強傷に関して、君は被害者たちの氏名を知っているのか」

柚香がまたビールを飲みほし、三本目をとり出して、よせばいいのに、メガネの向こうからウインクを送る。

「被害者たちの住所は発表したから、君たちは当然取材しているはずだと」

「わたし自身は取材していませんけどね、記者仲間には横のつながりがあります」

「それなら性暴力が絡んでいることも?」

「常識ですよ。でも人権がありますから、このケースで氏名の公表はできません。マスコミにもルールがあるんです」

「インターネットがそのルールを破壊する」

「ネットの普及は早すぎましたからね。日本だけでなく、どこの国もネットへの対応で混乱しています。でもわたしが目指しているのは紙媒体《かみばいたい》の、王道のジャーナリズムです」

立派なのか、頭が古いのか、性格的に意固地《いこじ》なのか。そんなことはどうでもいいが、このSNS時代に柚香のような記者がいても、悪くはないだろう。

「柚香くん、台所の棚からウィスキーとグラスをとってくれ」

「人使いが荒いですねえ、もう寝酒ですか」

「おれは明日も講義がある」

「わたしだって仕事がありますよ。ですからさっきの推理を、ぜひ卯月さんに」

メガネをおさえながら腰をあげ、柚香がウィスキーとグラスと、それに冷蔵庫から氷を出してくれる。図々しくて生意気な女だが、一応の礼儀はある。

椋はグラスに氷を落としてウィスキーをつぎ、残っている焼き鳥をつまみあげる。今週いっぱいで今期の授業も終了、契約講師だから研修の必要もなく、暇に飽かせて推理小説でも書いてみるか。

「水沢さん、冷蔵庫に美味しそうな漬物がありますよ」

「うん、まあ」

「卯月さんのおもたせですか」

「いちいち、しつこい女だな」

「ジャーナリストとしての好奇心です。カブとニンジンと、あわあ、ミョウガもあるじゃないですか。寝酒の肴に少し出してあげます」

どうせ自分がビールの肴にしたいのだろうが、ここまで攻め込まれてしまっては仕方ない。それにしてもこの女は、なにをしにおれの部屋へ来たのだろう。

まあ、いいか。

椋はグラスの氷をころんと鳴らし、台所に立って包丁を使いはじめた柚香のちょん髷を眺めながら、意識して苦笑をかみ殺す。

6

しばらく降っていなかったが、今日は雨。ＪＲ国分寺駅からＣ子のアパートへ足を運び、途中まで戻ってドラッグストアの店先から〈青いパパイヤ〉の看板を見あげる。傘をさしていても靴先は濡《ぬ》れ、ジャケットの肩にも少し雨がかかっている。何年か前から東京では傘のサイズが大きくなっていて、枝衣子のさしているビニール傘も直径が七十センチもある。

今朝から糸原と分担して防犯カメラ映像の検証を始め、途中で気づいたのは青いパパイヤがドラッグストアの二階にあったこと。もともと風呂場男事件なんかに興味はなかったし、映像を回収に来たときは見過ごしていた。このドラッグストアから回収した映像を丹念《たんねん》に検証すれば、あるいはなにかの手掛かりが得られるかも知れない。

糸原ではないが、客を装って、青いパパイヤという整体院をのぞいてみるか。室田良枝に顔は見られていないから、整体を受けながら世間話でもすればその人物像を把握できる。

しかし捜査員も今朝から身辺調査を始めているし、やはり外堀が埋まるまで自重しよう。

傘をくるっと回し、青いパパイヤの〈リラクゼーション整体〉という謳《うた》い文句《もんく》を確認してから、枝衣子は署の方向へ足を向ける。被害者たちが青いパパイヤを利用する気になったのは割引クーポンのせいもあるだろうが、この〈リラクゼーション〉という文句にひかれたのだろう。

女は単純だ。

※

捜査に散っている課員は一人も帰っておらず、遠くの席で糸原がパソコンを睨んでいるだけ。なぜか金本課長の顔もなく、枝衣子はドラッグストアから回収した防犯カメラ映像を眺めている。二、三階への昇降口をとらえているのは人の下半身のみ、出入りはチェックできるものの見分けられるのは男女の別ぐらい。三階にも〈中富《なかとみ》企画〉という会社が入っているし、これだけでは青いパパイヤの客は判別できない。それでも駅方向から歩いてくる人間と住宅街方向から歩いてくる人間は識別できるから、時間当たりの出入りは確認できる。B子がC子を青いパパイヤで見かけた日の昨年十二月初旬の映像が残っていればなにか発見できるかも知れないけれど、それはもう消去されている。もっと早い段階で青いパパイヤの重要性が判明していれば手が打てたのに、と思うのは愚痴でしかない。

ドアがあいて金本が顔を出し、ビニール袋に入った傘を傘立てに入れてから、直接枝衣子のデスクへ向かってくる。

「卯月くん、今忙しいかね」

「ご覧になれば分かるでしょう」

「うむ、まあ、それでなにか報告は」

「熱海へ行った人から連絡がありました。室田たち三人が先月の二十七日と二十八日に、海望館《かいぼうかん》という旅館に二泊したことは間違いないようです。二十九日に三人を送り出すとき、鎌倉へ寄ってから帰るという話も聞いたとか。熱海の件は供述通りでしょう」

「とすると、帰ってみたら風呂場で男が死んでいたという話も、本当だろうなあ」

「問題は室田良枝の身辺です。その報告はまだありません」

金本が天井を見あげながら腹をぽんぽんと叩き、デスクに身を寄せて、少し前かがみになる。

「それはそうと、別件のことなんだがなあ。三十年前に岡江のアリバイを確認した刑事が分かったんで、話を聞いてきたよ」

目蓋の肉が厚くて判断は難しいが、金本が目尻をふるわせたのはウィンクのつもりだろう。

「小金井署時代の先輩でなあ、もちろんもう退職して国立に住んでいた」

「当時の事件を覚えていると？」

「もちろん覚えていたよ。安西《あんざい》さんという人で、当時は刑事課の係長だった。岡江に事情聴取をしたのも安西さんだった」

金本が言葉を切り、「つづきを聞きたいかね」というような顔で、にんまりと口元をゆがめる。どうせ話すのだから、さっさと自供すればいいものを。

「安西さんはどんなお話を」

「それがなあ、安西さんも岡江のことを、どことなく、胡散臭《うさんくさ》い気はしたという。だが事件当日の午後三時前後、岡江のアリバイを証明する同僚が二人もいた。休憩室で一緒にコーヒーを飲んだと。いくら胡散臭くても、アリバイが証明されては岡江を容疑者から外すより、仕方なかったという」

「休憩時間中、ずっと一緒にコーヒーを」

「そのことを安西さんも確認したが、ずっと一緒というわけでもなかったらしい。ただ休憩タイムは二十分で、二十分で工場と事件現場を往復するのはもともと無理がある」

それならさっきのウィンクは、どういう意味なのだ。

「ところがだよ卯月くん。あの工場には正門のほかに二カ所の通用口があって、北側通用口は国分寺の西元町と目と鼻の先。ふだんは閉まっているが、慣れた従業員なら通れなくもない。それにもっと重要なのは、当時岡江は中間工程の管理主任だったとかで、絶えず工場内を歩きまわっていた。しばらくのあいだ顔が見えなかったところで、誰も不審には思わなかったらしい」

「そこまで安西さんが調べたのに、なぜ容疑者から除外を」

「そりゃあ卯月くん、視線がどうとかいうだけでは証拠にならんもの。それに岡江の勤務態度に問題はなく、たんにまじめなだけの工場労働者だ。嫌疑《けんぎ》をかける材料がなかったわけだよ」

腹をつき出して大きく息をし、顎の先を首の肉に押し込んで、金本が鼻の穴を広げる。

「だがここへきて、偶然ではあるだろうが、いくらか三十年前の事件も動き出したと思わんかね」

工場の北側通用口が岡江家に近いことやアリバイに隙があったことは事実だろうが、だからといって岡江をあらためて、被疑者扱いできるのか。岡江を容疑者として尋問《じんもん》するのはまず無理だろう。

そのとき金本のデスクで電話が鳴り、ぽんぽんと腹をたたきながら金本がデスクへ向かう。今月いっぱいでその腹鼓《はらつづみ》パフォーマンスが見られなくなるのかと思うと、なんとなく寂《さび》しい気もする。

金本が立ったまま何秒か電話に応対し、受話器をおいてまた枝衣子のほうへ戻ってくる。

「卯月くん、なんだか知らんが、近石さんが受付に来ているという」

「いわき市の？」

「俺に面会なんだ。三階の予備室へ通すように伝えた。どうかね、一緒に会ってみないかね」

三階の予備室には国分寺市出身の画家や書道家から寄贈された献額《けんがく》が飾られ、市の商店主連合会から寄贈された大型テレビも据えてある。給湯室があって茶やコーヒーもいれられるから、予備室とはいっても、実際は職員の休憩室になっている。金本も近石を刑事課室へ通すより、予備室のほうが適切と判断したのだろう。

枝衣子と金本がドアから真向かいのテーブルにつき、待つまでもなく白髪の老人があらわれる。グレーの背広姿で手にビジネスバッグをさげ、痩せてはいるが背筋はのびている。

枝衣子と金本は腰をあげて近石を迎える。

「やあ近石さん、先日は突然お邪魔をして失礼しました。いただいたコウナゴが絶品でしてなあ、あの日は寝酒を飲みすぎてしまった」

近石がうなずきながら歩をすすめ、一度枝衣子に視線を送ってから、金本に向かって「この方は？」というような表情をつくる。

「彼女は卯月警部補で、私が最も信頼している部下です。先日いわきへ伺ったことも話してありますので、ご懸念なく」

近石が落ちくぼんだ目の奥から興味深そうに枝衣子を見つめ、すぐ表情をくずして頭をさげる。白い髪はまだ量が多く、口の結び方にも意志の強さが感じられる。

金本が腰をおろし、近石もテーブルの向こう側に腰をおろして、枝衣子は給湯室に茶をいれに行く。これまでいわき市どころか福島県にすら行ったことはなく、震災の被害を受けたぐらいだから海に近いことは分かるが、場所は知らない。土佐生まれの枝衣子は上京するまで、群馬県と埼玉県のどちらが東京に近いのかも知らなかった。どうでもいいけれど。

三つの湯呑を盆にのせてテーブルへ戻る。金本は「東京には何年ぶりで」とか「あいにくの雨で」とかの雑談をしているから、枝衣子がテーブルに着くまで本題を待ったのだろう。

枝衣子は茶托を近石と金本に配り、「お話をどうぞ」という意味で近石に会釈を送る。近石だってまさか、東京見物のついでに国分寺署へ寄ったわけではない。

近石が金本と枝衣子の顔を見くらべ、困惑したように顔をしかめて、それからほっと、ため息をつく。

「実はですなあ、金本さん、奇妙なことを申し上げるようで心苦しいのですが、いわきで見せていただいた写真のことなんですよ」

湯呑を口に運んでいた金本の手がとまり、太鼓腹が波打って、上半身が前に出る。

「卯月くん、たまたま鞄に例の顔写真があったので、近石さんにお見せしたんだよ」

「はい、それでその写真が」

「金本さんに見せられたときは、まるで見覚えのない男だと思いました。実際、本当に、知った人間の顔ではなかった。ですが不思議なことに、あの写真の顔が、夢に出てきましてなあ。あの夜も、つづけて今朝も。年寄りの気の迷いとは思いましたが、それでご迷惑とは思いつつ、こうやって出向いてきたわけです」

金本が止めていた湯呑を口に運び、唖然としたような顔で枝衣子に視線を向ける。近石の息子がアスペルガー症候群で行方知れずになっていることは、金本のメールで知っている。

「もしかして、写真の男が、行方知れずになっている稔志さんではないかと?」

「分からんのです。写真の男はどう見ても別人。なんというか、息子は縦横が分からんほど太っておって、それに生きていれば四十二歳。写真の男はどう見ても五十歳をすぎておるでしょう。常識では別人と思うのですが、夢がねえ、どうにも気になって、こちらがご迷惑なことは、重々《じゅうじゅう》承知はしておるんですが」

息子の稔志が太っていたことは金本のメールにもあったし、近石が別人と断定したことも知っている。しかし稔志が離婚した先妻と長野へ移住してから、二十数年の時間がたつ。その間ホームレス生活でやつれたのかも知れず、だいいち風呂場男は重度の疾患で、いつ死んでもおかしくないほどの容体《ようだい》だったという。それに顔写真だって死に顔を生きているように修整したものだから、たとえ父親でも判別できなかった可能性はある。もちろん死体を発見した岡江夫妻にだって、判別はできなかったろう。

金本が湯呑をテーブルにおき、太鼓腹をさすりながら、息苦しそうに眉を上下させる。

「近石さん、ご足労《そくろう》いただいて申し訳ないのですが、あの男はいわゆる行き倒れという判断で、すでに火葬を済ませてあるんですよ」

「課長、遺体はまだ市の保管施設です」

「しかし通常なら……」

「火葬場が込み合っているとかで、日村さんが延期したようです」

「本当かね」

「そういう因縁なのかも知れません」

「因縁というか、なんというか。近石さん、お聞きのとおりです。たとえ確率は一パーセントでも、保管施設まで確認に参りませんか」

近石が腰をあげ、口をかたく結んで、目をしょぼつかせながら大きくうなずく。確認したところでやはり別人だった、という可能性もあるが、わざわざいわき市から出向いてきたからには近石にも、胸騒ぎのようなものがあるのだろう。

咽が渇いたのか、近石が茶を飲みほし、金本と枝衣子に深々と頭をさげる。

「卯月くん、誰かにクルマを出させてくれ」

「わたしが運転します」

「冗談を言うな。君はペーパードライバーだろう」

「でもみんな出払っていますよ」

「わざわざいわきから見えた近石さんに怪我《けが》をさせたら警察の恥になる。クルマは俺が運転するから、そういうことで近石さん、一階のロビーでお待ちくださらんか。支度をしてすぐに参ります」

「お手数をおかけして、申し訳ありません」

近石が肩の荷がおりたように息をつき、うなずきながら部屋を出ていく。

「どうかね卯月くん、俺は一パーセントの確率でもと言ったが、こいつは脈があるだろう」

「大いにありますね。〈謎のプリン事件〉もありますから」

「なんだね、その」

「息子の稔志は子供のころ、岡江家が留守のとき勝手にあがり込んで、無断でプリンを食べたそうです」

「そんな情報をどこから」

「超能力です」

「まあなあ、なんだか知らんが、昔はアスペルガー症候群などという概念すらなかった。稔志という息子も、ずいぶん生きにくかったろうなあ」

金本がテーブルに手をかけて腰をあげ、ぽんぽんと腹をたたいて、そそくさと部屋を出ていく。

枝衣子は使った湯呑を盆にまとめ、給湯室へ行ってかんたんに後始末をする。風呂場男が近石稔志だったところで連続強傷が解決するわけでもないだろうが、物事にははずみがある。聞き込みに散っている捜査員たちも夕方には、たぶん朗報を持ってくる。

※

せっかくのジャーナリストルックなのに、レインシューズとビニール傘では闘志がそがれる。そうはいっても雨に文句は言えず、せっかくつかんだ〈謎のプリン事件〉も逃《のが》せない。

小清水柚香は西元町のバス停から住宅街を抜け、岡江家とその隣りで空き地になっている近石家跡の前に出る。前回は何人か取材班らしい人間を見かけたけれど、今日はただ雨が降っているだけ。そんななかでなにを狂ったのか、犬にレインコートを着せて散歩させるバカがいる。

思ったとおり岡江家の掃き出し窓には明かりが見え、「よし」と気合いを入れて門をくぐる。玄関横のインターホンを押すと聞き覚えのある岡江の声が「ドアはあいている」と応答し、折りたたんだ傘を外においてドアをあける。奥から顔を出した岡江晃はジャージのズボンにノルディックセーターを着て、なぜか毛糸の帽子までかぶっている。

「こんにちは。先日はお疲れのところを失礼しました。取材協力費の件で忘れていたことがありました」

岡江が左右に一度ずつ口を曲げて眉間に皺を寄せ、口を半開きにして二、三秒柚香の顔を見おろす。

「あんなものは当てにしていない。それに家内は出掛けている」

「でも奥さんには貴重な情報をいただきましたし、お陰で週刊講文の来週号はスクープです」

「うちの名前は出さなかったろうね」

「もちろんです。お約束します」

「それならいいが、で、忘れていたことというのは」

「請求書へのサインです。うっかりしていました。出版社というのは経理が面倒なので、お手数でもお願いします」

岡江は眉をひそめたが、柚香は頓着なく上がり框に腰をのせ、バッグから既製品の請求書用紙をとり出す。情報提供者にいちいち請求書なんか求める雑誌はないけれど、どうせ素人には分からない。

請求書の用紙を板の間におき、ついでに自分のボールペンを添える。岡江も諦《あきら》めたように膝をつき、用紙をとりあげて何秒か点検する。

「お嬢さん、請求金額が記入されていないが」

「そこがまた面倒なところ。週刊誌の売れ行きによって金額の変動がありますから、そのあたりはフレキシブルに」

怪訝《けげん》そうに用紙と柚香の顔を見くらべ、フンと鼻を鳴らして、それでも岡江が日付と氏名を書き入れる。本当は自腹の五千円を封筒に用意してあり、状況によっては「取材協力費です」と渡してやってもいいと思っていたが、岡江の顔を見たとたんに翻意《ほんい》した。息子のアパートで会ったときから気に食わないおじいさんだったし、それに三十年前の事件で岡江がロリコンの変態オヤジと証明されれば、取材協力費なんかどうにでもとぼけられる。

「家内は出掛けているし、それに私一人だからお茶も出せんよ。最近はセクハラがどうとかで痛くもない腹を探られる」

「もちろんサインだけいただければ結構です。わたしの手違いで失礼しました」

用紙をバッグにおさめて、腰をあげ、一歩あとずさってから、柚香はわざとゆっくりふり返る。

「あのう、岡江さん、警察からなにか言われていますか」

岡江が片膝立ちで腰をとめ、口をへの字に曲げて柚香の顔をのぞく。

「なにかというのは、その、なんだね」

「いえいえ、聞いていなければいいんです。ちょっと極秘情報を入手したので、もしかしたら岡江さんも聞いているかと」

「うちの風呂場で死んだ男のことか」

「それがもっとどうして、とんでもない情報なんですよ。わたしも聞いてびっくり、世の中にはそんなことがあるものなんですよねえ」

岡江が興味をもったようなので、柚香はまた框の端に腰を戻し、キャスケットの庇《ひさし》をさげながら岡江に肩を寄せる。

「本当に極秘情報ですから、できれば奥さんにも内緒に」

「私は家内のように、ぺちゃくちゃ喋りまわる人間ではない」

「それなら信用してお話しします。実は……」

一秒、二秒、三秒と間をおき、メガネをおさえながら、柚香は必殺の極秘情報をくり出す。

「三十年前、お隣りの近石家で女の子が殺されたでしょう。実はあの事件を、警察が極秘で再捜査すると」

岡江の両耳がぴくっと動き、咽から痰《たん》が絡まったような声がもれて、一瞬眼光《がんこう》が鋭くなる。

「再捜査というのは、どういう意味だね」

「再捜査は再捜査です。最近は警察でも未解決事件の再捜査がブームなんです」

「ブームといったって、今さらあんな昔の事件を」

「そこがブームの怖いところ。でも今回はただブームだからというだけではなくて、ある人物が容疑者として浮上したらしいんです」

膝におかれた岡江の手に力が入り、猫背気味の背中がより丸くなって、頬がひきつる。

「その容疑者というのがですねえ、聞けばアッと驚くような」

「分かっているのなら早く言いたまえ」

「殺された女子小学生の父親、近石さんです」

岡江が本当にアと口をあけて声を出し、板の間に手をついて、尻を壁際へ遠ざける。たしかに必殺情報ではあるけれど三十年前の、それも隣家の事件、岡江がここまで驚愕《きょうがく》する必要はないだろうに。

「事件のあったころ、岡江さんはいつもお隣りの奥さんを見つめていたそうですね」

岡江が荒くなる息を自制するように深呼吸をし、視線で射殺《いころ》せるとでも思ったのか、鋭い眼光で柚香を睨む。そうやって言葉は出さず、五秒十秒と柚香の顔を睨みつづける。柚香は軽く首をふって岡江の視線を受け流し、腰をあげて帽子の庇を突きあげる。

「事件当時、近石さんは警察に、いつも岡江さんが自分の妻を見つめていると話しました。でも岡江さんが見つめていたのは近石さんの奥さんではなく、長女の聖子ちゃんでしたよね。近石さんは自分から疑いをそらすために、わざと岡江さんのロリコン趣味を警察に訴えたわけです」

岡江がなにか喚いて腰をあげ、白目《しろめ》を剝《む》いて、歯茎《はぐき》まで剝きだす。発作《ほっさ》でも起こすのかと思ったがそうではなく、拳をふりあげて柚香に襲いかかろうとする。呆気《あっけ》にとられたが、柚香は素早く身をかわしてドアをあけ、おいてあった傘をつかんで門の外へ走り出る。

いったい岡江は、なにをこんなに怒るのか。

ふり返って岡江が追ってこないことを確認してから、やっと柚香は傘を広げ、バッグを担《かつ》ぎ直して帽子をかぶり直す。三十年前の事件で疑われているのは岡江ではなくて近石だと教えてやったのだから、感謝されてもいいぐらい。もちろんロリコンだの視線だのをちらつかせて岡江の反応をうかがったのだが、あそこまでの激怒《げきど》は想定外。かりにロリコンが事実だったとしても、証拠があるわけではなし、年齢の余裕で、フンと鼻で笑えば済むことだろうに。

バッグのなかでケータイが鳴り、とり出してみると相手は国分寺署の卯月刑事。

「柚香さん、あなたにとびっきりの極秘情報があるの」

「近石の逮捕ですか」

「なんの話？」

「少女殺害事件の犯人は父親の近石というわたしの推理を、水沢さんに話しました」

「冗談はともかく、岡江家のお風呂場で死んだ男は近石さんの長男、稔志さんだと判明したの」

「えーと、要するに」

「風呂場男がプリン少年だったわけ。近石さんがいわきから上京して、たった今確認したところ。これからＤＮＡの鑑定はするけど、まず間違いないと思うわ」

柚香は傘を放しそうになり、慌てて柄《え》を握《にぎ》り直して、思わず、ぴょんと跳びはねてしまう。

「卯月さん、大スクープです」

「週刊講文の発売は金曜日だったわね。今週の発売号に間に合うかしら」

「間に合わせます。間違いなく金一封です。週末には焼き鳥をおごります」

「なるべく派手に書き立ててね。それに念を押すまでもないけれど、わたしからの情報であることは内緒に。焼き鳥には水沢さんも誘ってほしいわ」

軽く笑って卯月刑事が電話を切り、柚香はしばらくケータイの画面を見つめてから、意識して、肩を大きく上下させる。風呂場男事件なんか半ページの捨てネタだったのに、子供のころ岡江家に上がり込んだプリン少年と同一人物だったとなれば、話は別だ。〈怨念の建売住宅〉〈謎のプリン事件〉〈あのプリンはどこへ行った〉。タイトルはあとで考えるとして、青いパパイヤの室田良枝や岡江夫婦にも取材をしてあるし、見開き四ページぐらいの中ネタにはじゅうぶん。時間的にはきついけれど、原稿なんか印刷所でも書ける。

それにしても水沢はせっかくわたしが披露《ひろう》した近石犯人説を、卯月刑事に伝えなかったのか。無礼な男だ。

三十年前の事件はまた改めて考えるとして、今は風呂場男事件。卯月刑事には大スクープと言ったが、週刊誌的には中スクープぐらい。しかし柚香本人にとって大スクープならそれでいい。

キャリアというのはこういうふうに、地道に築くものなのだ。

握りしめたままだったケータイで、柚香は週刊講文の編集長に電話を入れる。

※

枝衣子と金本と土井がソファに腰をおろすと、すぐ署長室のドアがあいて後藤が入ってくる。紺色《こんいろ》の背広にペイズリー柄のネクタイ、髪は七三の横分けで、しもぶくれの顔に縁なしのメガネをかけている。キャリア官僚で歳は二十七、去年の春に結婚したらしいが枝衣子に興味はない。所轄の署長は本庁捜査一課のノンキャリアが定年前の功労賞として就くケースと、若手のキャリア組が研修として就くケースがある。後藤ももう二年国分寺署で仕事をしたから、来期一杯で本庁へ戻る。

時間はもう十時に近く、刑事課では各自が収集した情報をもち寄って意見を出し合い、すでに明朝《みようちよう》からの捜査方針を決めてある。

「遅くまでご苦労さまです。風呂場男の件は解決したそうで、結構なことです」

後藤がズボンの膝をつまんで向かいのソファに腰をおろし、縁なしのメガネで枝衣子たちの顔を見くらべる。風呂場男事件は今のところ空き巣の行旅死、通常は署長にまで報告をあげないものだが、日村あたりが注進したのだろう。

「それはともかく、懸案《けんあん》の連続強傷に目途《めど》がたったとか」

「いやいや、目途がたちそうという段階なんですが、とりあえずご報告を、とね。神奈川県警の協力も必要になりますので、まず土井、これまでの経緯を署長に説明してくれ」

土井が固太りの肩を怒《いか》らせて身をのり出し、持っていたノートを開く。捜査や打ち合わせの内容をこまめに筆記するのが土井の習性で、そういう実務能力には信頼感がある。

「まず判明したのは強傷被害者の三人が、三人とも青いパパイヤという整体院を利用していたことです。この整体院は室田良枝四十一歳が経営していて、四年前に本町《ほんちょう》三丁目に開業。経営状況を調べたところ、この四年間はすべて赤字で所得税は納付しておりません。赤字経営なのになぜ営業をつづけられるのか、そこが疑問。もちろん室田は女ですので、強傷の実行犯ではありませんが、離婚した亭主、新垣徳治《あらがきとくじ》四十六歳には暴行致傷と猥褻図画《わいせつとが》販売の前科があります。現在は横浜市の南区に在住しています」

「つまり離婚後も室田と新垣は関係があり、強傷の実行犯は新垣という読みですね」

金本が咳払いをし、ソファの背にふんぞり返って、首周りの肉をふるわせる。

「実行犯か、あるいは手配しただけなのか。いずれにしても新垣が関わっている疑いは濃厚《のうこう》ですからなあ。身辺調査等、神奈川県警に協力をお願いしたい」

「分かりました。明日の朝いちばんでそのように手配します」

「新垣、室田、それから念のために岡江夫婦の銀行口座開示許可を、明朝裁判所に請求します」

「その岡江夫婦というのは、たしか」

後藤が縁なしのメガネを光らせ、なぜか枝衣子に向かって質問の表情をつくる。

「風呂場男事件現場の住人です。夫婦と室田良枝は長年の交友があって、連続強傷との関わりは不明ですが、なにかは知っているかと。土井さん、岡江の金銭支出にも不審があるんですよね」

土井がノートをめくって足を組み、舌の先で唇をなめてから、気難しそうに顔をしかめる。

「タクシーの利用料金が不自然です。岡江晃六十九歳は府中の家電メーカーを退職して九九年、住宅ローンは完済《かんさい》されていて、退職後は年金暮らし。厚生年金が月換算で二十一万円ほどですから、夫婦二人、退職金と合わせて、贅沢をしなければ暮らせないこともありません。ですが毎年の確定申告記録を見ると、年間三十万円ほどのタクシー代を支出しています。夫婦はクルマを所有しておらず、老齢なのでタクシーの利用が多いとも考えられますが、ぶんバスもありますし、国分寺駅へだって歩けない距離ではありません。それにこのタクシー代が増えたのは、室田良枝が整体院を開業した年からです」

「なるほど、関連ありとも考えられますね。新垣、室田、岡江に対する銀行口座開示請求も私が手配します。容疑が固まったらケータイやパソコンの通信記録も調べましょう。それから、これは日村さんに聞いたんですが」

後藤がしもぶくれの頬に笑窪《えくぼ》のような皺をつくり、ソファに座り直して、誰へともなく首をかしげる。

「岡江家の風呂場で死亡した男性は、昔岡江家の隣りに住んでいた近石家の長男だったそうですね。三十年前に近石家が現場になった殺人事件があったんだとか。私が生まれる前の事件ですから、まるで知識はありませんが」

なぜ報告しなかったのか、と暗《あん》に金本を責《せ》めているのか、たんに話のついでなのか。通常なら行旅死なんかに興味はないだろうに、金本が個人的に調べていたことを日村から聞いたのだろう。

金本が腹をさすりながら枝衣子の顔を見たので、ここは援軍を送る。

「ずいぶん昔の事件で、連続強傷との関連は見えません。たまたま近石家が岡江家の隣りにあったというだけでしょう。なにかの因縁ぐらいはあるかも知れませんが」

「因縁ですか、世の中にはそういうことがあるんでしょうかね」

「ＤＮＡの鑑定をして遺体が近石稔志と断定されれば、父親が引きとるそうです」

近石は鑑定結果が出るまでビジネスホテルに泊まり、その後の対応は離婚した稔志の母親と相談するという。遺骨は妹の聖子と同じ墓に納めたい、この二十数年、息子がどんな人生を送っていたのか、見当もつかない。しかし金本をはじめ警察の努力に、心から感謝するという。

「ですがなぜ稔志さんは、岡江家に侵入したのですか」

それが分かれば枝衣子も金本も近石も、悩みはしない。

「もしかしたら自分の家だと勘違いしたのかも知れませんね。遺留品からホームレス生活だったことは明白、相当体力も弱っていて、意識的にか無意識的にか、ふらっと自分が昔住んでいた国分寺へ戻ってきた。西元町へ行ってみると昔通りの家がある。近石家と岡江家は玄関のデザインが少し違うだけの、似たような建売住宅でした」

あるいは区別できていたとしても、子供のころプリンを食べに入り込んだ家ではあるし、そのあたりの意識は混濁《こんだく》していたのかも知れない。割れた窓ガラスを自分でふさいだり、室内を物色もせず、靴をちゃんと玄関に並べておいたほどだから窃盗等の犯意はなかったろう。

しかしもし、稔志のその行為が三十年前に妹を殺した犯人逮捕につながるとしたら、因縁以外に言葉はない。

「いずれにしても風呂場男事件は解決したわけで、肝要《かんよう》なのは連続強傷です。室田と新垣の身辺調査を徹底させる方針も妥当《だとう》と思われます。私にできることがあれば、なんでも言ってください」

枝衣子たちはお互いの顔を見くらべたが、現場捜査で後藤に出る幕はなく、やたらの口出しはかえって迷惑。もちろんそれぐらいのことは後藤も自覚している。

「それでは朗報をお待ちしています」

後藤の言葉で枝衣子たちは腰をあげ、階級に対する礼をして、署長室を出る。

廊下を刑事課室へ向かいながら、金本が大きく欠伸《あくび》をして、ぽんぽんと腹をたたく。署長室では腹鼓を見せられなかったから、どうせストレスが溜まっている。

「土井、明日からの手配はできているよな」

「私がうちの班を連れて横浜へ向かいます。卯月さんみたいに超能力は使えませんが、強傷の実行犯は新垣で間違いないでしょう」

「卯月くんは岡江夫婦か」

「はい、室田良枝の身辺調査は援軍に頼みます」

「情報は卯月くんに集中させて一括《いっかつ》管理してもらえ。なにしろ俺は今月いっぱいで、まあ、そういうことだ」

歩きながら枝衣子と土井は顔を見合わせ、目でうなずき合う。

「だがいよいよ、先が見えてきたなあ。近石稔志が岡江家の風呂場で死んだのは偶然だろうが、おかげで連続強傷の糸口がつかめた。たぶん稔志も本望《ほんもう》だろう」

刑事課室へ戻ると残っているのは萩原だけで、窓のブラインドはおろされ、天井の照明も半分に落ちている。

「萩原くんが当直なの」

「はい、ついでだからドラッグストアの防犯カメラをチェックします」

「ご苦労さま」

金本と土井が自分の席に荷物をとりにいき、枝衣子もデスクへ向かう。

十時を過ぎて雨もやまず、気分は昂揚《こうよう》しているのに疲労感はある。そういえば金本にもらった福島土産もまだ抽斗のなか。そのシイタケ焼酎とやらをもって、今夜はこのまま、椋ちゃんの部屋に泊まってしまおう。

7

季節は正直で、三月になってまだ一週間だというのに窓をあけられる。十センチほどあけたその窓からの風がカーテンを軽くゆすり、昨日の雨で洗われた空気が鼻腔《びこう》に優しい。

これで隣りの部屋に水沢がいれば缶ビールを三本ぐらいゲットできるのにね、とは思うが、朝も十時を過ぎては仕方ない。

昨夜は週刊講文の編集部に泊まり込み、徹夜で〈謎のプリン事件と怨念の建売住宅〉を書きあげた。思惑《おもわく》どおり見開きで四ページ、因縁と偶然と人情話を織り交ぜた記事は編集長にも褒められ、月に一度だが〈家と人生〉という連載の取材も任された。連載記事の仕事は固定給のようなもので、もう生活は安定、あとはどこかでスクープを飛ばせばスター記者の仲間入りができる。

これもみんな卯月刑事のおかげ。近いうちに水沢も誘って、焼き鳥などというケチなことは言わず、小洒落《こじゃれ》たレストランにでもくり出そう。

それはそれとして寝酒のビールだ。冷蔵庫には一本しかないし、水沢は仕事に出ている。冷たいビールをくーっとあおって夕方まで仮眠、それから本題の〈美少女小学生殺害未解決事件〉の構想にとりかかりたい。「犯人は父親」という推理は卯月刑事も鼻で笑ったぐらいだから、無理筋だろう。そうすると結局岡江のじいさんが犯人になり、そこをどう攻めるか。まず岡江のロリコンを証明する必要があるけれど、女房や息子に取材してももちろん「はい、そのとおり」とは答えない。それなら整体院の室田良枝はどうか。子供のころから岡江家に出入りしていたのだから、あるいは当時、いたずらでもされなかったか。

だけどなあ、それなら大人になってから、一緒に温泉なんか行かないよね。やはり岡江の本命は近石の奥さんで、留守中に下着かなにか盗もうと侵入したところを娘の聖子に見つかった。騒がれたので殺してしまい、捜査を攪乱《かくらん》させるために性犯罪をよそおった。一応の筋は通るけれど、それでは安っぽい二時間ミステリーになってしまう。

ダメだな、頭と躰が疲れて集中力がわかない。こんなことなら駅前でビールとつまみを調達してくればよかった、とは思うものの、見開き四ページと連載の興奮で気がまわらなかった。風呂にも入ってパジャマ姿ではあるし、買い物に出掛けるのも面倒くさい。つまみは小麦粉と卵と残り野菜でお好み焼きをつくるとして、ビールが一本だけではさすがに無念だ。

そうか、窓伝いに水沢の部屋へ行って二、三本借りてくればいいか。強盗も遠慮するような安アパートだから、どうせ窓に鍵なんか掛けていない。こちらの窓から箒《ほうき》の柄で隣りの窓をつつけば、施錠の有無は調べられる。そうだそうだ、それがいい。水沢も時間的には講義中だろうからあとでメールでもすればいいし、とにかくビールをゲットしてお好み焼きをつくって、あとのことは寝てから考えよう。

柚香はよっこらしょと腰をあげ、ドアの横に吊《つ》るしてある箒の柄に手をのばす。

※

カレンダーは正直なものね、と思いながら枝衣子は刑事課室の窓をあける。一週間前までは冬用のコートにウールのマフラーだったのに、今は春の陽射しが心地《ここち》いい。昨夜は水沢の部屋で福島土産のシイタケ焼酎を飲みすぎて、ちょっと二日酔い。でも睡眠はたっぷりとったし、横浜へ行った日村から「新垣徳治は日《ひ》ノ出町《でちょう》で出会い系バーを経営していて、店には女子高生も出入りしている」とかいう情報も入り始めている。生安からの援軍組も青いパパイヤの特別割引券は駅の北側を中心にポスティングされたと報告してきたから、被害者の居住地が本町や本多に偏《かたよ》っている理由も説明できる。今夜中には新垣の自宅と経営している出会い系バー、それに青いパパイヤに対する捜査差押許可状もとれるだろう。

「卯月さん、銀行が岡江の口座を開示してきました」

萩原から声がかかり、枝衣子は窓を閉めて萩原のデスクへ向かう。当直明けだから仮眠室で休めばいいものを、萩原のような新人刑事は「自分都合」のサービス残業をしてしまう。枝衣子のほかに残っている課員は萩原と糸原だけ、金本の顔が見えないのはタバコ休憩だろう。署長の後藤から「国分寺署の敷地内では全面禁煙」の通達が出されていて、愛煙家はみんな裏門まで足を運んでいる。

「銀行は鴻池《こうのいけ》銀行の国分寺支店です。夫婦の共同名義ですね」

糸原も席を立ってきて、三人で萩原のパソコンをのぞく。枝衣子には数字に弱い部分があり、その方面では萩原が頼りになる。

「ずいぶん古い口座ね。とりあえず先月分から始めましょう」

年金の支給は偶数月の十五日と決められていて、二月分の振り込み額は四十二万三千円ほど。一月平均では二十一万円強で土井が税務署で調べた額と一致する。そこから税金や光熱費や通信費や健康保険料などが引き落とされるから、手取り金額としては十五万円ほどか。口座全体の預金額は千六百数十万円で、これは亭主の退職金だろう。

「萩原くん、十年前の口座を出してみて」

萩原がパソコンを操作すると十年前の四月分が表示され、その十五日に千六百七十万円の振り込みがある。やはりこれが退職金で、高卒の労働者がまじめに働きつづけたことの証拠になる。

「この年の五月分から時間を経過させて」

パソコンの画面に五月、六月、七月の口座が表示され、その七月分で操作を停止させる。

「預金をまるで取り崩していないわね。年金の支給が開始されるまでのあいだ、岡江夫婦はどうやって暮らしていたのかしら」

「アルバイトでしょう。六十歳ならまだまだ働けます」

「アルバイトでも年額百三万円を超えると課税対象になるから、税務署に把握される。年金の支給が始まった月の口座をお願い」

萩原が五年前の口座を呼び出すと、やはり四月から四十二万三千円の支給が始まっている。以降は月平均で十五、六万円が引き出され、偶数月になるとまた年金の振り込み。一般人の財務状況としては平均的で健全、しかしこれは少しばかり、健全すぎないか。だいいち土井の調べでは月平均で、夫婦は二万円ほどのタクシー代を出費している。そんな出費もあるのに、退職金をほとんど取り崩さずに生活することなど、できるのか。

「お葬式とか結婚式とか、孫が生まれたり小学校へあがったりとか、岡江家にだって不定期な出費があったはずよね。糸原さんと手分けして、十年分の口座を精査して。室田と新垣の銀行からは？」

「割り出しに時間がかかっているのでしょう」

一般的に通信費や光熱費の引き落としは銀行等の金融機関を使うから、それをたどれば個人の口座へ行きつく。裁判所の令状が金融機関に伝達されて相手側が処理するまで、対応には差が出る。

「それから萩原くん、念のために、立川に住んでいる岡江の息子、孝明の口座も開示請求を」

口座のチェックを萩原と糸原に任せ、枝衣子は自分のデスクに戻って、ドラッグストアの防犯カメラ映像を検証し始める。C子の帰宅時間は夕方から深夜、その二カ月分をくり返し検証しているのだが、C子を尾行しているような男の映像はない。もちろんC子にも休日はあるから、最後は昼間の映像分析も必要になる。

ドアがあき、金本が戻ってきて自分のデスクへ歩きかけ、途中で方向を変えて枝衣子のデスクに寄ってくる。

「近石稔志の火葬手続きをしてきたよ」

そうか、風呂場男事件もあったか。どうも朝から金本の顔が見えないと思っていたら、その手配をしていたのだろう。

「簡易鑑定ではあるが、八十パーセントの確率で二人は血縁という結果が出た。近石さんも保管施設で本人の顔を確認しているし、簡易鑑定でじゅうぶんだという。火葬も順番待ちなら三日ほど、だが俺が夕方のぶんに押し込んでやった」

「そうですか、ご苦労さま」

「岡江の家へ詫びを入れに行きたいとも言ったが、やめさせたよ。今後の展開が分からんからなあ」

「どうせそのうち週刊誌が暴露《ばくろ》します」

「またまた、いや、まあ、そういうこともあるか」

風呂場男が近石家の長男だったことは小清水柚香に伝えたから、今度の金曜日には週刊講文の記事になる。対応は岡江の反応を見てからでいいだろう。

「三十年前に娘が殺されて、離婚して震災に遭って今度は息子だ。それなのに愚痴も言わず、いわきへ帰ったら新しい仕事につくという。俺も少しは、見習わなくてはいかんなあ」

退職後の金本は病身の奥さんと熱海へ転居するらしいが、知っているのはそれぐらい。詮索したところで枝衣子にできることはない。

「それで、聞き込み組からの報告は」

「入りはじめています。横浜の新垣は元公立中学校の教員で、生徒に暴力をふるって懲戒免職《ちょうかいめんしょく》に。暴行致傷の前科はそのときのものでしょう。今は横浜の日ノ出町で出会い系バーを経営しています」

「日ノ出町か。昔は日ノ出町から黄金町《こがねちょう》あたりは売春と麻薬の巣窟《そうくつ》だった。映画の舞台になったこともあるし、警察も手を出せん一帯だったらしい」

「新垣のバーには女子高生も出入りしているとか」

「客を装ったアルバイトだろう。だが女子高生絡みならその線で家宅捜索《ガサイレ》ができる。土井には伝えたかね」

「はい、神奈川県警も協力してくれると」

「いよいよ大詰めだなあ。手こずらせやがって、犯人が横浜から国分寺へ出張していたなんて、まず思わんものなあ」

「手強《てごわ》いのは室田良枝のほうかも知れません。吉祥寺の看護師養成学校に通っていたことまでは分かっていますが、卒業したかどうかは不明。それに調べてみたら、整体師という職業に免許は不要でした」

「どういうことだね」

「国家資格ではない、という意味です。整骨院には〈柔道《じゅうどう》整復師〉や〈あん摩《ま》マッサージ指圧師〉という免許が必要ですけど、整体師は自分で『整体師だ』と名乗れば整体師になれてしまう。三人の被害者もまともな治療施設だと思ったので、用紙に住所氏名職業年齢を記入したと」

「なんと、まあ」

「学校や通信講座なんかもあって、技術を習得する人もいるようですけどね。でもその修了証書は書道教室の修了証書ぐらいの意味しかないそうです。新垣との結婚や離婚の経緯なども援軍組が横浜へ行って、土井さんたちと調べはじめています」

「室田が割引券で女たちを青いパパイヤへ誘い、使えそうな被害者を選別して新垣に襲わせた。構図はそんなところだろう」

「分からないのは被害映像が流出していない点です。たんに室田と新垣の趣味だったというのも、納得できませんし」

金本が顔をしかめて天井をあおぎ、腹をさすりながら大きく息をつく。

「新垣には猥褻図画販売の前科もあったろう。それは?」

「裏サイトで、いわゆる猥褻な映像を」

「今はサイバーパトロールも強化されている。新垣も学習したわけだよ。特に今回の映像は実録ものだ。日本のサイトではヤバいから、韓国に売ったのかも知れん。向こうには幼児ものとか強姦ものとか、特殊な映像を専門に扱う業者がいるという」

「お詳しい」

「だてに新聞は読んでおらんよ。いずれにしても新垣と室田を逮捕してみれば分かることだ。ガサイレに期待しようじゃないか」

うんうん、と勝手にうなずきながら金本が自分のデスクへ歩いていき、枝衣子はまた防犯カメラ映像の検証に戻る。連続強傷事件の構図自体は金本の言うように、新垣と室田の共犯。青いパパイヤか室田の自宅か、出会い系バーか新垣の自宅か、どこかで暴行の映像が発見されれば動かぬ証拠になる。それで事件は解決、しかしこれまでの捜査が難航していた事実を思うと、なんとなく物足りない気もする。

※

日本で最初に制作された映画は歌舞伎の舞台をフィルムに収めたもの。しかしその映像をスクリーンに映すと女形の顔などもアップにされてしまい、観客は大笑い。なにしろいい歳をしたオジサンが顔を真っ白けにして躰をくねらせ、頭のてっぺんから奇声を発するのだ。江戸期の歌舞伎は照明設備がないからすべて昼間の興行《こうぎょう》で、それでも舞台は薄暗い。客席から役者の顔は見えず、たんにストーリーと雰囲気を楽しんだ。それがスクリーンになると細部が丸見え、明治期に観客が大笑いしたのも無理はない。これではまずい、女の役はやはり女優で、という理由で発生したのが新劇だった。

とかいう笑い話みたいな講義を終わらせ、椋が教職員室へ戻りながらケータイの電源を入れると、待っていたようにそのケータイが鳴る。

「西国分寺駅前の交番なんですが」

「はあ?」

「事件がありましたので、水沢さんのケータイ番号を調べさせてもらいました」

「事件？」

「小清水柚香という女性をご存知ですか」

「隣室の住人ですが」

「そうですか。本人がそう供述しているので、一応確認しました」

「ですが、柚香くんが、なにか？」

「空き巣の現行犯で身柄を確保しました。アパートの窓伝いに隣室へ侵入したところを通行人に目撃され、巡回中のパトカーが急行してみると、ちょうど容疑者がまた窓伝いに。本人は空き巣ではない、ちょっと水沢さんの部屋にビールを借りに行っただけと供述してはおるんですが、いかがでしょう、もしお時間が許すようでしたら、交番までご足労願えませんか」

椋は「すぐ行く」と返事をし、とりあえず教職員室へ戻って午後の休講を申請し、バッグをつかんで学院を出る。どうせ来週からは学院自体が春休み、日本芸能史なんかの講義に顔を出す学生も、椋の実力を知っていて「もしかしたら芸能界へ」と期待する連中ぐらいなのだ。


アパートと学院が徒歩圏内だから、学院から駅前交番までも十分弱でつく。駅前交番といっても実際は府中街道に面していて、その交番をふさぐようにパトカーがとまっている。

立哨の若い警官に会釈をし、横開きのガラスドアをあけて内《うち》へ入る。カウンターで仕切られた向こう側に柚香の上半身が見え、デスクをはさんで三十五、六歳の警官が座っている。年齢からしてこの警官が椋に連絡してきた男だろう。

「電話をいただいた水沢です」

警官は顔をあげたが柚香は正面を向いたまま両膝に腕をつっぱり、口をへの字に曲げて鼻呼吸をしている。その柚香の肩には備品らしい紺色のコートがかかり、なんだか知らないが、下は水玉模様のパジャマ。

「ご苦労さまです。まあまあ、こちらへお入りを」

警官にうながされてカウンターの横から執務室《しつむしつ》へ入り、出されている折りたたみ椅子に腰をのせる。それから警官に名刺を渡し、しばらく反応を見る。名刺の肩書は〈東京芸術学院　常勤講師〉となっているから、一応の信用はあるだろう。交番勤務の警官なら地元の学院名ぐらいは知っている。その間柚香のほうは相変わらず正面を向いたまま、口をひらくそぶりも見せない。

「ここへ向かう道々考えたのですが、要するにこの柚香が、二階の窓伝いに私の部屋へビールをとりに入った、ということなのでしょうか」

確認しなくても分かっているが、デスクにはすでに水滴の浮いたビニール袋がのっている。たぶん缶ビールは三本だろう。

「そういうことなんですなあ。ですが常識からして、若い女が真昼間、それもパジャマ姿で窓伝いに隣室へ侵入することなど、考えられんわけで」

「申し訳ありません。柚香にはあとで、ゆっくり常識を教えます」

「というと？」

「つまり私と柚香は、いわゆる、セフレなんです」

「セフレ？　えーと、セフレねえ。はあはあ、いやーっ、それはまた」

それはまたなんだというのかは知らないが、意味は通じたらしい。柚香も一瞬だけメガネを光らせ、くっと息をとめて、その息を大きく吐き出す。椋の懸念は柚香の口から卯月枝衣子の名前が出てしまうことで、これまでの経緯からして、それはまずい。

「この柚香も見かけはこんな風ですが、よく見れば可愛くなくもない。私も独身で彼女も独身、部屋が隣り同士ということもあって、なんというか、いつの間にかそんな関係に。もちろん正式な彼女とか将来結婚を考えているとか、そんなつもりは一切なし」

「はあはあ、たしかにそれは、セフレですなあ」

「そういう事情ですので、ビールぐらいはいつでも、好きなように飲んでいいと言ってありました。窓伝いに部屋へ入るのは確かに非常識ですが、もともとこの女に常識はありません。常識はありませんが狂っているわけでも盗癖《とうへき》があるわけでもなく、たんに入り方を間違えたという、それだけのことです」

　柚香が口のなかでなにか唸《うな》ったが、この局面を切り抜ける方法として、ほかにどんな言い訳がある。

「いやいや、そういう事情ですか。なにしろ状況が不審だったもので、警察としては交番へ連行するより仕方なかったわけです。先生にセフレと説明していただいて、こちらも納得できました。もちろん始末書もいりませんし、今回は〈厳重注意〉にしておきます。ですが小清水さん」

「………」

「若い女性が真昼間、パジャマ姿で二階の窓を伝わるような真似は、今後一切しないように。見かけた通行人だって驚きますからね」

柚香がふて腐れたように頬をふくらませ、ぷすっと息を吹いて、それでも観念したように頭をさげる。椋はゲンコツでもくれてやりたかったが、警官の手前自重する。

「ご苦労さまでした。今日のところはお引きとりください。パトカーでアパートまでお送りします」

「いや、一方通行のあのせまい住宅街ですから、パトカーで送られたらまた近所が騒ぎます。私がタクシーで連れて帰ります」

泉町《いずみちょう》のアパートぐらい歩いても帰れるが、柚香はパジャマ姿で足には男物のサンダル。コートと同様に交番の備品なのだろうが、コートは返すにしても、サンダルまで返してしまったら椋が背負うことになる。

椋は自分のジャケットを脱いでコートと着せかえ、柚香に缶ビールの袋を持たせて腰をあげる。

「サンダルはあとで返却させます。ご迷惑をおかけして、申し訳ありませんでした」

自分のことなのに柚香のほうは知らんぷり。この女、本当にゲンコツをくれてやるか。

警官が席を立ち、椋はていねいに頭をさげて交番を出る。府中街道沿いだからタクシーはいくらでも流していて、三分ほど待っただけで空車がくる。タクシーを待つあいだも柚香は無言、タクシーのなかでも無言、アパートに着いて外階段をあがるときも無言。ふだんは図々しくて調子のいい女なのに、本性は強情《ごうじょう》なのだろう。

階段を二階まであがり、椋は鍵をとり出して、柚香の肩からジャケットを脱がす。

「なにも言うな、聞きたくない」

椋がドアをあけても柚香は自分の部屋へ向かわず、ずり下がったメガネの縁から、じっと椋の顔を睨んでくる。しかしその目に浮かんでいるのは、涙か。

「どうした、そのビールはやる。早く部屋へ帰って寝てしまえ」

「鍵がないの」

「うん？　えーと、そういえば、そうか」

柚香も一応は若い女、部屋にいるときは内鍵を掛けるのだろう。パジャマのまま窓伝いに移動するとき鍵を持って出るはずはなく、当然柚香の鍵は柚香の部屋。こんな安物のドアぐらい蹴飛《けと》ばせばあいてしまうだろうが、あとが面倒になる。面倒な女には最初から最後まで面倒がつきまとう。

ドアをあけ、仕方なく柚香も部屋へ入れる。ふだんは寝具をたたんでおくのだが、今朝は布団《ふとん》のなかでゆっくり枝衣子とコーヒーを飲んだので、いわゆる敷きっぱなし。その布団の上に柚香がばったりと倒れる。椋は慌てて缶ビールの袋をとりあげ、冷蔵庫に収める。

「おまえなあ、一応は、おれの部屋なんだぞ」

「いいじゃないですか、セフレなんですから」

「ああ言うより仕方なかったろう。念のために聞くが、まさか、卯月さんの名前は出さなかったよな」

「それぐらいの常識はあります。水沢さんに言われるほど非常識ではありません」

「あれもあのときは、ああ言うより仕方なかった。警察権力から救い出してやったことに、感謝してくれ」

柚香がもぞもぞと身を起こし、布団の上に胡坐をかいてメガネを外す。それからティシューをひき抜いて涙をふき、ついでに洟《はな》までかんで、使ったティシューをぽいとくず籠《かご》に放る。せまい部屋だから一連の動作はすべて、ワンアクションで完結する。

「あのお巡《まわ》りさんたち、人権侵害で訴えてやります」

「コートもサンダルも貸してくれたろう」

「そういう問題じゃないです。わたしは部屋でちゃんと説明すると言ったのに、パトカーのボンネットへあがってきて、無理やり引きおろしたんです」

「空き巣の現行犯だから仕方ない」

「わたしの腰や胸を触りたかっただけです」

「それはないと思うが」

「ぜったいあります。それで無理やりパトカーへ押し込んで、にやにやして、完璧な人権侵害です」

「これ以上騒ぐとどこかで卯月さんの迷惑になる。君にも実害はなかったろう」

柚香の目にまた涙が溜まってきて、椋はティシューの箱を放ってやり、少しひらいている窓をうんざりと眺める。パジャマのままパトカーで連行された柚香も可哀そうではあるけれど、自業《じごう》自得《じとく》。それに警官たちが柚香の腰や胸を触りたかったという可能性も、まずない。

「そうか、とりあえず鍵だよな。仕方ない、おれが開けてきてやる。君は窓から見張っていて、誰か通ったら『鍵を忘れただけなので泥棒ではない』と釈明《しゃくめい》してくれ」

面倒なことではあるが、柚香の部屋へ行って内鍵を開けてやらないかぎり、いつまでも居座られる。

椋はカーテンを開けて窓から首をつき出し、とりあえず通行人のいないことを確かめる。古いアパートだが鉄製の手摺《てすり》は頑丈《がんじょう》で、柚香が伝わったぐらいだから椋にもできる。だが実行してみると思った以上の高さで、下を見ると足がすくみそうになる。骨折まではしないだろうが、落ちたら足首ぐらいは捻挫《ねんざ》するか。安アパートだから薄い壁一枚だけの距離ではあるけれど、よくもまあ柚香は、こんな無茶をしたものだ。

移動はかんたんに済み、サムターンの内鍵を解錠してから、柚香のサンダルをつっかけて自分の部屋へ戻る。柚香のほうは勝手に椋のジャンパーを羽織り、電気カーペットのスイッチを入れて、なぜかビールを飲んでいる。

「あのなあ、犯罪者は神妙にするものだぞ」

「徹夜明けで疲れてるんです」

「徹夜明けで疲れている女が空き巣をするか」

「ビールを借りに行っただけですよ。わたしと水沢さんの仲じゃないですか。でも、さっきは助かりました。ありがとうございます」

素直に礼を言われると気が抜けてしまうが、やはり調子のいい女だ。

「ですけどね、昨夜は本当に徹夜だったんです。卯月さんからすごい情報をもらって、今週発売号の週刊講文に急遽《きゅうきょ》四ページ分の原稿を入れました。それに月に一度の連載原稿も任されて、もう頭が天国。お風呂に入ってくーっと冷たいビールを飲んでからひと眠りと思ったら、一本しかありませんでした」

「おれの責任じゃない」

「怒らなくてもいいでしょう。お風呂上がりでパジャマで、買いにいくのも面倒くさい。そうだ、水沢さんの冷蔵庫にはいつもたっぷりビールが入っていると」

「どうでもいいけどな。でも窓伝いは危険すぎる。落ちたら怪我をしたかも知れない」

「平気ですよ。子供のころは木登りが得意でした。ビールをもう一本お願いします」

本当にどうでもいいが、面倒で生意気で、図々しい女だ。そうはいってもやはり憎む気にはならず、冷蔵庫から冷えたビールをとり出して柚香にわたしてやる。

「さっきの『卯月さんからのすごい情報』というのは、風呂場男とプリン少年が同一人物だったという情報か」

「正解。もう大スクープで、編集長からも褒められました。週刊誌が出たら一部プレゼントします」

そんなものはいらないが、昨夜枝衣子から岡江とかいう家で死んだホームレスの素性《すじょう》を聞いたときは、なんとなく鳥肌の立つ思いがした。この世界には〈結婚してみたら子供のころ生き別れた兄妹だった〉とか〈何億円もの宝くじに二回連続して当たった〉とか信じられないような椿事もあるが、風呂場男のほうはたんなる椿事ではなく、もっと理由のある、因縁のような気がする。

「それよりね、わたしがこれから狙うのは……」

ビールを半分ほどあおり、メガネを押しあげて、柚香が不遜《ふそん》に片頰を笑わせる。徹夜明けなら早く部屋へ帰って寝ればいいものを、スクープや空き巣事件で興奮しているのだろう。

「ねえねえ、聞きたくないですか」

「どうせ三十年前の殺人事件だろう」

「鋭いですねえ、さすがは売れないミステリー作家」

「まだ書いていない」

「ですからわたしがアイデアを提供するんです。なにかおつまみはありませんか」

柚香の頭にゲンコツを入れたくなる衝動をおさえ、台所の柱に寄りかかって、自分でも冷蔵庫から缶ビールをとり出す。

「君のために午後の講義を休んで、そうか、そういえば」

バッグのなかに卒業する女子学生からプレゼントされたチョコレートがあったはずで、癪《しゃく》ではあるけれど、椋自身もビールのつまみはほしい。

バッグをひき寄せ、チョコレートの包みをとり出して、テーブルにおく。

「うわあ、リンツのリンドールじゃないですか。お洒落ですねえ、また女子学生を騙《だま》したんですか」

この女の辞書に〈反省〉という文字はないのか。

面倒くさいので柚香を相手にせず、ビールを咽に流して、小粒のチョコレートをひとつ摘《つ》まむ。昨夜枝衣子が持ってきてくれたシイタケ焼酎も残っているから、それも飲んで、夕方まで寝てしまおう。

柚香もチョコレートを摘まみ、「ほーう」というように唇をすぼめて、ずれたメガネを押しあげる。

「今週号の記事には書きませんでしたけどね。三十年前に近石聖子を殺したのは、岡江晃だと思うんです」

「この前は聖子の父親だと言ったろう」

「ひとつの推理として、という意味ですよ。そういう推理も成り立つし、また別の推理も成り立ちます」

「君にだけ都合のいい推理の気がする」

「推理というのはそういうものです。最初から証拠がそろっていれば推理の必要はありません」

それも理屈ではあるけれど、この柚香、真昼間に独身男の部屋でパジャマ姿を披露することに、貞操《ていそう》の危機を感じないのか。もっとも「貞操を危機にしてください」と頼まれたところで、応じようとは思わないが。こんな柚香でも男との同棲《どうせい》経験があるというから、男と女は奥が深い。

「実はね、わたし、昨日岡江に突撃取材をかけたんです」

「前にも突撃したろう」

「あれはお風呂場の変死事件に関してです。昨日は三十年前の殺人事件が念頭にありましたから、ズバリ、その件をもち出しました」

「常識的で素晴らしい」

「皮肉はやめましょう。たんなる取材テクニックです」

「そういうものかな」

「とにかくね、事件の話をしたら、岡江が白目を剝いて泡を吹いて、ゾンビみたいに襲ってきたんです」

「君の胸と腰を触りたかったか」

「まじめに聞いてください。わたしは今、気が立っています」

「すまん」

「ロリコンの確認をしただけなんです。三十年前の殺人犯は父親の近石だと教えて、岡江のロリコン趣味を事件攪乱に利用したのだと」

なんという無謀《むぼう》な女、白目だかゾンビだか知らないが、突然押しかけて意味の分からない推理を披露されたら、岡江でなくとも激怒する。

「柚香くんなあ、さっきは犯人を、近石から岡江に変更すると言わなかったか」

「言いましたよ。推理としては近石犯人説が面白いと思いますけど、面白いだけでは事件解決に至りません」

「言葉だけは正しい」

「水沢さんがミステリーを書くときはぜひ、近石さんを犯人に。ですが現実はやっぱり岡江が犯人だったという、つまらないものです」

三十年前の少女殺しは岡江が犯人だった、というだけでもじゅうぶん衝撃的だが、そういえば枝衣子も、寝物語りに似たような感想を漏らしていたか。椋本人は少女が被害者になった性暴行死事件に、生理的な嫌悪《けんお》を感じる。

「水沢さん、まだ冷えたビールはありますか」

「世界は君だけに都合よくできていない」

「うわあ、そういうキザな文章を書くと、小説が売れませんよ。文章の極意は簡潔、明瞭《めいりょう》、的確さです」

「肝に銘じるが、もう冷えたビールはない」

「台所に出ているあのビンはなんです？」

「君、本当に徹夜明けなのか」

「本当です。それにわたしの推理は、これからが本番なんです」

「まだあるのか」

「ちゃんとお聞かせしますから、あのビンは？」

「シイタケの香りがする焼酎だ、福島県の名産らしい」

「それも女子学生を騙して？」

「いや、君を酔わせて口説くために、用意しておいた」

柚香が一瞬メガネを光らせ、唇をすぼめてから、にんまりと笑う。

「水割りをつくりましょうね。シイタケの香りがする焼酎なんて、生まれて初めてです」

身軽に腰をあげ、台所に立って、柚香が二つのグラスに氷を用意する。普段はビールしか飲まないはずなのに、週刊誌の記事が会心《かいしん》だったのか、あるいはこれから披露する推理とやらに、よほど自信があるのか。

グラスと焼酎のビンをテーブルにおき、元の場所に胡坐をくんで、柚香がまたチョコレートを口に放る。

「キャップをあけただけでシイタケが香りますね。さあどうぞ、口説いてください」

「それよりわたしの推理です」

「冗談に決まっている」

「ああいう冗談も若者には受けませんよ。水沢さんは年齢のわりに、ちょっとオヤジ臭いです」

「それがセクシーだと言ってくれる女もいる」

「卯月さんは、いえ、趣味はそれぞれですからね。ヒトのことは言いません。それよりわたしの推理です」

　注いだ焼酎を舌の先で軽くなめ、偉そうにうなずいてから、柚香が胡坐の足を組みかえる。

「昨夜原稿を書きながらふと思ったんですけどね。近石の稔志さんはなぜ、岡江の家に侵入したのでしょう」

「プリンを食べたかったから」

「ギャグはやめて、まじめな話です」

「そう言われてもなあ、卯月さんも理由は分からないという」

「だから推理なんですよ。ヒントは長いホームレス生活で、稔志さんが衰弱《すいじゃく》していたこと。死期を悟った稔志さんは人生の最後に、自分のすべきことをしようと決心した」

「子供のころ食べ残したプリンを、いや、すまん」

「わたしに恨みがあるんですか」

「そういうわけではないが」

「話の核心はですね、三十年前に稔志さんは、妹の聖子さんが岡江に殺害される現場を目撃した、という部分なんです」

「なんと」

「驚きましたか」

「驚くというより、とにかく、すごい」

「かりに目撃していなかったとしても、なにかの根拠があって岡江が犯人であることを確信していた。だからこそあの日は岡江家に侵入して、妹の復讐《ふくしゅう》をするために、夫婦の帰りを待っていたんです」

柚香が「どうだ」といわんばかりにメガネを押しあげ、チョコレートを口に入れて、何度か鼻の穴をふくらませる。たしかにすごい推理でストーリー的にも成り立つ気はするが、根拠はどこにある。

「だけどなあ、もし稔志が目撃したり確信をもっていたりしたら、三十年前に、親か警察に訴えていたろう」

「そこがこの事件を面倒にしていた最大の要因です。さあ、その要因とはなんでしょう」

バカばかしいとは思いながら、柚香の自信と気迫に、ついひき込まれてしまう。

「稔志がアスペルガー症候群だったこと」

「鋭い、さすがは売れないミステリー作家」

「君もギャグはやめよう」

「とにかくね、理由はまさに稔志さんの精神状態です。隣家へ侵入して許可なくプリンを食べてしまうような子供の言うことなんか、親も警察も本気にしなかったんだと思います」

枝衣子が「小説を書くときの参考に」とメールしてくれた当時の資料に目はとおしてあるが、稔志関係の供述はなかった気がする。いくらアスペルガーでも被害者は稔志の妹、多少の矛盾や意味不明な部分があったとしても、稔志の告発を警察が無視したとは思えない。そうはいってもたとえ稔志が国分寺へ戻ってきた理由も岡江家に侵入した理由も、筋はとおる。

「そうだ、だけど、稔志が死んだのは風呂場だぞ。復讐を果たす前に身を清めておこうと思った、とかいうのは不自然すぎる」

「そのあたりの推理にも抜かりはありません。稔志さんが死んだのはお風呂場ではなくて、居間か台所です」

「ほーう」

「稔志さんは居間か台所か、べつにどこでも構いませんけど、家内《いえうち》に隠れて夫婦の帰りを待ち受けていた。そのとき家の前でクルマのとまる音がして、しばらくするとあの夫婦がぺちゃくちゃ喋りながら家へ入ってきた。やあ懐かしや岡江晃、ここで遭ったが百年目、妹の仇《かたき》、よもや忘れたとは言わさんぞ」

焼酎は舐《な》めた程度なのに、柚香にはシイタケへのアレルギーがあるのか。

「失礼しました。ちょっと興奮しました」

「先をつづけてくれ」

「当然稔志さんは、包丁を握っていたと思います」

「そうだろうな」

「でも相手は二人です。奥さんなんか太っていて体力があるし、岡江も老人とはいえ健康そのもの。ドタバタもみ合っているうちに衰弱していた稔志さんは心臓発作を起こして、ぽっくり。これが事件の真相です」

ひとつ肩で息をつき、満足そうにうなずいてから、柚香が感想を求めるように椋の顔をのぞく。求められたところで特別な感想はなく、せいぜい「ストーリーとしては成り立つか」という程度。だいいちそれなら、ただの事故だろう。

「水沢さん、ただの事故なのに、なぜ警察に届けなかったのか、と思っていますね」

「常識としてな」

「届けられなかった理由は明白です。三十年前に聖子さんを殺した犯人が、岡江だったからです」

「岡江の女房もその事実を知っていたと?」

「何十年も一緒に暮らした夫婦ですよ。旦那のロリコン趣味も犯した犯罪も、うすうすは気づいていたはずです。夫婦というのはそういうものです」

「そういうものかな」

「稔志さんの死はただの事故、だからって昔の事件がありますから、警察には届けられない。さあ困った、どうしよう。クルマがないから捨てには行けない。庭に穴を掘って埋めるのも大変だし、近所に見られたらそれまで。そこで思いついたのがお風呂場での変死です。夫婦は何事もなかったように室内を片付け、稔志さんを浴槽につけてから、何食わぬ顔で通報した。どうです、物語は見事に完結しているでしょう」

椋は知らないうちに焼酎を飲みほしていて、グラスにつぎ足し、壁と天井とカーテンと柚香の顔を何度か見くらべる。三十年前の事件から稔志の帰郷、岡江家への侵入に死亡の顚末まで、なるほど柚香の推理は見事に完結している。

しかし推理が完結しているからといって、それが事実だとは限らない。

柚香も話しつかれたのか、壁に寄りかかって両足を投げ出し、グラスの氷をころんと鳴らす。徹夜明けで空き巣事件まで起こして、かつ三十年前の殺人事件から風呂場男の変死事件まで見事に解決したのだから、偉いといえば偉い。

「論理的には正しいはずなんですがねえ、問題はそれを、どうやって証明するかなんですよ」

「まさか卯月さんには頼めないしな」

「なぜです?」

「彼女は今……」

枝衣子は今、連続強傷の捜査が大詰めに来ているとかで、柚香の推理なんかにつき合ってはいられない。そちらは現在進行形の事件なので、容疑者として岡江夫婦と温泉に行った整体師が浮上している事実も、柚香には告げられない。

「彼女はプロの捜査官だ。君やおれのように、根拠のない推理ごっこで遊んでいる暇はないさ」

「どうせ毎日いちゃいちゃしてるくせに。寝物語りに話せばいいでしょう」

昨夜はたしかにこの部屋でいちゃいちゃしたが、柚香は隣室にいなかったではないか。

「機会があったらそれとなく話してはみる」

「この前の、近石犯人説は伝えませんでした」

「結果的に正解だったろう」

「問題は水沢さんの誠意ですよ。わたしと水沢さんの関係だって、卯月さんより先じゃないですか」

「たまたま隣りの部屋で、だいいち、関係なんて言ったら、知らない人間に疑われる」

「わたしをセフレにしたのは水沢さんです」

「だからなあ、あのときはあれで、君もしつこい女だな」

「相手は交番のお巡りさんですよ。パトロールをしながら国分寺中に言いふらします」

「いくらなんでも、そうだ、借りたサンダルを明日にでも返しておけ」

「いつかセクハラの記事を書いて懲らしめてやります」

「寛容《かんよう》で話の分かる警官だったじゃないか。それに卯月さんの同僚でもある。彼女にだけは、とにかく、迷惑をかけるな」

焼酎を注ごうと思ったが、もうボトルは空で、仕方なく腰をあげて台所の棚からウィスキーのボトルをとる。それからグラスに氷を足し、ウィスキーを満たす。午後の授業も休講にして、交番まで迎えに行ってタクシーで連れ帰って、ビールとシイタケ焼酎を飲まれてチョコレートを食べられて、それでも怒る気にならないのだから不思議な女だ。

柚香がもぞもぞと腰をあげ、ちょっとよろけて、壁につかまる。

「不思議ですねえ。立ってみると、わたしは酔ってるみたいです」

徹夜明けでビールと焼酎を飲めば、酔うに決まっている。

「部屋へ帰って寝ます。わたしの推理は直接卯月さんに伝えます。週刊誌が発売されたら……」

ドアまで歩いてノブに手をかけ、そのノブで重心を支えるように、柚香がゆっくりとふり返る。

「週刊誌が発売されたら情報のお礼に、ご馳走《ちそう》すると約束しました。水沢さんも交ぜてあげます」

「ありがとう」

「わたしとのセフレ関係は内緒にしますから、ご心配なく」

ドアをあけ、ひらっと手をふりながら柚香が外廊下へ姿を消す。セフレ関係なんか内緒にしてくれなくても結構だが、たぶん柚香のほうが空き巣事件を内緒にしたいのだろう。調子のいい女だ。

それにしても交番から借りてきたサンダルはそのまま。仕方ないから明日、学院へ行くついでに返しておくか。

椋は布団の上にごろっと横になり、チョコレートをつまんで腕枕をする。少し開いている窓からの風が酔いのまわり始めた頬に心地よく、ふと眠気を感じる。パジャマに着替えるのも面倒くさいからこのまま一、二時間昼寝をするか。

三十年前に近石聖子を殺した犯人は隣家の亭主、か。真相はともかく、その設定で推理小説の構想を練るのも悪くはない。それでもし小説が売れたら、椋のほうが柚香を豪華なディナーに招待してやろう。

※

「卯月くん、俺はコーヒーにしてくれ」

「インスタントですよ」

「どうせ家でもインスタントだ。砂糖はたっぷりな。女房《かみ》さんにはダイエットしろと言われるが、今さら腹をへこましたところでモテるわけでもなかろうしなあ」

「ご謙遜《けんそん》を。送別会への参加を希望する女子職員が多すぎて、黒田さんたちが困っているようです」

予備室の給湯スペースへ歩き、二つの紙コップにインスタントコーヒーを用意する。「砂糖をたっぷり」というのがどれほどの分量かは知らないが、金本のコーヒーには角砂糖を五つ入れてやる。予備室には茶葉やコーヒー、ティーバッグや食器類も常備されていて、職員たちの休憩室になっている。ふだんは内勤の職員たちが利用する部屋だが、茶やコーヒーが不足していることはない。たぶん会計課あたりが補充しているのだろう。

二つの紙コップを持って金本のいるテーブルへ運ぶ。七時には全捜査員に招集をかけているが、それには三十分ほど間がある。

「新垣の経済状況だがなあ、猥褻映像で稼いでいるはずなのに、なぜそんなに悪いんだね」

「賭けマージャンのせいでしょう。どっぷり嵌まっているそうです。でもたまには五十万円単位の振り込みがありますから、勝つこともあるんでしょうね」

「出会い系バーは儲かっているのか」

「店と私用の口座は別なんですけどね、ほとんど赤字のようです。ですからマージャンで勝った金をすぐとり崩しています」

「そこでまた映像販売に手を出したか。懲りない男というのは、死ぬまで懲りないんだろうなあ」

金本が腹をさすりながらコーヒーをすすり、遠くで談笑している職員にちらっと目をやってから、大きく欠伸をする。

「室田良枝のほうは？」

「口座には三万円ほどが出たり入ったり。両親と同居ですから生活費はかからないのでしょう。離婚の理由は新垣が猥褻図画販売で逮捕されたことですが、あるいは、偽装離婚だったかも」

「というと？」

「新垣は猥褻映像をインターネット経由ではなく、ディスクにして独自のルートで販売していたんだとか。その仕事場は自宅マンションでしたから、当然良枝も関わっていたはず。ですが良枝は『知らなかった』の一点張り、新垣も『妻は無関係』と主張しつづけて、けっきょく良枝のほうは証拠不十分で不起訴。最近になっても新垣のバーで良枝らしい女を見かけたという情報がありますから、離婚は形だけだったと思います」

「いずれにしても、ケータイやパソコンを押収すれば分かることだ。早ければ明日にでも決着するだろう。みんなよく頑張ってくれたよ」

新垣の出会い系バーと自宅マンション、それに室田良枝の〈青いパパイヤ〉へ家宅捜索をかけるのは明日の午前十時、時間をずらすと二人が連絡をとり合う可能性があるから、横浜と国分寺で同時に執行《しっこう》される。新垣の容疑は店に女子高生を出入りさせていた疑い、室田に関しては免許がないのにあん摩マッサージ指圧師の類似《るいじ》行為をした、というもの。両方とも一種のイチャモンだが、もちろん本命は連続強制性交にある。

「萩原を福井へやってから急展開したなあ。だがA子とB子は整体院で顔を合わせていなかったし、C子の事件がなければ今でも容疑者は浮上していなかった。分かってみれば単純な事件だが、昔からこういう通り魔的事件が一番難しいんだよ」

難しくしたのは実行犯と被害者を物色した人間が別だったことで、これではいくら防犯カメラをチェックしても、被害者を尾行していく怪しい男なんか出てこない。それを除けば水沢椋の「犯人は以前から被害者たちを知っていた」という説が当たったことになる。新垣も元中学教諭《きょうゆ》だからインテリ崩れ、金本の言うとおり単純な事件ではあるけれど、手口としては巧妙でもある。

「連続強傷のほうは一段落ではあるが、卯月くん、あっちのほうはどうかなあ」

あっちとは、と聞き返しそうになったが、風呂場男事件に決まっている。近石稔志の件は小清水柚香へ情報を流したから、早ければこの週末にでも騒ぎになる。情報を漏洩させたことを金本に告げるか否《いな》か、週刊誌が騒げばどうせ気づくだろうし、そのうち生安からも情報は漏れる。

「実はね、岡江家のお風呂場で死亡したのが近石さんのご長男だったことを、あるマスコミに流してあります」

金本の紙コップが口の前でとまり、肉の厚い目蓋が大きく見開かれる。もっとも見開いたところで、目は大きくならないが。

「なんとまた、君という女は……」

「どうせいつかは知れることです。生安だってマスコミに聞かれたら答えるしかないでしょう」

「それはまあ、そうだろうが」

「岡江を揺さぶってみたいんです。銀行口座に特別な不審点はありませんが、なんとなく、イヤな感じがします。べつに超能力ではありませんけれど」

「岡江夫婦が室田良枝と熱海へ行ったのは、今のところ、まったくの偶然かね」

「今のところは、です。とにかく新垣と室田の身柄を確保してから岡江の周辺を探ります。結果的に『たんなる善良な老夫婦でした』という可能性はありますけどね」

金本がコーヒーを口に運んで、天井をあおぎ、口元を苦っぽく笑わせる。砂糖はたっぷり入れたから、コーヒーが苦いわけではないだろう。

何秒か天井をあおぎ、ふと視線を枝衣子に戻して、金本が顎の先を首のぜい肉に押し込む。

「話は変わるが、卯月くん、生安の日村からなにか聞いているかね」

日村から聞いているのは次期刑事課長に内定していること、それに刑事課の拡充構想と枝衣子を補佐役にしたいということ。それぐらいのことは、どうせ金本も知っている。

「日村さんは刑事課員を増やして、国分寺で発生する事件全体を把握できる組織にしたいとか」

「それはまあ、考え方はいろいろで、俺が意見を言っても仕方ない。それよりなあ、実は後藤署長のところへ、本庁の捜査一課から打診が来ているんだよ」

「それは?」

「卯月くんを捜査一課にひき抜きたいと」

思わず声が出そうになったが、コーヒーを口に運ぶしぐさでごまかす。

「山川《やまかわ》さんの口添えで?」

「それもあるが、俺だって君の転属に異論はない。もともとこんな小さい所轄に収まる器でないことぐらい、誰でも認めているよ」

山川というのは本庁捜査一課のベテラン刑事で、金本の元同僚。昨秋の事件では国分寺署の枝衣子たちと合同捜査をした。枝衣子にもその山川に、自分の能力を証明した自信はある。

「要するに、どういうことでしょう。辞令が出れば受けたいと思いますが」

「そこなんだよなあ。さっきの日村の話、署長も乗り気でいるらしい」

「刑事課の拡充ですか」

「署長と日村のどちらが言い出したのかは知らんが、まずその線で実現する。署長も本庁へ戻る手土産として、国分寺署改革という実績を残したいわけだ」

「不都合はないと思いますが」

「不都合は日村にある。新刑事課では卯月くんに補佐してくれと言わなかったかね」

「それらしいことは」

「日村もなあ、根回しやら裏工作やら、そんな部分では有能なんだが、残念ながら部下からの信頼が足りない。自分でもそれが分かっているから卯月くんを補佐役にと、つまりは、そういうことだ」

「土井さんでも黒田さんでも、それに生安にだって人材はいるでしょう」

「ただの人材では組織がまとまらん。人望というか、カリスマ性というか」

「オヤジ殺しの技ですか」

「そういったら身も蓋《ふた》もない。表現なんかどうでもいいんだが、つまりは署長も、日村の補佐には君が適任だと判断しているわけだよ」

そういうことか、日村が「あとで正式に一席」とか言っていたのは、その根回しのためか。しかし本庁への転属はもともと枝衣子の希望で、大げさにいえば警察官になったときからの、悲願でもある。

「最後は卯月くんの判断次第、ということではあるんだがなあ」

金本がコーヒーを飲みほし、ちらっと紙コップのなかを覗《のぞ》いてから、困ったような顔で眉をひそめる。さすがに角砂糖の五個は多すぎたか。

「日村も小金井署時代からの同僚だ。刑事課の拡充もある意味では時代の流れで、やつの構想も実現させてやりたい。卯月くんが二、三年手を貸してやれば、それが君自身の実績にもなる。ただ本庁への転属には、タイミングがあるんだよなあ。一課の課長が代われば方針が変わるかも知れんし、他の所轄から欠員が補充される場合もある」

なにが言いたいのか。署長や日村の要請に従ってあと二、三年国分寺署にとどまれというのか、それとも機会を逃さず、明確に本庁への転属意思を表明しろというのか。

「今回の強制性交事件が片付くまで、判断を保留できますか」

「もちろんだ。そのうち署長から正式に、君へ打診があるだろう。返事はそのときにすればいい。ただ日村のやつはああだのこうだの、君をとり込もうとするかも知れん」

「ご心配なく。波風が立たないように処理します」

「君のオヤジ殺し、いや、まあ、手腕は信じているけどな。実は俺も昔、本庁の捜査一課に誘われたことがある」

「山川さんから聞いています」

「そうか。なにしろ捜査一課は現場警察官のあこがれ、話が来たときは足が震えてしまったよ」

捜査一課は他府県警の本部にも設置されているが、東京警視庁の捜査一課は別格。凶行犯罪捜査におけるプロ中のプロで、胸の赤バッジも警視庁の捜査一課員だけに許される。警察官としての階級は低くても、現場警察官からはキャリア組以上に尊敬される。

「あのときは女房《かみ》さんの病気を口実に辞退したんだが、けっきょくなあ、俺は逃げたんだと思う。まず自信がなかった、本庁の捜査一課なんか、俺に勤まるはずはないと。女房さんと子供たちと平凡に暮らせればいいとなあ。その判断が正解だったのか、不正解だったのか、今でも分からんよ」

人の生き方はそれぞれ。金本が本庁からの誘いを断って平凡で安定した人生を選んだことを、誰が非難できる。過ぎた人生をふり返るのも、やはり定年が近いせいだろう。枝衣子のほうは「保留」と言ってみたものの、それは波風を立てないための方便《ほうべん》で、「捜査一課にひき抜き」という言葉を聞いたときからもう心を決めている。金本の言うとおり二、三年もブランクを置いてしまったら、どう状況が変わるか分からない。このチャンスを逃してなるものか。本心では飛びあがってVサインでもつくりたいところだけれど、それでは国分寺署に対して失礼になる。

金本が腕時計をのぞき、枝衣子は二つの紙コップを持って給湯スペースへと歩く。とにかく今は連続強制性交の解決が先、金本に退職への花道を飾らせてやるためにもミスは許されない。できれば三十年前の殺人事件も解決してやりたいが、こちらは情報が少なすぎる。岡江晃を強引に容疑者と見立てたところで、「視線」だけで捜査をするのは無理だろう。ただ萩原が福井からも ち帰った情報のように、ひとつ歯車が回れば、事件が急展開する可能性はある。

8

暑くはないのにスカーフの下で汗がにじむ。すでに午前十時、青いパパイヤを遠くとり囲んで十一人の捜査官がそれぞれビル陰に身をひそめている。診療時間は午前十時から午後七時までと看板にあるから、室田良枝も十時前には整体院に入るはず。それなのにまだ姿を見せず、もしかしたら警察の動きに気づいたかと、少し不安になる。こんなことなら良枝の実家がある東元町にも捜査員を配置しておくべきだったか。昨夜の捜査会議では良枝の実家にも家宅捜索をかけるべき、という意見が出たが、金本が「無関係な両親を不安にさせたくない」と否定した。そのかわり家宅捜索と同時に、容疑者二人の逮捕令状も執行する。

やはり金本の温情が過ぎたか。これからでも二、三人東元町に向かわせるか。

そのとき警察専用回線のケータイが鳴り、ジャケットのポケットからとり出す。

相手は横浜で待機している土井。

「どうかね卯月さん、室田はもう整体院に入ったかね」

「まだ姿を見せないの。まさかとは思うけれど」

「気を持たせるなあ、こっちは新垣の在室を確認してある。日ノ出町のバーにも解錠の専門家が待機していて、いつでも突入できるんだが」

「五分待ってください。それまでに室田良枝があらわれなかったら、そちらだけで……」

電話を切りかけたとき、ドラッグストアの横階段をのぼっていくスカートが見え、うしろの峰《みね》岸《ぎし》刑事をふり返る。峰岸は青いパパイヤが捜査線上に浮上したときから良枝を尾行しているから、顔は特定できる。

峰岸がうなずき、枝衣子はケータイを持ち直して土井に捜索の開始を告げる。一応は経営者なんだから、もっと早く出勤すべきよねと、枝衣子は腹立ち交じりの独りごとを言う。

枝衣子がビルの陰から出て片手をあげると、それぞれの物陰から捜査員が顔を出してドラッグストアのほうへ寄ってくる。枝衣子の班が五人、生安からの援軍が五人、それに対象が女性ということもあって研修の糸原も加えてある。捜査員のなかには押収物を入れる段ボールを抱えている者もいる。

寄ってきた黒田にうなずき、目で捜索開始を合図する。

黒田を先頭に全員が階段をのぼりはじめ、枝衣子がしんがりを務める。朝の十時で通勤時間帯でもなく、パトカーも駅前に待機させてあるから野次馬にも囲まれない。この捜索に違法性がない証拠を残すために、萩原はすでにビデオカメラを構えている。

全員が二階につき、峰岸がノックをせずに整体院のドアをあける。衝立の向こうから東南アジア風の顔立ちをした女があらわれ、目を見開いて、口もあけ、しかし言葉は出さずに首を横にふる。十一人もの人間が開店直後に押しかけたのだから、良枝にも整体の客でないことぐらいは分かる。

「国分寺署の刑事課です。この青いパパイヤをあん摩マッサージ指圧師類似行為容疑で家宅捜索し、同容疑であなたの身柄を拘束《こうそく》します」

黒田が執行令状を読みあげ、良枝に示してから、有無を言わせず施療室《せりようしつ》に進入する。外の看板にある診療時間の〈診療〉という表記だけでも医師法違反だが、今のところは家宅捜索の口実があればいい。衝立の横から施療室をのぞくとせいぜい六畳ほどの広さで、枝衣子は捜索に加わらず、衝立横の壁に寄りかかって腕を組む。

良枝が捜査員たちにつづきかけ、すぐ待合室側にひき返して、腰が抜けたように竹製のベンチへ座り込む。その良枝の横に糸原が番犬のようにまわり込む。

「糸原さん、室田さんがケータイを所持していないか、確認して」

糸原が颯爽《さつそう》と良枝の身体検査を始め、コートのポケットから小型のスマホをとり出す。家宅捜索や逮捕時の常道はまずこの通信機器を押収すること、よほど計画的な犯罪でないかぎり、電話やパソコンの通信記録で容疑を断定できる。

糸原からケータイを受けとり、枝衣子は証拠品袋におさめる。

「ほかにペンやお財布《さいふ》は」

糸原が首を横にふり、また番犬のように良枝のわきに立つ。出勤したばかりで、財布等の入ったバッグは施療室にあるのだろう。

「室田さん、これから身柄を国分寺署へ移送します。申し立てをすることがありますか」

呆然として声が出ないのか、あるいは逆に肚《はら》をくくったのか。犯罪者が顔に「私は悪者です」と書いているはずもないが、化粧もそれほど濃くはなく、まずは年齢どおりの容姿。それでもどこか不貞腐《ふてくさ》れた雰囲気を感じるのは、枝衣子の先入観か。容疑不十分で逮捕はされなかったものの、良枝は新垣の猥褻図画販売にも加担している。新垣と結婚する前は横浜のキャバクラに勤めていたという情報も入っているから、見かけよりはしたたかな性格かも知れない。黒田が読みあげた執行理由に一切反論しなかったのも、口を開けばそれだけ自分が不利になる、という事実を知っているから。この捜索は本当にあん摩マッサージ指圧師がどうとかなのか、やはり強制性交罪のほうなのか、新垣にも同様の捜索がおこなわれているのか、なんとか新垣に連絡する方法はないものか。良枝の頭のなかではどうせ今、それらの思案が錯綜《さくそう》している。

枝衣子はポケットから警察回線のケータイをとり出し、土井のケータイにつなげてみる。

「こちらは仕事を始めました。そちらは」

「同様だよ、バーの扉も解錠できたという」

「それではあとは手順どおりに」

良枝と新垣が顔を合わせると不都合なので、良枝は国分寺署、新垣のほうは横浜の山手《やまて》署で取調べがおこなわれる。どこかの捜索先で強制性交の物的証拠が出てくれば、取調べ自体にそれほどの困難はないだろう。

土井への通話を切り、つづけて駅前に待機させてあるパトカーを呼び出す。

「容疑者の身柄を確保しました。こちらへお願いします」

これらの作業も手順どおり。まず良枝の身柄を署で留置し、家宅捜索で押収した証拠品を分析する。証拠品の分析は横浜でも同時進行されるから、具体的な物証が出てくれば捜査自体はそこまで。あとは新垣と良枝から供述をひき出せば一件落着なのだが、二人には警察の取調べに対する免疫《めんえき》がある。

「卯月さん、ちょっと」

施療室から声がかかり、衝立をまわって内に足をすすめる。せまい部屋で九人もの捜査員が作業をしているのだから、まるで通勤電車並み。これなら窓枠に溜まった埃《ほこり》すら見逃さない。

黒田が壁の棚にあるアオザイ人形を指さし、指さしたまま、人形の頭をつんと突く。枝衣子は棚に近寄って人形を凝視し、そのガラス玉の目に顔を近づける。

「目の色がおかしいわね」

「例のあれだよ」

「なるほど、例のあれですか」

二人とも警察官だから、「例のあれ」で盗撮カメラだという意味は通じる。

黒田が峰岸に声をかけ、施療台の真上あたりにある天井ランプを指さす。峰岸が靴を脱いで施療台へあがり、竹で編んだエスニック風のランプカバーをくるっとまわす。外されたランプカバーを黒田が下で受けとり、横、上、下とていねいに点検する。

「なんとまあ、最近のあれは小さくできているなあ。これじゃ盗撮犯罪がますます巧妙になる」

黒田がランプカバーからとり出したのは小指の先ほどの黒い物体で、枝衣子も刑事課研修で見たことはあるけれど、こんな小さいカメラでどうやって撮影できるのか、理屈は分からない。

「そのカメラはＷｉ《ワイ》－Ｆｉ《ファイ》で映像をパソコンに送れます。今は服のボタンにだって仕掛けられますからね。ケータイをスカートの下に差し入れるのは情報弱者だけですよ」

萩原がビデオ撮影をつづけたまま無駄口をたたき、捜査員たちが苦笑する。そういえば今でも電車内やどこかの階段でおこなわれる盗撮行為は、みなケータイを使ったもの。女性のスカート内を盗撮するようなバカは、どうせ世の中の進歩を知らない。

今度は待合室から糸原の声がかかり、良枝のケータイを黒田に預けて待合室に戻る。ドアの前に制服の警官が立っているから、もうパトカーが駆けつけたのだろう。

「室田さん、逃亡の恐れがないと判断できれば、手錠はかけません」

良枝が口のなかでなにか言い、しかし声はださず、誰とも視線を合わせずに腰をあげる。その態度は居直った人間のものだが、逃亡の意思がないことも理解できる。確保した容疑者に手錠をかけるのはマスコミ向けのパフォーマンスで、手錠をかけるか否か、法律上の規定はない。のちの取調べも考慮して、枝衣子は温情を見せておく。

「室田さんには逃亡の意思なしと判断します。糸原さん、あなたが連行して。署についたら規定通りの勾留《こうりゅう》手続きをね」

糸原が興奮を抑《おさ》えるような顔で目礼し、良枝の腕に手をかけてドアへ向かう。制服警官がドアをあけて二人を送り出し、枝衣子に敬礼をしてドアを閉める。盗撮カメラまで仕掛けていたとなればもう容疑は確定、あるいは警察が察知していなかった余罪まで、ぞろぞろ出てくるか。良枝が家宅捜索を予期していなかったぐらいだから、新垣のほうも同様だろう。二人がかんたんに罪を認めるとも思えないが、理屈が分かってみればこんなふうに、あんがい単純なものなのだ。この事件に岡江夫妻が関与していれば棚から牡丹餅《ぼたもち》で、しかしいくら事件の構造が単純でも、世の中はそれほど甘くない。

施療室から二人の捜査官が出てきて、一人が棚にある雑誌類を段ボール箱に詰め、一人が壁の観葉植物やベンチの裏側などを調べはじめる。洗面所を含めても大した広さではなく、それに居住施設ではないから押収物も限られる。施療室の捜索も進んでいるようで、すでに梱包《こんぽう》した段ボール箱を待合室へ移す捜査員もいる。

枝衣子が残っていたところですることはなく、衝立をまわって黒田に声をかける。

「そろそろ搬送車を呼びましょうか」

「そうだなあ、押収物が少なくて気が抜けるぐらいだ。考えたら整体院なんて、道具や設備がいらないものなあ。資格までいらないというから、私も家内にやらせようかなあ」

冗談に決まっているが、今回の捜索が予想以上にあっけなく、それに盗撮カメラという予想以上の収穫があって、黒田の機嫌《きげん》もいいのだろう。

「黒田さん、ドアの鍵はバッグのなかだと思いますが」

黒田が小机においてあるヴィトンのバッグをとりあげ、ちょっと中をのぞいて、やはりヴィトンのキーケースをとり出す。

「どうせお財布もヴィトンでしょう」

「ご明察、卯月さんの超能力は恐ろしい」

整体院は赤字続きだというから、それらのヴィトンはフェイク品かも知れないが、良枝のような女はつまらないことに見栄を張る。

「もしフェイクでないとしたら……」

この捜索とはまるで関係ないのに、なぜか枝衣子の頭に、風呂場男事件の現場に臨場した日の、岡江孝子が着ていたコートとバッグがよみがえる。あのときは単純に〈まがい物のブランド品〉と決めつけてしまったが、もしあれらが本物のシャネルだったら中古品でも五十万円はする。

「萩原くん、風呂場男事件のとき、岡江孝子から事情聴取をしたのはあなたよね」

萩原はすでにビデオ撮影をやめ、施療用に使うらしいローションやタオル類の箱詰め作業にかかっている。そんなものまで押収する必要もないとは思うが、現場の指揮は黒田に任せてある。

萩原が腰をあげてロングの前髪を梳きあげ、枝衣子に向かって質問形の表情をつくる。

「あのとき奥さんが着ていたコートと、持っていたバッグを覚えている？」

「なんのことでしょう」

「岡江孝子のバッグとコートよ」

「それは分かりますが、バッグとコートというのは」

「一見シャネルふうだったけど、本物かどうかの確認はしたかしら」

「無理を言わないでください。そんなことに興味はないし、それに言っては失礼ですけど、あんなおばさんに本物のシャネルはないでしょう」

まことに常識的な意見で、それに男は一般的に、女ほどブランド品に対する執念《しゅうねん》はない。

「卯月さん、なんだねその、バッグとかコートとかは」

「いえ、ちょっと気になっただけです。この捜索には関係ありません。搬送車を呼びますか」

「うん、こんな押収品をクルマに積むぐらい、十分もかからない」

「わたしは先に署へ戻ります。戸締まりをお願いします」

黒田や捜査員たちに会釈を送り、待合室に積まれていく段ボール箱を確認しながら、近くの駐車場に待機させてある搬送用のワゴン車に電話を入れる。この整体院から所轄までは徒歩圏内ではあるけれど、まさか捜査員が段ボール箱をかついで行列するわけにもいかない。

待合室を出て階段をおり、通りの反対側で〈青いパパイヤ〉の看板をふり返る。

いったい室田良枝は、なんの目的でこの場所に整体院を開いたのか。看護師養成学校へ通ったぐらいだから、多少の医学知識はあったろう。待合室の壁には整体院の修了証も飾られていて、地元ではあるし、新垣との離婚を機に人生をやり直そうと思ったか。あるいは逆に、最初から新垣と申し合わせて、整体院を犯罪商売の拠点にしようと計画したのか。周辺への聞き込みで「実際に肩こりや腰痛が治った」という報告もあるらしいから、もしかしたら最初は「やり直そう」と思ったのかも知れないが、よほどの上客でもつかまない限り経営持続は困難だろう。麻薬と縁を切るのが難しいように、けっきょくは元の甘い汁生活に戻ったか。

でも最終的な供述は定番の、「つき合った男が悪かった」になるんでしょうね。人間というのは男も女も、悪いことはみんな相手のせいにする。

音の出ないように舌打ちをし、バッグを担ぎなおして、枝衣子は国分寺署の方角へ足を向ける。三鷹からこの国分寺へ通うのもあと三週間、それを思うとふと、感傷的な気分になる。大事件はまず発生しない所轄ではあるけれど、職場環境も人間関係も良好。水沢椋もいるし小清水柚香という意味不明な小娘もいるし、悪い町ではないのよね。金本のせりふではないが、「本庁捜査一課」という言葉にはたしかに、足がふるえる感じもある。

卯月枝衣子警部補、多少の感傷があるからといって、弱気はやめましょう。なにしろあなたには能力と行動力と、それにオヤジ殺しの技もあるのだから。

※

武蔵野庵が出前のざる蕎麦を運んできて、空いているデスクに十一枚の蕎麦桶を積みあげる。昔のマンガだったかテレビドラマだったか、自転車に乗った出前持ちが頭上高く蕎麦桶を担いでいく場面を見た記憶があるが、曲芸ではあるまいし、さすがにあれは誇張《こちょう》だろう。

刑事課のフロアには青いパパイヤから押収してきた段ボール箱が並んでいて、すでに各自がケータイやパソコンや顧客《こきゃく》名簿などの検証を始めている。横浜での家宅捜索も順調だったようで、知らせを受けた金本課長が「昼飯は俺がみんなにざる蕎麦をおごってやる」と宣言して横浜へ向かった。そのざる蕎麦が届いたのだ。

捜査員たちが作業の手をとめ、それぞれ蕎麦や箸や汁《つゆ》をとりに向かう。糸原がすぐ茶を用意し、各デスクに配り始める。若いのに似合わず、親のしつけがいいのか、このあたりは気が利いている。せっかくのおごりなので枝衣子も蕎麦を相伴《しょうばん》する。

蕎麦桶や汁を持ってデスクに戻ったとき、電話が鳴る。

「おう卯月くん、そっちは順調かね」

「順調にお蕎麦が届いたところです」

相手は横浜に出向いた金本。国分寺から横浜まで距離がある気がするのは都心を経由するイメージがあるからで、実際は府中街道でつながっている。ＪＲの武蔵野線や南武線、それに八高線《はちこう》などもともとは北関東の絹《きぬ》を横浜港へ運ぶルートとして敷設《ふせつ》されたもの。それを考えると離婚後も、新垣と室田良枝は近い場所に住んでいたことになる。

「こっちは新垣が弁護士を呼べと言い出してなあ」

「室田良枝も同様です。二人とも前の事件で学習したんでしょうね」

もちろん逮捕された容疑者には弁護士をつける権利がある。ただ一般的に日本では「弁護士をつけるのは容疑を認めた証拠」という先入観があって、逮捕即弁護士という習慣はない。ある意味では警察のやりたい放題で、それが冤罪《えんざい》の温床《おんしょう》にもなっている。

「ただいくら弁護士とか騒いでも、新垣の部屋からああいう映像ディスクが百枚以上見つかってなあ。猥褻図画販売の再犯は確定だ。これからその映像をぜんぶ検証せにゃならん」

「ご苦労様です」

といっても男性捜査員にとっては、それほど苦痛な作業ではないだろう。枝衣子は想像するだけで、吐き気をもよおすが。

「国選弁護人を手配したが、弁護士会から送られてくるまでに一日か二日はかかる。それまでに証拠を固められそうかね」

「問題はありません。青いパパイヤで盗撮カメラを発見しました。それだけでも迷惑防止条例違反と軽犯罪法違反と、場合によっては脅迫罪《きょうはくざい》にも問えます」

「こっちも〈ベイ・スター〉という出会い系バーで隠しカメラを発見した。もっともそれは、防犯用だったらしいが」

「弁護士がついても自白がなくても、送検は可能です。あとは単純作業だけでしょう」

「そうかも知れんが、なにしろ手こずった事件だからなあ。くれぐれも詰めを間違えんように、と、まあ、念を押すまでもないけどな。こちらに進展があったらまた連絡する」

ざる蕎麦の礼を言う前に電話が切られ、枝衣子は肩をすくめながら受話器をおく。必死にとぼけていたようだが、金本の声に興奮があったことは明らか。もしかしたら定年前の解決は難しいかと思われていた事件に目処《めど》がたったのだから、金本が興奮するのも無理はない。

それにしても室田良枝という女も、見かけによらず几帳面な性格ねと、蕎麦をすすりながらパソコンの画面に目を戻す。青いパパイヤで萩原が指摘したとおり、盗撮カメラの映像は施術室のパソコンにおさめてあって、その映像がUSBメモリで三本。四年間すべての映像ではないだろうが、帳簿上の客は一日平均で三、四人。整体院の維持にどれほどの費用が掛かるのかは知らないけれど、家賃も光熱費もポスティング代も必要だろうし、これでは赤字も仕方ない。ただ映像自体はなam横と真上から施術の様子を写したもので、客は若い女も年寄りもみな着衣姿。今のところ猥褻映像は見つからないから軽犯罪にしか問えない。しかし良枝も弁護士を要求しているぐらいだから、本命が連続強制性交であることに自覚はある。

糸原が寄ってきてデスクの横に紙皿をおき、丸い目を見開いてにっこり笑う。

「お弁当のおかずなんですけどね、お蕎麦をいただいたので」

皿にあるのはだて巻きふうにつくった卵焼きで、まさかほかの十人に配るわけにもいかないから、女同士のサービスなのだろう。

「ご馳走さま。きれいにできているわね」

卵焼きをもらうから、というわけでもないけれど、次期刑事課長の日村には女性捜査員として、糸原を推薦《すいせん》してやろう。

「卯月さん、私たちが整体院へ出向いているあいだに、銀行から口座を開示してきたようです」

「どの銀行？」

「岡江孝明の銀行です」

「岡江の息子ね、忘れていたわ。一応データをわたしのパソコンに」

糸原が返事をして自分のデスクへ戻っていき、その糸原を四、五人の捜査員がとり囲む。まだ弁当のおかずが残っているのだろう。昨夜の捜査会議と今朝からの家宅捜索で忘れていたが、まだ岡江夫婦関連の捜査はつづいている。今日の家宅捜索でも岡江は影すら見せないけれど、どうもなにかがひっかかる。この釈然《しやくぜん》としない気分はなんだろう。枝衣子と対面したときの、岡江の不可解な愛想のよさか。夫人のバッグやコートに対する「もしかしたら本物か」という疑念か。あのバッグとコートを押収できれば真偽《しんぎ》の判定はできるものの、現状では手を出せない。

蕎麦と卵焼きを完食し、食器類をもとの場所に運んでから、デスクへ戻って茶を飲む。枝衣子の班にできることは押収品を検証して新垣との接点を立証すること、主力は横浜組で、押収したというディスクのなかにA子かB子C子の映像があれば、自白があってもなくても送検の手続きになる。送検されれば起訴も確実で、裁判での有罪も確実。その裁判に被害者たちが出廷する必要はなく、事前に申請すれば氏名等も伏せられる。たとえマスコミが被害者たちの氏名を把握していたところで、公表すれば社会からのバッシングを受ける。送検から起訴から裁判での結審まで半年程度の時間はかかるにしても、事実上もう、この事件は解決したようなものなのだ。

捜査員たちはまだ食事と雑談をつづけていて、萩原や何人かの若い刑事は部屋を出ていく。一枚のざる蕎麦では腹が満たされないのだろう。金本だって昼食には三枚のざる蕎麦を平らげる。

天気もいいし、散歩がてらにどこかで紅茶でも飲んでこようか。軽犯罪法違反で良枝の身柄を拘束できるのは最長二十日間、それだけの時間があれば弁護士がついたところで、どうにでも自白に追い込める。もっとも枝衣子本人は旧来の自白尊重主義に対して、少なからず抵抗感はあるのだが。

腰をあげかけ、でもその前に、と思い直して岡江孝明の口座を開く。銀行は立川中央銀行、開設は約三年前だから孝明が西元町の実家を出て以降のものだろう。妻の志緒美と共同名義になっているが、志緒美は今子供を連れて実家へ帰っているとかいう情報は、小清水柚香から入っている。

金銭の出納《すいとう》はまずまず定番、毎月二十五日前後に四十万円ほどの現金が振り込まれるのは給料だろう。勤め人だから税金や保険料は天引き済み、手取りの四十万円からアパート代や光熱費やクルマのローン費用などが引き落とされ、毎年六月と十二月にはそれぞれ二カ月分ほどの賞与が支給される。額面の年収は七百万円弱で、四十一歳という孝明の年齢からすれば地方公務員並みの年俸《ねんぽう》ではある。

この年俸が多いのか少ないのか。全就労者の平均年収は四百四十万円ほど、非正規労働者に限定すると平均は二百万円強。それに比べると七百万円の年収は世間でいう「勝ち組」なのかも知れないが、孝明には女房や子供がいる。それほど贅沢な暮らしができるはずはないのに、なぜ孝明夫妻は西元町の実家を離れたのか。国分寺から立川なんてじゅうぶんに通勤圏で、岡江の家だって個性のない建売住宅ではあるけれど、家族五人ぐらいは暮らせる。

定番の嫁姑問題か。妻が義父母との同居をこばむ例はいくらでもあるけれど、経済的負担を考えれば妥協《だきょう》するものではないのか。

枝衣子の記憶に、三十年前に近石が岡江に対して供述した「視線」がよみがえる。枝衣子と面談したときの岡江は愛想のいい無難な老人、しかしそれは枝衣子が警察官だからで、一般女性への対応はどんなものなのか。孝明夫婦が両親との同居を解消した理由は、嫁姑問題ではなく、あるいは岡江晃の嫁に対する「視線」ではなかったのか。舅《しゅうと》が息子の嫁とどうのこうのという話は昔から映画や小説にあるし、最近でもたしか、そのトラブルで殺人事件が発生している。

枝衣子は腕を組んで孝明の口座を再検証し、それでも出納に不審な点のないことを確認して、軽く下唇をかむ。ひっかかるのはやはり岡江老夫婦の口座で、退職金をほとんど取り崩していない事実を、どう説明する。

そうか、岡江が定年退職したころは孝明も成人で、結婚前だから収入の多くを実家に入れていたか。それなら岡江家の金銭出納に問題はなく、定年まで真面目《まじめ》に勤めあげただけの、平凡な勤労者夫婦になってしまう。

パソコンをスリープにしかけ、画面の最下部にまだなにかの横線があるのに気づいて、カーソルをひきさげる。うっかりしたがまだデータは残っており、ゆうちょ銀行の口座で名義は岡江哲《てつ》也《や》となっている。

四年ほど前に開設された口座だが、この岡江哲也とは誰だ。

岡江家にそんな名前の人間はいないはず、と思いながら名義人の生年月日を確認すると、七年前の十一月。たぶん孝明夫婦の子供で、岡江老夫婦にとっては孫になる。そんな子供が自分でゆうちょ銀行に口座を開くはずはなく、親か祖父母が孫のために、と開設したものだろう。

それだけなら心温まる家族愛ではあるけれど、残高の五百万円余というのは、どういうことだ。来月からやっと小学生になる子供の口座に、いくらなんでも五百万円は多すぎる。

枝衣子の二の腕に鳥肌が浮き、思わずにんまりしそうな唇を、意識的にひきしめる。

もしかしたらこの口座は、ビンゴかも知れない。開設したのは誰か。孝明か、妻の志緒美か、哲也の祖父か祖母か、あるいはそれぞれが誰かと連携《れんけい》しているか。他者や他金融機関からの振込みはなくすべて現金での入金で、五万円十万円と区切りのいい数字が月や曜日に関係なく預金されつづける。遺産や不動産の売却益《ばいきゃくえき》なら一括入金されるはずだし、口座からはときたま五十万円の現金がATMから引き出される。この四年間で引き出された現金は二百五十万円だから、年間に二百万円ほどが積み残され、差し引きでは七百五十万円近い金が預けられたことになる。

口座が開設されたのは国分寺の元町支店。裁判所の開示令状があるから、支店へ足を運べば名義人の哲也ではなく、実際に口座を開いた人間を確認できる。別居中という孝明の妻に関しても旧姓や実家など、国分寺か立川の市役所で調べられる。連続強制性交の捜査が佳境《かきょう》に入ったところではあるけれど、こちらはある意味、もうゴールまで流れ作業。枝衣子が一人別件で外出したところで流れ作業はとまらない。

枝衣子はパソコンの画面を五分ほどにらんでから、電源をオフにし、バッグとジャケットを手にして腰をあげる。

※

藤岡《ふじおか》市のホームページを見ると人口約六万六千人、桜の名所もあるらしいが、枝衣子は知らない。群馬県に藤岡という市があることすら知らなかったが、関東人だって高知県の香南《こうなん》市なんか知らないだろう。上京した当初、同級になった学生のほとんどが〈南国土佐を後にして〉という歌を知らなかったことに、唖然とした覚えがある。

ＪＲ群馬藤岡駅の周囲に高層のビルはなく、遠くの山に陽射しが霞《かす》んで見える。群馬県には赤《あか》城《ぎ》、榛名《はるな》、妙義《みょうぎ》という有名な山があるらしいから、霞んで見えるのはそのどれかだろう。駅舎もこぢんまりとしてローカル色全開、下校時間帯のせいか制服姿の高校生たちが出入りする。

それにしてもずいぶん時間がかかったものねと、北風にスカートの裾をおさえる女子高校生たちを眺めながら苦笑する。金本におごられたざる蕎麦を完食してから出向いたのは元町の郵便局、そこで岡江哲也名義の口座を開設したのが祖母の孝子であることを確認し、立川の市役所では岡江志緒美の旧姓が山崎《やまざき》であることと、実家が藤岡市であることを調べた。地図アプリでは藤岡市までＪＲの八高線が通じているから、八王子へ出れば直通。意外にかんたんだわ、と思ったのが大間違いで、本数は少ないし待ち時間は長いしすべて各駅停車だし、加えて高麗川《こまがわ》という駅で乗り換えまであって、立川から藤岡まで、なんと、四時間もかかったのだ。帰りは高崎《たかさき》へ出て新幹線にしよう。

志緒美の実家がある大塚《おおつか》という地区も徒歩圏内らしいが、北風が強いのでタクシーに乗る。すでにケータイ番号は調べてあるけれど、事前の連絡はせず、直接相手の反応を見るのが捜査の基本でもある。

タクシーの窓から風景を眺めながら、そういえばどこかで〈上州《じょうしゅう》名物かかあ天下にカラッ風〉という格言を聞いたことがあるなと、つまらないことを思い出す。

実家に近い住所でタクシーをおり、五分ほど山崎の家を探す。付近は畑と建売住宅とアパートと古い民家が混然とした一帯で、風が吹くと畑から土ぼこりが舞いあがる。気温なんか国分寺と変わらないだろうに、風景のせいか首筋が寒くなる。

通行人のない一角に山崎の家を見つけ、一分ほど観察する。化粧ブロックの塀が巡っていて門とは別にカーポートがあり、赤い軽自動車がとまっている。敷地も隣家より少し広く、お決まりの二階家で塀の内から門被《もんかぶ》りの松がのぞいて、玄関のわきにツツジらしい植え込みがある。構造自体は西元町の岡江家と似たようなものだが、こちらのほうがどことなく生活感がある。

外観の観察を終わらせ、インターホンのボタンを押す。

何秒か待つと子供の声が聞こえ、訳《わけ》の分からないことを言う。枝衣子が「お母さんを」と言うとまた何秒かして、女の声が応答する。その女に名前と身分と用件を告げ、「玄関はあいているのでそのままどうぞ」という返事を受ける。土佐の実家も同様だが、このあたりも就寝《しゅうしん》時まで施錠しないのが一般的なのだろう。玄関の周囲には防犯カメラもない。

門から玄関へすすみ、横開きのガラス戸をあける。広い沓脱の向こうにはすでに女が立っていて、女のうしろには子供が隠れている。子供が五、六歳で女が三十代半《なか》ばだから、志緒美と哲也だろう。

枝衣子は沓脱へ入ってガラス戸を閉め、身分証明書を提示する。志緒美が上がり框まで寄ってきて身分証と枝衣子の顔を見くらべ、なぜか、くすっと笑う。ショートヘアにベージュ色のセーター、長めのスカートをはいて腰にエプロンを巻いている。家の奥から煮物の匂いが流れてくるから、夕飯の支度でもしているのだろう。

「主人から西元町の話は聞いています。でもそんなことでわざわざ、刑事さんが？」

「不可解な事件ですのでね。それに最近、思わぬ展開になりました」

「思わぬ……」

言いかけて言葉を呑み、志緒美が哲也の肩に手をおきながら小腰をかがめる。框の隅からスリッパを出したから、「家内《いえうち》へどうぞ」という意味だろう。前にもどこかで会っているかな、と一瞬思ったけれど、記憶にはない。

本来なら玄関で用件を済ませるところだが、四時間の長旅だったし、志緒美の雰囲気にも親近感がある。志緒美が三十五歳で哲也が六歳、ということは今の枝衣子の年齢で出産したことになる。

促《うなが》されてローヒールのパンプスを脱ぎ、母子につづいて廊下を奥へすすむ。外観よりも屋内は広く、台所をはさんだ畳の間《ま》も十畳ほど。そこに和風旅館で見るような座卓がおかれ、つづきの間は唐紙《からかみ》で仕切られている。関西でも四国でも紙張りの仕切り戸を襖と呼ぶが、関東では唐紙というらしい。水沢椋とつき合うようになってから、枝衣子にも意味のない知識が多くなっている。

枝衣子を座卓前の座布団《ざぶとん》に座らせ、志緒美が台所へ行って、すぐ茶をいれてくる。哲也はその都度《つど》志緒美についてまわり、ときたまちらっと枝衣子に視線を送ってくる。子供だから、とりあえずは可愛い。

「夕方のお忙しいときに申し訳ありません。思ったより時間がかかりました」

「八高線でしょう。不便な電車ですよねえ。クルマなら一時間もかからないのに」

「お宅に、お子さん以外のご家族は」

「父と母だけです。兄と姉は結婚してそれぞれ別の場所に。父が今ちょっと入院しているものですから、母は病院へ」

ちょっと入院、がどの程度のものかは知らないが、志緒美の声に深刻さは感じられないから、重篤《じゆうとく》な疾病《しつぺい》ではないのだろう。

志緒美も枝衣子の向かいに座り、哲也の肩を抱きよせながら、「それで?」という表情をつくる。癖《くせ》のない顔立ちで化粧も薄く、スタイルもいいから近所で「きれいな若奥さん」と呼ばれるタイプだろう。

なにから切り出すべきか。質問事項はもう頭のなかで整理されているが、とりあえずは無難な話題にする。

「西元町の事件に関して、ご主人からはどのように連絡が?」

「起きたことその通りのようでした」

また笑いそうになったのか、自分の湯呑で口元を隠し、志緒美が肩をすくめる。

「最初は私、冗談かと思いました。岡江の父と母が熱海から帰ってくると、お風呂場で知らない男性が死んでいたなんて、そんなことあり得ます?」

「まずないでしょうね」

「そうですよねえ。でも主人の声は真剣で、それにもともと主人は冗談を言う性格ではありませんし、私も『ああ本当なんだな』と。翌日には小さく新聞にも出て、その部分を主人がメールで送ってくれました」

「ご主人も、ご主人のご両親も、死亡した男に心当たりはないと?」

「はい、はっきりと。もちろん私にだって、まるで心当たりはありません」

風呂場男事件発生前後の状況は、まずそんなところだろう。

カラッ風のせいか咽が渇いていたので、枝衣子は茶をすする。

「実はですね、死亡した男性は近石稔志さんといって、岡江家とも縁のある人でした。その事実が判明したので今日、わたしが伺いました」

志緒美の眉間に皺が寄り、すぐその目が見開かれて、肩が少し前に出る。

「どういうことでしょう。近石という名前を聞いても、やっぱり私、心当たりはありませんけれど」

「西元町のお隣りが空き地になっているでしょう。昔はあそこに近石というお宅がありました。今回死亡した稔志さんは、近石さんのご長男でした」

「昔というと、どれほどの?」

「約三十年前です。空き地になったのは十年ほど前らしいのですが」

志緒美が静かに湯呑を口に運び、首をかしげながら眉をひそめる。

「私が主人と結婚したときにはもう空き地になっていました。近石という名前も聞いたことはありません。ですが、それが今回の事件に、どんな関係が？」

「三十年前に近石家で、当時十歳だった女子小学生の殺害事件がありました。犯人はまだ捕まっておらず、稔志さんもこの二十数年間、行方不明のままでした。その稔志さんがひょっこり国分寺へ帰ってきて、かつ岡江家のお風呂場で変死した。そういう奇妙な偶然には警察でなくても興味をもちますし、明日発売の週刊講文にも関連の記事が出るはずです」

志緒美が視線を枝衣子の顔に据えたまま湯呑を卓に戻し、思い出したように、哲也の肩へ腕をまわす。

「哲也、そろそろアンパンマンが始まるわよ。お祖父《じい》ちゃんのお部屋でテレビを見ていなさい」

哲也がすねたように首を横にふり、それでも志緒美がぽんぽんと尻をたたくと口をとがらせながら腰をあげて、素直につづき間の唐紙をあけていく。隣りの部屋へ移ったあとも十センチほど唐紙をあけておくのは、母親が恋しいからだろう。哲也が特別に甘ったれなのか、子供という生き物全般がこんなものなのか、枝衣子には分からない。

「刑事さんが最初におっしゃった『思わぬ展開』というのは、そういうことでしたか。やはり笑っては失礼でしたね」

「岡江家の誰かが三十年前の事件にかかわっているとか、そういう意味ではありません。ですけどこの事件を調べていくうちに、気になる事実が、次々に」

湯呑にのびかけていた志緒美の手がとまり、疑問形の視線が枝衣子の顔に向かう。

さあ、これからが本番だ。

「哲也くんのお祖母《ばあ》さん、岡江孝子さんが哲也くんの名義で、元町郵便局に口座を開いていたことはご存知ですか」

「哲也の名義で義母が口座を？」

「口座を開いたのは約四年前です」

「知りませんでした。あの義母が哲也のために、そこまで」

「本当に哲也くんの将来を思って開いた口座なのか、確認したいのはそのことです」

「でも……」

「現在の口座残高は五百万円ほどです」

志緒美の口が開き、なにか言いかけたが声は出ず、唇だけが二、三度上下する。この表情だけでも、志緒美が哲也名義の口座に関与していないことが分かる。

「その、もしかして、義父の退職金を、その口座に」

「岡江さんの退職金は鴻池銀行国分寺支店に残されたままで、現在までとり崩されていません。哲也くん名義の五百万円は完全に別口です」

また志緒美がなにか言いかけ、今度も言葉は出さず、湯呑をとりあげながら首を横にふる。亭主の両親を義父義母と呼ぶあたりは常識があるし、二人に親しみもないのだろう。口座問題に関して結論を出してしまいたいが、もう急ぐことはない。

「あなたが西元町で孝明さんのご両親と同居されたのは、何年ほどでしょう」

「それは、立川へ移ってから三年ほどですから、その前の、結婚後の二年間ぐらいだったかと」

「失礼ですが、立川へ別居された理由を聞かせていただければ」

「事件に関係が？」

「たんなる興味です。わたしももうすぐ三十歳で独身、近いうちに結婚するかも知れませんので、人生の先輩にアドバイスをいただければ幸いです」

そんな戯言《たわごと》を信じるとも思えないが、志緒美が孝明の両親に親しみを感じていないのなら、話の糸口にはなる。

志緒美が開いている唐紙のほうへ目をやり、何秒かテレビの音に耳をすましてから、枝衣子に向き直る。

「刑事さんはどこまでご存知なのかしら」

「どこまでとは」

「私が主人に離婚届を渡していること」

「いえ、そこまでは」

「この実家へ戻ってきてもう半年なんです。私のほうは離婚届にサインをしてハンコも押して、あとは向こうが判を押してくれるのを待つだけ。ですけどなかなか、主人のほうがね」

ありがちな話で、興味はないけれど、枝衣子は黙ってうなずく。

「哲也の小学校も藤岡で入学の手続きをしてあります。離婚が成立してもしなくても、立川や国分寺へ戻るつもりはありません。そのことは主人にも伝えてあります」

志緒美が茶を飲み、ちょっと枝衣子の湯呑ものぞいて台所へ向かう。枝衣子も咽が渇いているが、志緒美のほうも面倒な話題で咽が渇くのだろう。

すぐに戻ってきて二つの湯呑に急須の茶を注ぎ、志緒美が軽く息をついて、額にかかった短い前髪を梳きあげる。もう離婚の意思はかたまっている、と告げたぐらいだから、強要しなくても立川への別居理由は打ち明ける。

「西元町の家では、どんな不都合が？」

「他人《ひと》には言えないことでした。主人でさえ信じてくれませんでした」

手のなかで筒茶碗をもてあそび、泣き笑いのように顔をしかめてから、志緒美がほっと息をつく。

「なんだか義父が恐ろしくて、我慢はしていたんですけど、限界がきて」

「晃さんが暴力的だったとか」

「そうではないんです。表面は優しいし、声を大きくすることもない人なんです。哲也が生まれてからは洗い物なんかも手伝ってくれて、義母は外出好きで主人は仕事ですから、どうしてもあの家に、義父と二人だけになることが多くて」

予想していたとおり、舅と息子の嫁との性的トラブルか。人間というのは懲りない生き物だ。

「晃さんに迫られても、もちろんあなたは拒《こば》みつづけた。よくある話と言えばそれまでですけど、お気の毒でした」

「はあ？」

「ご主人や孝子さんがいないとき、晃さんがあなたに」

「いえ、そういう、映画なんかによくある、そういうことではないんです。ただ義父は、私の食器を舐めるんです」

「食器を舐める？」

「もちろん使った食器です」

「あなたが使った食器を……」

「義父が台所で洗い物をしてくれていて、たまたまそのうしろを通ったとき、横から見えてしまったんです。そのときは湯呑でした」

とっさに状況は理解できなかったが、志緒美の説明で、光景が目に浮かぶ。

「最初は見間違いか、私の勘違いだと思いました。でも時間がたつうちに不安になって、それとなく義父の様子を観察し始めたら、何日かあとに、また私のお箸を舐めました。もう腰が抜けるような、寒気がするような、あのときの気持ちは表現できません。もちろん義母には言えず、主人に話したら、私の勘違いだろうと」

志緒美の言葉に精神の破綻は感じられないし、玄関で迎えてくれたときからの対応にも、神経症の気配はない。岡江晃は枝衣子にも茶を出してくれたけれど、あのあと晃が枝衣子の湯呑を舐めたのかと思うと、志緒美ではないが、背筋が寒くなる。

「主人はとり合ってくれませんでした。でも私のほうはもう気持ちが悪くて。義父はまったくいつものとおり、性的言動もいっさいなく、でも、視線が」

「視線？」

「うまく表現できません。私が神経質すぎたのか、いつも義父がじっと、私を見ているような。顔は庭やテレビのほうを向いているのに、視線のようなものが、いつもじっと。パソコンをいじっているときでさえ視線だけは私に向いているような、そんな感じが」

「晃さんがパソコンを？」

「もともと技術系の仕事でしたから、詳しいようです」

「なるほど」

「疑い始めるとそれまで気にもしなかった、たとえば私が用を済ませるとすぐそのあとに義父がトイレに入ったり、頼みもしないのに洗濯を手伝ってくれたり。洗濯物には当然、私の下着もありますから。そんなことまで気になりだして、主人には何度も何度も言って、でも相手にしてくれなくて、我慢できずに三年前も、哲也を連れてこの実家へ逃げてきました」

志緒美が強く目を閉じて首を横にふり、肩を大きく上下させてから、湯呑を口へ運ぶ。志緒美の告発をたんなる気のせい、たんなる錯覚《さっかく》と片付けるのはかんたんだが、同性の枝衣子には信じられる。一般的に男は女の繊細《せんさい》でしつこい観察力を甘く見ている。志緒美が感じた晃の「視線」も、当然本物だろう。

「でも三年前は、主人が藤岡まで駆けつけてくれて、たぶん気のせいだろうけれど、西元町とは別居すると。主人の職場は勤務時間も長いし時間も不規則だから、病院に近い立川にするという名目で、そのときは一応、それでおさまりました。義父と義母が別居の名目を信じたかどうかは、知りませんけどね」

他人には言えなかった秘事を打ち明けて、肩の荷がおりたのか、志緒美がリップを塗っていない唇を軽く笑わせる。こういう微妙なトラブルは身内や関係者よりも、枝衣子のような他人のほうが話しやすい。

やはり来年度からの刑事課には女性捜査員を増強しよう。もっとも枝衣子本人は本庁へ転属するけれど。

「別居の経緯や、あなたの立場や晃さんとの関係も理解できました。これまでも晃さんに関しては調べを進めていて、あなたの感じた『視線のようなもの』も事実だと思います。でもなかなか、男性に訴えても理解してもらえないでしょうね」

「こちらの表現力不足もあるでしょうが」

「わたしには理解できます。男性というのは、いえ、それはともかく」

茶を飲み、座布団の上で少し膝をくずして、枝衣子は本題に入る。

「哲也くんの銀行口座に関して、どうでしょう、本当に心当たりはないのでしょうか」

志緒美も茶を飲み、開いている唐紙を何秒か見つめてから、肩をすくめて顔をしかめる。

「五百万円なんて、どう考えても、見当もつきません。いったい義母はどこから、そんなお金を手に入れたのでしょう」

「遺産とか、不動産の収入とか、あるいは株の取引とか、なにか聞いたことは」

「あの二人から聞いていないし、もちろん主人からも。結婚して七年ですからね、最初は西元町に同居もして、生活費なんかも出し合いました。義母にそんなお金があれば気づいたと思います」

志緒美の晃に関する観察眼も正確だから、金銭出納や資産に関する評価も正確だろう。しかし今現在、哲也の口座には五百万円もの金がある。

「哲也くんの保護者はあなたです。口座を管理する義務と責任はあなたにあります」

「でも私には通帳も印鑑もキャッシュカードも、なにもありません」

「法律的に、という意味です。将来のどこかで、あの口座が哲也くんとあなたの役に立つかも知れません。たんなる可能性です」

口座の金がもし犯罪がらみなら、もちろん凍結《とうけつ》。しかし志緒美はもう離婚を決意しているというし、哲也も来月でやっと小学生。大きなお世話ではあるけれど、なんとか口座の金をこの母子が使えないものか。あとで金本に相談してみよう。

急須の茶を二つの湯呑につぎ足し、自分の湯呑に手をのばしかけて、志緒美がふと、その手をとめる。

「義母は本当に外出好きな人で、お友達と旅行したり食事会に出たり。考えたら、みんなお金がかかりますよね」

「ブランド品なんかはどうでしょう。お見かけしたときはシャネルのコートに、シャネルのバッグをお持ちでした」

志緒美が唇の右端に少し力を入れ、右の目尻もゆがめて、湯呑を口に運ぶ。枝衣子の経験からいってもその表情は「やっぱり」というものだろう。

「義母は偽物《にせもの》だと言いませんでしたか」

「直接には聞いていません」

「シャネルは知りませんけど、同居していたとき、グッチのバッグは見ています。義母は韓国製の偽物を友達から買ったと言って、義父や主人にからかわれて。でも私も女ですから、自分では買えなくても、デパートへ行ったりするとついブランド品を見てしまいます。あのときの義母のバッグは本物だったと思います。貯金が五百万円と聞いて、今、確信しました」

冷静な観察眼をもつ志緒美の評価なら、そのときのグッチは本物で、西元町で見かけた孝子のコートとバッグも本物のシャネルだろう。預金残高の五百万円を考えればもう疑いの余地はなく、しかし問題は孝子が、「どうやってその金を稼いでいるのか」なのだ。たぶん志緒美の言う「義母は外出好き」あたりにヒントがあるのだろうが、この家を辞したらすぐ、岡江孝子と晃の通信記録を調べさせよう。新垣徳治と室田良枝が制作した猥褻動画を売りさばいていたのが岡江孝子だったら、あるいは孝子こそが主犯だったら、連続強制性交事件は絵のように解決する。

もともと正座は苦手なので、横にくずしていてもしびれてしまい、枝衣子は茶を飲みほして暇《いとま》の用意をする。

「刑事さん、私が離婚を決めた理由は、聞いていただけませんの」

どうせ〈性格の不一致〉に決まっているが、孝子と晃に関する貴重な情報を提供してくれた志緒美には義理がある。

枝衣子はしびれを抑えるために、右にくずしていた膝を左に移動させる。

「そうでしたね。後学のためにお聞きします」

「小さいカメラなんです。防犯カメラというのか、監視カメラというのか、なんと呼ぶのかは知りませんけれど、それがアパートの居間に」

「もしかして、仕掛けたのは？」

志緒美がきっぱりとうなずき、眉間に皺を寄せて下唇をかむ。枝衣子の質問は「仕掛けたのは孝明か」というもので、志緒美の表情がそれを肯定する。

「小指の先ぐらいの大きさで、それが模型のタイヤに。主人は模型作りが趣味で私にも哲也にも触らせなかったんですけど、子供ですからね、つい哲也が棚から落としてしまって。大事な部品がとれてしまったと、私はもうパニック。どうしようかと眺めているうちに、なんとなく、模型の部品ではないような物が。それで、手にとって調べてみたら、小さいレンズがついていたんです」

盗撮カメラといえば青いパパイヤだが、連続強制性交事件が微妙な段階でもあるし、室田良枝の名前を出せば志緒美に要らぬプレッシャーがかかる。

「もちろん私は、主人を問い詰めました。そうしたら留守中の、私や哲也が心配だからだと。でもそれなら、最初から私に断るはずでしょう」

「当然ですね」

「主人には結婚前から私の行動を詮索する癖があって。お友達と食事をすると『誰とどこで、なにを食べたか』とか、この実家へ帰っているときも本当に実家かどうか、わざわざ家電《いえでん》に連絡してきたり。ですけど、最初はそれを、主人の愛だと思い込んでいたんです。結婚後は私のケータイをチェックしたり、職場から、予定外の時間に、不意に帰ってきたり。哲也がいますから我慢していましたけど、でもあんなカメラまで使って監視されたら、もう我慢はできません。このことは父にも母にも、兄や姉にも話せないでいました」

義父の晃には湯呑や箸を舐められ、亭主には盗撮カメラで行動を監視され、義母には勝手に哲也名義の銀行口座をつくられる。日常生活自体に不便はないにしても、よく今まで我慢できたものだ。「結婚生活は我慢だ」と署の誰かが言っていたが、志緒美の経験は異常すぎる。逆にいうと岡江晃と孝子と孝明の三人のほうが、異常家族なのだ。

岡江夫婦を最初に西元町で見かけたとき、「ふつうの老夫婦」という以外の感想をもてなかった自分の目は、節穴《ふしあな》だなと、枝衣子は率直《そっちょく》に反省する。

名刺を渡していなかったことを思い出し、バッグをひき寄せて、とり出した名刺を志緒美の前におく。

「なにか思い出したことや、それに困ったことがありましたら、遠慮なく連絡してください。ご主人のような方はすんなり、離婚届に印鑑を押さないものです」

枝衣子の名刺を何度も読み直し、深くうなずいて、志緒美がほっと息をつく。舅と姑と亭主関係から離婚の決意まで打ち明けて、志緒美は本心から、肩の荷をおろしたように見える。

「刑事さん、お帰りは高崎から新幹線でしょう」

「そのつもりです」

「群馬藤岡の駅までお送りします。タクシーを呼んでも時間がかかりますから」

「でも、そこまでしていただいては」

「どうせ母を病院へ迎えにいきます。刑事さんに打ち明けて、なんだか私、気が楽になったみたい」

志緒美が座を立ち、枝衣子に「ご遠慮なさらずに」というような会釈を送りながら、隣室へ歩いていく。事件関係者からの便宜供与《べんぎきょうよ》は辞退するべきなのだが、カーポートにあるあの赤い軽自動車で駅まで送ってもらうぐらいなら、不都合はないだろう。

すぐテレビの音が消え、また志緒美のうしろに隠れるようにして、哲也が居間へ戻ってくる。

〈子供は両親のそろった家で育てるのが理想〉とかいう常識人も多くいるが、状況によりけり。場合によっては親なんか、いないほうがいいこともある。

それにしても岡江晃と孝明に異常性がなく、孝子が意味不明な稼ぎをしていなかったら、西元町のあの建売住宅で今ごろは親子五人、庶民《しょみん》としては理想的な家庭生活を送っていたろうに。

志緒美が居間の窓に鍵をかけにいき、そのうしろ姿を見ながら、「離婚は早いほうがいいでしょうね」とつぶやいて、枝衣子はしびれている足を屈伸《くっしん》させる。

9

通信記録は裁判所の令状がなくとも、警察からの要請で各プロバイダから提供される。パソコンでも家電《いえでん》でもケータイでも理屈は同じで、電話の場合は相手の氏名と着送信時間と通話時間。メールの場合は使用機器にデータが残され、かりに削除されたとしても三十日間はプロバイダのメインサーバーに保管される。特殊な技術を使えば削除されたメインサーバーのデータも復元できるらしいが、それは専門家の仕事になる。

要請していた岡江晃、孝子夫婦の通信記録が届き、枝衣子は呆《あき》れながら孝子の通信記録を眺めている。世間には電話魔みたいな人間がいるにしても、孝子の通話回数は少ない日でも五、六件、多い日は二十件以上にもなる。営業職などで電話をかけまくる仕事はあるかも知れないが、たんなる主婦が日常生活で、二十件もの通話をする必要がどこにある。もっと興味深いのはメールが一切ないこと、そしてもっと興味深いのは三年半ほど前に、孝子が無料通話アプリから退会していること。日本ではL《エル》と呼ばれる無料通話アプリが主流で、これは韓国の諜報《ちょうほう》機関が設立管理しているアプリだから、警察官は使用禁止になっている。まさか孝子が諜報活動に関わっているとも思えないが、あるいは「パソコンに詳しい」亭主の指示かも知れない。いずれにしてもLでは〈友達機能〉とかで個人データが拡散してしまい、しかもそのデータは韓国に抜かれ放題で、「抜かれて困るような個人データなんかないもん」というバカ以外は使わない。逆にいうと孝子には流出させたくないデータがあることになり、メールを一切使わない理由も文章が残ることを警戒してのものだろう。

最初はどこにでもいる年金生活者夫婦に見えたけれど、岡江晃と孝子には間違いなく裏の顔がある。

着送信記録を最近のものから検証していき、頻繁《ひんぱん》に登場する相手の氏名をメモにとっていく。ほとんどが女性で特に多いのが十三人、そのなかに室田良枝の名前があったところで、枝衣子は驚かない。

岡江夫婦が熱海から帰ってきた日の前後に、息子の孝明や室田良枝との通話が多くなっていることを確認して、ふと顔をあげる。刑事課室にいるのは萩原と糸原と早川という若手刑事のみ。課長の金本は横浜へ出向いたし、黒田と峰岸は室田良枝の取調べに当たっている。良枝は一貫して「仕掛けたカメラは治療の参考にするためで、犯罪ではない」と主張するだけで、ほかの供述は拒んでいるという。しかし正直なところ、枝衣子はもう良枝の供述なんかに興味はない。

萩原たち三人が掘り起こしているのは良枝と新垣のつながりで、これは良枝のパソコンとケータイを押さえたから日時と通話回数と通話時間を確認すればいい。新垣との通話日と通話回数などがA子、B子、C子の事件日と重なれば、良枝が連続強姦事件の共犯であることの傍証《ぼうしょう》になる。もちろん新垣か良枝のメールボックスに「やったぞ」とかいう文章が残っていれば、それで事件は解決する。

　肩こりをほぐすために首をまわし、席を立って萩原たちのほうへ歩く。萩原と早川は通信記録の分析をつづけていて、糸原は盗撮カメラの再検討。警察の仕事も最近は尾行や聞き込みより、パソコン相手の情報収集が多くなっている。

「どうかしら、室田良枝のメールボックスに、なにか残っていない？」

　萩原が椅子の背に肩をひいて、ため息をつきながらロングの前髪を梳きあげる。

「不思議なんですよねえ。室田はメールをほとんど使っていないんです。新垣とのメールもあることはあるんですが、『九時には店に行く』とか『今夜は中華街で』とか、当たり障《さわ》りのないものばかり。事件をにおわせるようなものは何もありません」

「用心しているのよ。肝心なのは新垣との通話と頻度と日にち。事件の前後には準備や首尾に関して連絡をとり合っていたはずだから」

「直接的な証拠も欲しいですけどね」

「横浜組が見つけてくれるわ。県警のサイバー犯罪捜査課が加わったらしいから。それより萩原くん、室田は岡江孝子へも頻繁に電話をしているでしょう」

　萩原がパソコンを操作し、「はい」と返事をしながらうなずく。

「室田が新垣以外の人間と交わした通話記録を、わたしのパソコンに。とりあえず過去一カ月分だけでいいから」

「卯月さん」

糸原が近くの席から首をのばし、ぱっちりと目を見開いて口の端に力を入れる。どうでもいいけれど、今日はずいぶん化粧が濃い。

「押収品のなかに患者名簿というのがあって、その名簿とカメラ映像を見くらべているんですけどね。何人も映像が飛ばされています」

「どういうこと？」

「分かりません。飛ばされている映像は五十歳以上の女性だけなんです」

糸原のデスクまで移動し、その手元にある名簿とパソコンの画面を見くらべる。名簿といってもらせん綴《と》じの大学ノートで、日付ごとに患者の住所氏名年齢などが書き込まれている。医療施設でもないのに「患者」という表現を使うこと自体が詐欺行為で、それだけでも犯罪になる。

「整体の方法もパソコンで調べたら、室田が患者にした施術と似たようなものでした。室田も〈武蔵野整体師学院〉に二カ月通って、課程は修了しています」

青いパパイヤの家宅捜索時にそんな証書を見かけたから、良枝も一応の技術は習得したのだろう。新垣との離婚後、良枝はあんがい本気で、人生をやり直すつもりだったのか。

「映像にはA子もB子もC子も写っていて、見た限りはふつうの治療です。ほかの患者にもちゃんと治療をしています」

それらの映像に猥褻感がないことは、枝衣子も最初に確認している。

「でもこの人やこの人や、この人なんかも」

糸原が鉛筆の先で名簿の氏名を指し示し、パソコンの画面と枝衣子の顔を見くらべる。

「この人たちの映像は残っていません」

たしかにみんな五十代六十代の女性で、年齢的に足腰の疾患を抱えるのは妥当なところだろう。

「わざわざ記録するほどの治療ではないと思ったのかしら」

「どうでしょうね。男性患者は高齢者でも記録してありますけど」

「たまたまカメラの具合が悪かったとか、電池が切れていたとか」

男の施術師が女性患者に猥褻行為をはたらく事件はよくあるけれど、青いパパイヤは逆。良枝が男性患者に猥褻行為を仕掛けた、という可能性も考えにくいが、検証ぐらいはする必要がある。

「室田が男性患者に不自然な行為をしていないか、そのあたりをチェックして。強姦事件前後の映像は、とくに慎重に」

枝衣子が自分の席に戻りかけたとき、ドアがあいて金本が帰ってくる。お得意の腹鼓は打たず、室内を見渡しながら、固く口を結んで枝衣子のあとにつづいてくる。表情はいわゆる仏頂《ぶっちょう》面《づら》というやつで、しかし内心の上機嫌は歩き方で分かる。単純なオヤジだ。

枝衣子が席に着くと金本も近くの椅子をひき寄せ、腰をおろしながら上着の前ボタンをはずす。何秒か待ってみたが、やはり腹鼓は打たず、その代わり椅子の背に大きくふんぞり返る。

「今取調べ室をのぞいてきたが、室田という女もしぶといらしいなあ」

「盗撮カメラ映像と新垣との通信記録がありますから、共謀は間違いありません。でも自供は欲しいですね」

「前の事件で新垣は女房を庇《かば》いとおした。書類上では離婚していても、また庇いとおすかも知れん」

「愛は偉大です」

「そこまでの女とも思えんが、しかしまあ、俺に男と女のことは分からんよ。それはともかく」

無理やりの仏頂面をつづけたまま、肉の厚い目蓋を見開いて、金本が少し上唇をめくる。

「卯月くん、新垣の部屋から押収したディスクのなかに、A子の映像を発見したよ」

A子とは最初の被害者で大賀沙里亜。予想はできていたものの、実際に暴行の現場映像が発見されたとなれば、金本でなくとも興奮する。

「出ましたか」

「出た出た、まだB子とC子の映像は発見されていないが、時間の問題だろう。これで新垣はマッ黒、映像は出会い系バーの客から買ったとかとぼけているが、嘘に決まっている。あらためて強制性交容疑で裁判所に逮捕状を請求したから、今日中には逮捕できる。これで確実に送検までもっていける」

A子事件の発生から四カ月以上、当初はここまで難航すると思わなかったが、いつか金本が言ったとおり、犯人と被害者に直接的な接点のない事件が一番難しい。

金本が腹鼓を我慢するように顔をしかめ、ちらっと萩原たちのほうへ視線を送ってから、椅子を少し枝衣子のデスクに近づける。

「卯月くんに言うべきかどうか、迷ったんだがなあ。だが君なら顔を赤くすることもないだろう」

「なんの話です?」

「映像の内容だよ。そりゃああの手の映像だから猥褻に決まってるが、これがなんと、吐き気がする内容なんだ」

「実際は挿入と射精をされていたとか」

「そのきれいな顔で、いや、まあ、しかしそういうことではなくて、たしかに挿入や射精はされていなかった。そのかわり実にリアルというか、しつこくというか、女性としてはまず産科医にしか見せないような部分の毛穴まで、つまりは、そういうことなんだ。あんな映像が出まわったら、あの娘たちは嫁に行けなくなる」

枝衣子も刑事課の研修であの手の映像は確認しているし、業者物だけでなく、インターネット上でみずから股間《こかん》をひらく女がいることも知っている。金銭欲か自己顕示《けんじ》欲かたんなるバカか、理由はともかく、それらはみんな自分で判断したもの。結果の責任も自分でとるしかなく、A子たちの映像とはまるで事情がちがう。

「被害者たちに事情聴取したとき、誰もそこまで供述していなかった」

「気を失っていたのかも。かりに意識があって状況が分かっていたとしても、女性に具体的な説明はできませんよ。わたしだって想像しただけで顔が赤くなります」

「そういうものかね。とにかくサイバー犯罪捜査課もチェックを始めていて、だが幸い、今のところ被害者たちの映像は流出していない。今後も見つけ次第即削除するというが、どんなものかなあ、こういう時代ではあるし」

一度インターネットにアップされてしまうと、なかなか完全削除は難しいというが、それはもう専門家に任せるより仕方ない。それにたとえ、映像の流出を抑えられたところで、被害者たちの心は癒えない。

「そこでなんだが、卯月くん」

また金本が少し椅子を寄せ、我慢できなくなったように、腹をぽんぽんとたたく。

「室田良枝のほうはとりあえず、釈放してはどうかね」

「とおっしゃると?」

「新垣の容疑は今のところ、未成年を出会い系バーで働かせていたことと猥褻図画の所持販売。逮捕したのは神奈川県警だが、連続強姦容疑での逮捕は当然国分寺署になる。身柄もこっちへ移送して、取調べから送検までうちの署でやる。だがあのディスクの数からすると、余罪だってあるはずだ。そのディスク自体が自分でつくったものか仕入れたものかダウンロードしたものか、判別に時間がかかるという」

「ご苦労さま」

「うちの署でそこまでの手間はかけられない。とりあえずこっちは新垣の犯罪だけ立件して、あとは神奈川県警に任せたい。そうなると、なあ、室田良枝にまで構っていられない」

「そうなりますね」

「とにかくこっちは、事件当日新垣が国分寺にいたことを証明せにゃならん。防犯カメラの再検証も必要だし、通信記録や銀行口座の追跡にも手間がかかる。新垣が被害者たちの映像を特定の個人に販売していたとなれば、相手の割り出しも必要になる」

金本の言わんとするところは、たとえ室田良枝が関与していたとしても実行犯は新垣徳治。前回と同様に良枝は無関係と言い張るかも知れず、良枝のほうも、たまたま新垣が青いパパイヤで被害者たちを見ただけだろうと主張するかも知れず、二人が口裏を合わせたら良枝の共謀立証は難しい。それならとりあえず、新垣の容疑だけでも固めてしまえと、そういうことだろう。

「室田良枝が店に盗撮カメラを仕掛けていたのは事実だ。軽犯罪法違反かなにかで送検して、どうかね、今回はしばらく泳がせておくというのは」

「課長のご判断に任せます。でもいちいち、わたしに聞くことはないでしょう」

「あれやこれや、一応、あれだから」

「室田良枝の釈放に異論はありません。その代わりというわけではありませんが、室田と岡江夫妻のケータイに対する傍聴《ぼうちょう》許可を」

「裁判所に申請しろと?」

「泳がせるにしても紐《ひも》は必要でしょう」

「いや、そうはいうが」

金本が肉の厚い目蓋を精いっぱい見開き、首をかしげながら枝衣子の顔をのぞく。通信記録の開示請求は容易でも、新たな傍聴やパソコンへの侵入はハードルが高い。通常は暴力団関係の事件や麻薬取引などの組織犯罪捜査にしか許可はおりず、今回のような事案に裁判所が許可を出すかどうか、微妙なところだろう。

「なにしろ連続強姦ですよ。被害者の立場になれと、裁判所を脅してください」

「いつもながら無茶を言うなあ」

「岡江夫婦も逃したくありません」

「岡江も関わっていると?」

「確信はありませんが、あの夫婦には裏の顔があります。二人が故意に善良な老夫婦を装っていたのか、わたしの超能力が鈍《にぶ》っていたのか、それは分かりませんけれど」

枝衣子が会釈をしながら膝を金本のほうへ向け、誘われるように、金本がまた少し椅子を枝衣子に近寄せる。

「卯月くん、知らない人間には、俺と君が不倫の相談でもしているように見えるぞ」

冗談のレベルが低い。

「女房の岡江孝子は、孫の名義で五百万円もの裏貯金をしています。パートやアルバイトに出ている様子もないのに、出費を差し引くと三年半で七百五十万円です」

「あのばあさんが、売春とか？」

金本課長、あなたにギャグのセンスはありません。

「孝子と室田良枝は相当に懇意《こんい》です。一緒に温泉へ行くぐらいですから、親しくはあるんでしょうけれど、しょせんは息子の同級生です。それにしては電話のやりとりが頻繁すぎます」

「つまり、どういうことかね」

「新垣と室田が制作した映像を孝子や亭主が売りさばいていた。それなら三年半で七百五十万円の裏収入も納得できます。孝子が主犯で強姦魔も亭主か、とも思いましたけど、そこまでは無理でしょう」

「なんとまあ、壮大な話だなあ」

「たんなる可能性ですけどね。でもそれぐらい吹っ掛けないと、裁判所の令状はとれないでしょう」

金本が椅子を遠ざけ、何度か腹をさすってから、その手でぽんと腹を打つ。それにしてもあの岡江孝子が売春だなどと、どこからそんな発想が出てくるのだ。

「亭主の岡江晃にも不審な点があります。福島の近石さんが言った〈岡江の視線〉も、たぶん本物だと思います」

「視線というと、三十年前の」

「三十年前も今も岡江はヘンタイです。息子夫婦が両親と別居した理由は嫁の志緒美さんが、舅のヘンタイ趣味に耐えられなかったから。息子の孝明にもまた志緒美さんに対する異常な執着癖があって、現在は別居。志緒美さんは離婚を決めています」

金本が口を開きかけ、そのまま何秒か、黙って枝衣子の顔を見つめる。岡江晃が志緒美の箸を舐めたりトイレの臭いをかいだり、そこまで解説しても意味はない。金本だって具体的な状況なんか聞きたくはないだろう。

「息子の孝明も、親子だから父親に似たといえばそれまででしょうけど、アパートの部屋に盗撮カメラを仕掛けて志緒美さんの行動を監視していたそうです。そのカメラが青いパパイヤと同じものなのか、偶然なのか必然なのか、そのあたりも解明したいと思います」

「卯月くん……」

名前だけ呼んで、またしばらく金本が言葉を呑み、腹をさすりながら腰をあげる。連続強姦事件に進展があったから金本の意識も逸《そ》れていたのだろうが、もともと「近石聖子殺しの犯人は岡江晃ではないか」と疑ったのは、金本のほう。枝衣子は今、暗黙裡《あんもくり》に「あなたの勘は正しかったと思う」と告げているのだ。

「裁判所の令状となると、署長を通さんわけにはいかんが、さーて、あの署長が」

枝衣子はデスクにおいてある週刊講文をとりあげ、金本にわたして、ちょっと肩をすくめる。

「今日発売された週刊誌です。岡江家の浴室で亡くなったのが近石稔志さんであること、そこに三十年前の事件などを絡めて、結構うまく書かれています。その付箋《ふせん》をつけたページです」

金本が週刊誌を目の高さにかかげ、口のなかでなにか言いながら、しばらく表紙の見出しを読む。隅の小さい見出しではあるけれど、そこには〈怨念の建売住宅、はたしてプリン事件の真相は〉という謎の文章が印刷されている。

ページをめくるかと思ったが、金本はそのまま週刊誌を丸め、なぜか枝衣子に向かって、にやっと笑う。

「その、なんだなあ、新垣の身柄をこちらへ移せば、事実確認の捜査で忙しくはなる。そうはいってもあとは事務処理のようなもので、手が足りなければまた生安から借りられる」

「次期刑事課長は協力的ですからね」

「そういうことだ。君がなにを考えているのかは知らんが、どうせ俺は今月いっぱい。あとのことは卯月くんに任せるよ」

「室田の釈放は傍聴の許可がおりて以降にしてください。必ずどこかに連絡をとるはずです」

金本がウムとうなずき、自分のデスクへ歩きかけて、しかしすぐドアのほうへきびすを返していく。予備室あたりでゆっくり記事を読むつもりなのか、それとも署長室へ向かうのか。いずれにしても室田良枝や岡江夫婦への傍聴が可能になれば、本庁の捜査支援分析センター《SSBC》経由で岡江たちの通信を記録できる。退職の花道を飾るためにも、金本にはなんとか、後藤署長をねじ伏せてもらいたい。

萩原たち三人がドアを出ていく金本を見送り、そして三人がそろって、疑問形の視線を枝衣子にふり向ける。

「心配しなくてもいいわ。不倫の相談ではなかったから」

※

カウンターにサラリーマンとＯＬふうの客がいるだけで、三卓あるテーブル席のひとつを金本と日村と土井が囲んでいる。夜の十時ならもう少し客の入りがあってよさそうなものを、あるいは逆に、この〈はちきん〉という土佐料理店では繁盛《はんじょう》時間を過ぎているのか。

店の女が生ビールの中ジョッキを二つと大ジョッキをひとつ運んでくる。二つの中ジョッキは日村と土井、大ジョッキは金本。

金本がサワチ料理を三人前注文してから、三人はとりあえず、というようにジョッキを合わせる。

「とにかくご苦労だった。明日から裏付け捜査は忙しくなるが、ここまでくれば立件は確実だ。一週間以内には送検までもっていける」

金本のせりふに土井と日村がうなずき、うまそうにビールを飲む。A子の事件が発生してから四カ月以上、三年半前に新設された国分寺署にとっては最大の難事件だったのだ。当初は解決まで年度跨《ねんどまた》ぎも危惧《きぐ》されたが、これで土井たち残留組も気持ちよく金本の退官を祝える。送別会会場はすでに黒田が確保し、刑事課はもちろんのこと、交通課や少年課の女性職員が二十人も参加するという。

日村がネクタイをゆるめて卓に片肘をかけ、ちらっとカウンターに目をやってから、視線を金本に向ける。

「ですが金本さん、今注文したサワチというのはなんです」

「土佐の方言で皿と鉢がなまったものらしい。いつだったか卯月くんに教えられた。昔はお祝い料理だったが、今は要するに、刺身の盛り合わせだよ」

「その卯月さんなんですが……」

ぐびりとビールを飲み、おしぼりで額の脂《あぶら》をぬぐってから、日村が気難しそうに顔をしかめる。

「どうですかねえ、来年度も残ってもらえそうですか」

「俺は退官するんだぜ。ああだのこうだの、根回しはお前さんの得意技だろう」

「そうはいっても相手が本庁の捜査一課《そういち》では、さすがに分《ぶ》が悪い。新体制が固まるまでの一年間でいいから、ねえ、協力してくれるようにと、金本さんから助言してもらえませんか」

金本が腹をさすりながら一気にビールを飲みほし、店の女に〈土佐鶴《とさつる》〉という日本酒を注文する。今夜はすべて金本のおごりだというから、よほど機嫌がいいのだろう。

「俺も刑事課の充実には賛成だし、お前さんの気持ちも分かる。だが決めるのは卯月くんだ。どうだ、いっそのこと不倫関係にでも持ち込んで、強引に口説いてみたら」

土井が噴き出すようにぷっと笑い、ビールのジョッキがゆれる。

「土井、笑い事じゃねえぞ。お前がしっかり警部試験に合格して、日村に協力すれば済むことなんだから。いずれにしてもあと五年十年、国分寺署の刑事課はお前たちが背負うことになる」

「私にペーパーテストは無理ですよ。高校も大学もみんな柔道での推薦入学です。警部補になれたのだって警察庁の柔道大会で優勝したからです」

警察官の昇進は原則として昇任試験の結果次第だが、まれには土井のようなケースもある。

「ところで」

土井もビールを飲みほし、日村と同じようにおしぼりで額の脂をぬぐう。

「署長は本当に、室田や岡江への傍聴を許可したんですか」

「許可を出したのは裁判所だ。もう自動録音装置とかいうのも手配したらしい。詳しいことは知らねえが、そっちは卯月くんに任せておけ。お前のほうは新垣の立件だけに集中してくれ」

「立件は間違いありませんよ。ですが新垣についた弁護士、国選のわりにずいぶん熱心です」

「業界向けに『頑張っています』というところを見せてえだけさ。今は弁護士も余っていて仕事がねえらしい」

「それにしてもねえ、記者発表がただの傷害犯では気が抜けますよ」

「ぼやいても始まらねえさ。その代わり署長が捜査協力費から慰労会費を出すという。新垣を送検したら立川あたりのキャバクラへ連れていってやる」

新垣の逮捕理由は今のところ連続強傷だが、本命はもちろん強制性交。明朝のマスコミ発表も連続強傷でそれも目立たないように、ごく手短に済ませるという。国分寺署にしてみれば連続強姦魔の逮捕を大々的に発表したいところではあるが、被害者たちの人権を考えれば後藤署長の

「目立たないように」という配慮が正しい。

大皿に三人前の皿鉢《サワチ》が運ばれてきて、日村もビールを日本酒にかえる。

「それはそうと、横浜でちょっと面白い話を聞いたんですけどね。新垣が経営しているベイ・スターという出会い系バーのことです」

土井が三つの猪口《ちょこ》に日本酒をつぎ分け、顔をしかめながら、口元を皮肉っぽく笑わせる。

「今回の事件には関係ないんですが、二年ぐらい前に、文部科学省《もんかしょう》の事務次官が馘首《くび》になった騒ぎがあったでしょう。たしか横山宇平《よこやまうへい》とかいう名前でした」

日村がカツオの刺身に箸をつけ、日本酒も口へ運ぶ。

「あったなあ。部下の天下り先を斡旋《あっせん》して、それがバレてしまったとかいうやつ」

「役人の天下りなんかどこの省庁でもやってることですけどね、事務次官が自分で斡旋することなんか、まずあり得ない」

「みんな仲介者《ちゅうかいしゃ》をはさむよなあ。横山は正直というより、脇が甘かった」

「それだけなら呑気なキャリアの不始末で済んだ話ですが、そのあと、横山の出会い系バー狂いがスクープされたでしょう。最初は週刊誌で、そのあとテレビのワイドショーでもやられてしまった」

金本がくいっと猪口をほし、手酌《てじゃく》で酒をつぎ足す。

「お前はいつもながら話がくどい。要するに横山がはまっていた出会い系バーが、新垣のベイ・スターだろう」

「横山の家は横浜の山手なんですけどね。週に一、二度も通うほどの常連だったとか」

日村も自分で酒をつぎ足し、猪口を口へ運びながら、くつくつと笑う。

「思い出したよ。ごていねいに横山はテレビのインタビューに答えて、出会い系バーに通ったのは貧困の実態調査のためとかなんとか、バカな言い訳をした。逆にあの言い訳で、笑いものになった」

「だが日村、そのあとで横山とつき合った女もインタビューを受けて、ただ話をしただけで性的な関係はなかったと証言したろう」

「いやいや、それなんですがね」

土井がタコとマグロをつづけて口に入れ、アルコールが回り始めたのか、またおしぼりで額の脂をぬぐう。

「県警でも七、八人の女は突き止めたそうです。ただまるでセックスなしというわけではなく、横山は女たちに十万円ほど渡して、裸にしたんだとか」

「ただ裸にしただけとは」

「裸にして、いわゆる観賞しながら、ゆっくり酒を飲むのが趣味だったようです」

「くだらねえ。女たちのなかに未成年はいなかったのか」

「そこは横山も心得ていたようですがね」

「未成年はいなくて、女たちも金をもらって服を脱いだ。犯罪にはならねえが、スキャンダルにはなったろう」

「文科省と内閣官房がもみ消したんだとか。当然女たちにも因果《いんが》を含めてね。県警も政治がらみの事件は面倒なので、それ以上の捜査はしなかったそうです」

「そのとき新垣をもっと締めあげておけば……」

猪口を口の前で構えたまま、金本が何度か腹をさすり、土井と日村の顔を見くらべながらため息をつく。

「同じことか。新垣のような男は何度でも似たような犯罪をくり返す。ただ今回は三件の強制性交、立件すれば最長の懲役《ちょうえき》二十年にもっていけるかも知れねえ。土井たちにも頑張ってもらうが、日村もまた何人か援軍を送ってくれ」

「最初からそのつもりですよ。ですから卯月さんのほうを、なんとか」

「くどく言うんじゃねえよ。どうせ今だって署長に、ああだこうだ裏工作をしてるんだろう。根回しも裏工作も結構だが、卯月くんは俺たちより上手《うわて》な部分もある。そのあたりは肝に銘じておけ」

銚子《ちょうし》が空になり、金本が二本を追加注文して、ぽんぽんと腹をたたく。

「お前たち、イタドリを食べたことがあるか」

「なんです、それは」

「俗にスカンポというやつだ。昔はその辺の土手にいくらでも生えていた」

「土手のスカンポ、ジャワ更紗《さらさ》ね。あの歌はどういう意味なんですかね」

「知らねえが、土佐あたりじゃあスカンポを食うらしい。前にこの店へ来たとき、卯月くんに教えられた。食ってみるか」

「食べましょう」

金本が店の女を呼んでイタドリの油いためを注文し、機嫌よさそうに酒を手酌する。

「卯月さんも呼べばよかったですね。金本さん、声をかけなかったんですか」

「所用があるんだとよ。考えてもみろ、俺たちみてえなナイスなおじさまたちを相手に飲んだら、卯月くんだって腹をこわす。クールな顔をしているが、あれで彼女はなかなか、繊細なんだからよ」

※

枝衣子が店に入ってきて、椋と柚香に会釈を送りながら小座敷へあがってくる。JR西国分寺駅周辺には商店街も繁華街もないけれど、スナックや居酒屋は点在する。この〈久作《きゅうさく》〉は総菜的な料理を出す居酒屋で、たまに三人で飲むことがある。

「柚香さん、スクープおめでとう」

「いえいえ、卯月さんのおかげですよ。本当はもっとお洒落な店にしたかったんですけど、原稿料が出るのは来月なんです」

「気にしないで、今夜もわたしのおごりよ。わたしのほうもいいニュースがあるの。実はね……」

ショルダーバッグを座敷の隅におき、椋と柚香のあいだに腰をおろして枝衣子が座卓へ目をやる。椋と柚香も来たばかりで、まだビールの中ジョッキとつきだしのキンピラ牛蒡《ごぼう》しか出ていない。

アルバイトらしい東南アジア女が枝衣子のおしぼりとつきだしを運んできて、枝衣子も中ジョッキを注文する。

「実はね、わたしに本庁の捜査一課から引き抜きの話がきているらしいの。正式に打診されたわけではないけれど、もちろん受けるつもりよ」

椋は胸の内でオッと声をもらし、無表情を装っている枝衣子の横顔に見入る。本庁への転属は枝衣子の悲願で椋も支援したいと思っていたけれど、これほど早く具体化するとは予想外。そんな朗報を場末の居酒屋で祝うのも心外だが、また別の機会をセットすればいい。そのときはもちろん、二人だけで。

「水沢さんには電話で知らせようかとも思ったけど、会ったとき直接話したかったの」

「本庁の捜査一課なら忙しくなるな。責任も重くなるだろう」

「仕事の理屈は同じよ。しょせんは犯罪者を追いかけるだけですもの」

「いいですねえ、卯月さんなら本庁でもエースになれますよ。わたしは警視庁一の美人刑事を追う、ドキュメントを企画します」

気楽な女だ。

本庁での仕事がどんなものかは知らないが、時間も今ほど自由にはならないだろう。しかしそれは、椋のほうが調整すればいい。

枝衣子の生ビールが来て、三人は改めてジョッキを合わせる。

「とりあえず今夜は柚香さんのスクープ祝いよ。あの記事、よく書けていたわ。うちの課長も感心したぐらい」

椋も一部プレゼントされて奇妙なタイトルの記事を読んでみたが、三十年前の女子小学生殺しを隣人と結びつけているようでもあり、必然のある因縁と仄《ほの》めかしているようでもあり、そのあたりは微妙に逃げている。いずれにしても登場人物はすべて仮名になっているから、訴訟《そしょう》等の問題はないだろう。しかし関係者や事情を知っている人間が読めば、あきらかに犯人を岡江 某《なにがし》と指弾《しだん》している。

「あら、もう山菜の天ぷらが出ている。わたしは天ぷらをいただくわ」

彼岸になったら青梅か秩父へ山菜採りに、と話し合っていたことではあるけれど、椋もタラの芽やコゴミの天ぷらには食指《しょくし》が動く。

「おれも天ぷらだな」

「わたしも。それからカボチャの煮つけと、馬刺しなんかもいいですねえ。あとはマーボーナス」

勘定は枝衣子持ちと決まって気が大きくなったのだろうが、相変わらず、図々しい女だ。

柚香がビールを飲みほし、追加と料理を注文する。

「でも柚香さん、どうなのかしら、岡江は週刊講文を読んでくれるかしら」

「抜かりはありません。見本刷りを三部送りつけました」

「それなら間違いないわね。岡江の反応が楽しみだわ。もうひとつあなたたちに知らせたいのは、連続強傷事件の犯人を捕まえたこと。法律的にはまだ容疑者だけど、犯人が新垣徳治という男であることに確信があるの」

新しいビールが来て、柚香がジョッキを顔の前に構え、そのまま息を呑むようにメガネの縁を押さえる。発表は連続強傷でも実際には連続強姦事件で、椋はともかく、そんな情報を柚香へ流していいものなのか。

「すごい、捕まえましたか」

「やっとね。明日の朝には記者発表をする。これで国分寺も静かになるわ」

柚香がダウンジャケットのポケットからケータイをとり出し、スイッチを入れてから、眉をひそめて、口をへの字に曲げる。

「発表はやっぱり、ただの連続強盗傷害ですよねえ」

「ほかに発表の仕方はないでしょう。被害者たちは三人とも、手足に軽い怪我をしただけになっているし」

柚香もほかのマスコミも、実際は性的暴行絡みの事件と察知しているらしいが、これまでは記事にできないでいる。

「この事件はパスします。どうせ記事にはできませんからね。週刊誌は扱いません」

「ありがとう。その代わり柚香さんには面白い情報があるのよ。今回捕まった新垣徳治という男は、青いパパイヤを経営している室田良枝の、別れた旦那なの」

ケータイをポケットに戻した柚香がアという形に口をあけ、胡坐の足を組みかえながら、顎をつき出す。

「わたし、青いパパイヤの室田さんには取材しましたよ」

「メールをもらったわ。風呂場男事件の翌日よね」

「あの室田さんのご主人が強姦の、いえ、傷害事件の犯人?」

「被害者たちの情報を室田良枝が元亭主に提供していたの。整体院の治療室には盗撮カメラが仕掛けられていて、治療の様子が録画されていた」

「うわあ、わたし、やられかけました」

「なにを」

「だって、服を脱がせて、いろいろ、そういうことでしょう」

枝衣子が肩をすくめて息をつき、ビールを口に運びながら首を横にふる。

「治療自体はまともなものだったらしいわ」

椋は可笑《おか》しくなって顔をうつむけ、キンピラ牛蒡に箸をのばす。室田という女にどんな趣味があるのかは知らないが、このメガネの裸なんか、誰が見たがるか。

「水沢さん、なにが可笑しいんです？」

「いや、君に実害がなくて、よかった」

「でも危なかったんですよ。四十五分コースをたっぷりとか、しつこく誘うんです。やっぱり怪しかったんですね。どうも不審《おか》しいと思いました」

「でも新垣は室田良枝を庇うから、共犯での立件は難しいの。軽犯罪法違反で送検だけして、とりあえずは釈放したわ」

「とりあえず、ですか」

「とりあえずよ。でも裁判所の許可をとって室田や岡江夫婦の通信を傍受し始めたの。あの人たち、必ずどこかでボロを出すと思うわ」

おいおい、通信の傍受ということはいわゆる盗聴やハッキングで、枝衣子にどんな思惑があるのかは知らないが、柚香へのリークは、さすがにマズいだろう。

表情から椋の懸念を察したように、枝衣子が唇の形で「ご心配なく」とつぶやき、その唇にジョッキを重ねる。

「柚香さんが記事で仄めかしたとおり、三十年前の少女殺しは岡江晃の犯行だと思う。でもそれは心証だけで、物的証拠はないしこれからも出ないでしょう。岡江に『すべて打ち明ければ気持ちが楽になりますよ』と迫ったところで『はい、やりました』と白状するタマではないし、あの男はたぶん、生まれながらのヘンタイよ」

まずカボチャの煮つけが来て、馬刺しとマーボーナスも運ばれる。山菜の天ぷらはもう少し時間がかかるだろう。

柚香がさっそく料理に箸をのばしたが、背筋はのびて表情も生まじめだから、枝衣子の言葉には耳を澄《す》ましている。

「柚香さん、岡江孝明のお嫁さんには取材をしたかしら」

「いえ、まだ」

「別居して藤岡の実家へ帰っているの。離婚も決めていて、子供も藤岡の小学校へあげるというわ。奥さんが離婚を決意した理由は、孝明の過干渉《かかんしょう》。異常なほど支配欲が強い男で、自分の奥さんを監視するために、アパートの部屋に盗撮カメラまで仕掛けていたという」

柚香の箸がとまり、がくっとメガネがずれて、肩が大きくのけぞる。男にも女にも異常に嫉妬《しっと》深い人間はいるものだが、自分の女房への盗撮カメラは異常すぎる。

柚香が箸をおき、メガネの位置を戻してから、ゆっくりとビールを飲む。

「いるんですよねえ、そういうストーカーみたいな男。わたしもずいぶん悩まされました」

つまらない見栄を張ると、窓伝いの空き巣事件をバラしてやるぞ。

「孝明の体質は父親から受け継いだものだと思うの。孝明夫婦が西元町の家で両親と同居していた当時も、舅の晃は息子の嫁に、陰険《いんけん》なヘンタイ行為をはたらいていた。触るとかセクハラ発言をするとか、単純なものではなくて、言葉にはできないほど陰湿《いんしつ》なものだったらしいわ」

「ほら、水沢さん、わたしが言ったとおりでしょう」

「なんだっけ」

「ちゃんと言いましたよ。近石の稔志さんという人は三十年前になにかを見ていて、それで岡江の妹殺しを確信していた。だから自分の死を悟った稔志さんは国分寺へ戻ってきて、妹の仇を討とうとした」

「それで岡江家に侵入して、返り討ちにあったというストーリーだったか」

「ぴったり理屈が合うじゃないですか。卯月さんが言おうとしていることも、つまりは、そういうことです」

枝衣子が眉に段差をつけて柚香の顔をうかがい、そのままの視線を、怪訝そうに椋へ向ける。例の空き巣事件のあとで柚香がそんなゴタクを並べた気はするが、もちろん枝衣子には伝えていない。

大笊《おおざる》に山菜の天ぷらが運ばれてきて、椋は推理合戦を枝衣子と柚香に任せることにする。枝衣子には枝衣子の思惑があり、柚香にはスクープへの野心があり、これまで考えてもみなかったが、あんがい二人の呼吸は合っている。

「岡江家にも稔志さんにも争った跡はないし、死因自体は病死なの。でも柚香さんの推理はあたらずといえども遠からず、いい線をついていると思うわ」

おいおいおい。

「妹が殺されたとき、稔志さんが何かを見たというのは無理だと思う。性格に問題のあった人らしいけれど、妹の事件ですもの、思い当たることがあればご両親か警察に訴えたはずでしょう」

椋は大いに同感し、枝衣子のジョッキが空になっているのを確認して、麦焼酎のオンザロックを二つ注文する。

「タラの芽はさすがにまだハウス栽培だろうな」

「房総《ぼうそう》や伊豆《いず》の山中なら、野生のタラッペが出ているかも知れないわ」

「土佐でもタラの芽をタラッペというのか」

「東京へ来てから覚えたの」

「ねえねえ卯月さん、あたらずといえども遠からずというのは、どういう意味です?」

「そのとおりの意味よ。見ていたとか知っていたとかは無理にしても、岡江の視線は感じていたかも知れない」

「分かりやすくお願いします」

「水沢さん、時代小説によく出てくる〈殺気〉みたいなものは、本当にあるのかしら」

「小説は絵空事だが、人間だって本質はただの猿だ。五感以外の自己防衛本能は当然そなわっている」

「柚香さん、そういうことよ」

「どういうことです?」

「稔志さんは岡江のそういう不吉な視線を、ずっと感じていた。近石さんの奥さん、稔志さんの母親もそれを感じていて、娘の事件後にご主人に訴えた。でも気のせいだといわれて、ご主人も警察も本気にしなかった。稔志さんは性格にも問題があって、誰にも説明できず、死の直前まで内部の葛藤《かっとう》をつづけていた。稔志さんが国分寺へ戻った理由はなんだったのか。たんなる郷愁《きょうしゅう》か、あるいは岡江に意趣《いしゅ》があったのか、今となっては分からない。でもアスペルガー症候群や発達障害の人って、特殊な能力をもっているケースもあるという。結果論になってしまうけれど、たぶん稔志さんは、岡江の犯罪を糾弾《きゅうだん》しようとした」

ずいぶんロマンチックな見解で、椋もにわかに「うん、そのとおりだと思う」とは肯定できないが、ホームレスになっていた稔志が死の直前になって国分寺へ戻ってきた行動には、なんらかの理由がある。他者からその理由は説明できなくとも、稔志本人のなかでは、必然があったに違いない。

「ですけどね、さっきも言ったとおり……」

枝衣子が確認するように椋と柚香の顔を見くらべ、その端正な頬を皮肉っぽくゆがめて、天ぷらに箸をのばす。

「もう三十年も前の事件だし、証拠はなにもない。ヘンタイらしいというだけでは岡江を告発できないし、でも岡江と夫人の孝子は、間違いなくなんらかの犯罪に関わっている。そのことは立証できると思う」

ちゃんと枝衣子の話は聞いているのだろうが、天ぷらを三つもつづけて頬張る柚香は、どういう性格なのだ。

麦焼酎がきて、椋は枝衣子に目配せをし、二人だけでそっとグラスを合わせる。

柚香が天ぷらを口へ運ぶ箸をとめ、ビールを飲みほして、また追加を注文する。華奢《きゃしゃ》な体形で肉付きも薄いのに、よほど膀胱が大きいのだろう。

「卯月さん、つづきをお願いします」

「岡江孝子は孫の名義で、郵便局に秘密口座をもっているの。現在の残高は約五百万円、この三年半では七百五十万円も稼いでいる。当然その事実を、亭主の晃も知っているはずだわ」

追加のビールが来たのに、柚香は口へ運ばず、メガネの向こうでこれでもかというほど目を見開く。

「うわあ、あのおばさんが、七百五十万円も」

「晃の退職金ではないし、遺産や不動産の売却益でもない。分不相応《ぶんふそうおう》にタクシーを乗りまわしていて、それにシャネルやグッチも身につけている。見た目の平凡な老夫婦とは違うと思う」

柚香がなにか言いかけ、しかしメガネを押さえながら腰を浮かせて、片手をひらっとふる。

「ちょっと、トイレです。済ませてから、詳しくお聞きします」

そのまま中腰で小座敷からさがり、店のサンダルをつっかけてトイレへ向かう。ずいぶんあわただしい女で、それでも悪意はないのだから笑える。

椋は焼酎のグラスを口に運び、苦笑をかみ殺している枝衣子に軽く肩を寄せる。

「君のことだから心配はしないが、メガネにあそこまで情報を流して、大丈夫なのか」

「逆にこの事実を記事にしてもらいたいの。孝子はともかく、亭主の晃は陰険なぶんだけ、性格的には慎重な気がする。二人をなんとしてでも司法の場にひき出したい」

「なぜそこまで」

「息子の孝明は離婚届にサインしないという。孝明に会ってはいないけれど、奥さんの話を聞けば想像はつく。こういう男は理屈を言っても頭をさげても、理由もなく、偏執的《へんしゅうてき》に相手を支配する。志緒美という奥さんと哲也という子供のためにも、なんとしても離婚を成立させてやりたいの」

「両親が刑務所に入れば孝明も、離婚届にサインするか」

「かんたんではないかも知れないけれど、できるだけのことは、してやりたいのよね」

枝衣子はあまり家庭環境を話さない女で、椋も無理に聞くことはない。しかしいつだったか「母親は死ぬまで自分の結婚を呪っていた」ともらしたことがあるから、経済的にはともかく、健全な家庭ではなかったのだろう。

ふだんは冷静で沈着《ちんちゃく》でプラグマチックな枝衣子にも、そんな面があるのかと思うと、また愛《いと》しさが増してくる。

「明日は土曜日だけど、どうする。アパートに泊まるか」

「ごめんなさい、明日は忙しいの。でも日曜日は休めると思う」

「それなら明日の夜、二人だけで転属の前祝いをしよう」

「わたしの部屋で待っていて。ゆっくりおいしいワインを飲みたい」

「ジャガ芋のピザをつくってやる」

「なに、それ」

「読んだ探偵小説にレシピが書いてあった。登場人物は犯人も被害者も美女だらけで、チャラチャラした中年探偵が意味もなくモテる。バカばかしいストーリーだったけど、探偵のつくるジャガ芋のピザだけはうまそうだった」

柚香が肩を怒らせながら戻ってきて、元の場所に胡坐をかき、鼻の穴をふくらませてビールをあおる。

「トイレで思ったんですけどね。岡江のあのおばさんがグッチやシャネルだなんて、もうそれだけで犯罪ですよ」

厳密には差別発言だが、柚香を非難する人間はいないだろう。

「わたしもぜったい許しません。ジャーナリスト生命をかけて、あの夫婦を糾弾します」

よくもまあ、トイレでそこまで重大な決心をするものだ。

「卯月さん」

「なあに」

「生春巻きと茶碗蒸しを追加していいですか」

今夜のところは柚香のスクープ祝いでもあるし、来月から給料もあがるし、店の勘定はおれがもとう。

10

あり得ないとは思うが、もしかしたら判断ミスだったかも知れないと、ふと不安になる。先週の金曜日、午後九時には室田良枝を釈放し、その直前には良枝と岡江孝子のケータイ傍受機能を作動させた。二人の通話はすべて録音され、しかし土曜日、日曜日、そして月曜日の昼近くになっても狙った結果が出てくれないのだ。良枝は釈放後すぐ岡江孝子に連絡を入れるはずだと思っていたのに、それも肩透《かたす》かし。良枝が電話をしたのは実家の母親で、まず警察の愚《おろ》かさと横暴《おうぼう》さをののしり、ついでに風呂と夕食の支度を要求した。その直後には国選でついた弁護士に謝意の連絡を入れ、金曜日はそのまま。翌土曜日には十五人ほどの男女に電話をしたが、すべて〈青いパパイヤ〉の患者で、「体調を崩して来週は休院するが、次週からは通常通り診療する」というもの。岡江孝子のほうも土曜日の夜に息子の孝明に「離婚して新しい嫁をもらえばいい」とかいう電話をしただけ。日によっては二十回以上電話をかける孝子が、この三日ほどは奇妙におとなしい。岡江のパソコンにもすでに侵入済みで、これにも通販会社や健康食品のお知らせメールが届くのみ。もしかしたら傍聴を気づかれているのか、あるいは警察を警戒して慎重になっているのか、もっとあるいは、室田良枝は連続強姦とは無関係で、岡江夫婦も無害で平凡なだけの老夫婦なのか。

そうはいっても良枝は新垣の逮捕を知っているはずで、新垣周辺の人間に事情や状況をたずねないのは不審《おか》しい。良枝と新垣のあいだを秘密裏《ひみつり》に仲介する人間がいるとすれば、せいぜい弁護士ぐらいで、警察が察知していない第三者がいるとも思えない。

良枝や岡江たちが慎重なのか、枝衣子の読みが外れたのか。

イヤホンをはずし、腕を組んで、椅子を少しデスクから遠ざける。それにしても岡江晃がケータイを携帯していなかったのは意外で、いったいあの老人はどういう生活をしているのか。高齢者のなかにはケータイが苦手、という人がいるにしても、もとは技術者でパソコンも得意だという。生活そのものが、家電《いえでん》とパソコンさえあれば完結するスタイルになっているのか。退職して十年もすると友人もいなくなり、近所づき合いもせず老人会にも参加せず、たまに図書館へ行くぐらい。そんな高齢男性も多くいると聞くが、はたしてあの岡江晃が、日本の平均的な退職老人なのか。

枝衣子が岡江家を訪ねたあと、岡江が枝衣子の使った湯呑を舐めまわす映像が浮かんで、悪寒《おかん》が走る。藤岡の志緒美が枝衣子に嘘を言う必要はなく、岡江のヘンタイ趣味は間違いない。会話の内容からボケが来ているとも思えないし、孝子が郵便局にため込んでいる五百万円も知らないはずはない。それなのに室田良枝の釈放後、三人が三人とも、不可解に鳴りをひそめている。

この静かすぎるところが却《かえ》って怪しいのよね。そうは思うものの、自分の判断ミスという可能性が、じわりと胃のあたりを不愉快にする。

紅茶でも飲もうかと、デスクを離れて給湯室へ向かう。国分寺署でも部屋に給湯設備があるのは刑事課と生活安全課と地域課ぐらい、生活安全課と地域課は人数が多くて部屋も広いから当然としても、規模の小さい刑事課に給湯室があるのは優遇だろう。

現在部屋に残っているのは枝衣子のほかに金本と糸原だけ。新垣の取調べは土井と黒田と峰岸が交代で務めている。新垣本人は猥褻映像の所持は認めているものの、制作や販売は否定。枝衣子も取調べモニターで新垣を見ているが、中肉中背《ちゅうにくちゅうぜい》で髪のサイドを刈上《かりあ》げにし、年齢のわりには若作り。濃い目の顔立ちで枝衣子の好みとは対極にあるけれど、一般的にはハンサムな部類だろう。今は取調べの可視化が義務付けられ、国選とはいえ弁護士がついているので土井たちも手こずっているらしい。

ほかの課員は生安からの援軍も含めて、全員が聞き込みと証拠採集に散っている。これまでは漠然《ばくぜん》としていた犯人像が新垣と特定されたし、駅やその他周辺の監視カメラが新垣をとらえていないか、また所有している青いハッチバック車が現場周辺で目撃されていないか、捜査の焦点《しょうてん》はそのあたり。昨年の二件では目撃情報も不発かも知れないが、三件目のC子事件はまだ一カ月もたっていないのだ。

専用のカップに紅茶をいれ、金本の湯呑には煎茶をいれて金本のデスクへ歩く。今日の金本は新聞ではなく、朝からパソコンの画面をにらんでいる。

「お疲れさま、サービスです」

金本が顔をあげて厚い目蓋を見開き、首の周りについた肉をぶるんとふるわせる。

「卯月くんに茶なんかいれてもらうと、首筋のあたりが寒くなるなあ」

「娘が父親に給仕するのは当然ですよ。それより、横浜からはなにか?」

「押収した映像の分析が進んでいるとさ。徹夜で張り切っている捜査員もいるそうだ」

「男性というのは、まったく」

「警察官にも多少の余禄《よろく》は必要だ。それで捜査がはかどるのならいいじゃないかね。最近はタバコを吸うな捜査協力費を使うなと、細かいことばかり言いやがる。考えたら俺は、いい時代に警察官になっていいときに辞められる」

金本が湯呑をとりあげ、しゅっとひと口すすって、顔をしかめながらつき出た腹を撫《な》でまわす。西元町の岡江も金本と似たようなことを言っていたが、三十年前四十年前はそんなにいい時代だったのか。たぶん逆の意見もあるだろう。

「映像のことだがなあ、B子とC子も発見されたよ。インターネットにはまだアップされていないそうだ」

「それ以外の映像は?」

「ほとんどはインターネットからダウンロードできるレベルのものらしいが、なかには今回と同じようなオリジナルもある。そういうオリジナルを専門に扱う業者もいるというから、まだ気は許せん」

日本でも最近は厳しくなったが、欧米では特に児童ポルノは厳禁で、所持だけでも相当の罪になる。氏名等も公表されるから社会的地位は失われ、失職や家庭崩壊なども多くあるという。しかしそれでもきわどい映像が出まわるのだから、逆に地下での制作・流通が巧妙化しているのだろう。

「ああいう映像は、一本何円《いくら》ぐらいするんでしょうね」

「俺に聞いてくれるな。韓国に流通拠点があるとはいうが、中国やサウジアラビアでも盛んらしい。要するにそれだけの需要と供給があるわけで、世の中には暇と金がある連中が、腐るほどいやがる」

「こちらは室田たちが動いてくれません。動かないのが却って怪しいとは思うんですが、もしかしたら監視に気づかれたかも」

「逮捕以降室田と新垣は接触させていない。そのあたりは念を入れたはずなんだが、どうかなあ、新垣は沖縄の出身で、室田の母親も出身が沖縄だという。沖縄人は神様や祖先の霊が好きだというから、なにか本土とは別な、特殊なネットワークでもあるのかなあ」

いくらなんでも、まさか。

「そうですか、二人は沖縄つながりですか。特殊なネットワークは別にしても、独特な絆《きずな》みたいなものはあるのかも知れませんね」

紅茶をすすって、枝衣子は金本に背中を向け、自分のデスクへ戻る。沖縄つながりだからってまさか二人がテレパシーで交信しているはずはなく、それに動かないのは岡江夫婦も同様なのだ。

しかし室田良枝が逮捕されれば両親には連絡がいくはずで、良枝と岡江孝明が小・中学校の同《どう》窓《そう》なら親同士も連絡をとり合うか。まして良枝は岡江夫婦と温泉にまで行く仲なのだから、娘逮捕の情報は良枝の親から岡江に伝わった可能性もある。

そうか、そういうことか。それなら良枝や岡江夫婦が不可解なほど鳴りをひそめている理由に納得がいく。そしてそれは鳴りをひそめなくてはならない理由があることの、説明にもなる。

枝衣子は紅茶を半分ほど飲み、ほっと息をついて、すでに取得してある岡江晃のパソコンデータを呼び出す。そのデータは侵入が許可されるより以前のもので、プロバイダから任意で提供されたもの。一度目を通してはあるものの、意味のあるメールはないと気にしなかった。しかし良枝の逮捕後すぐその事実を岡江が知ったと仮定すると、逮捕日時の前後にはたぶん、なんらかの情報がやりとりされている。

良枝の逮捕は四日前の三月八日木曜日、午前十時過ぎ。良枝の逮捕で気がゆるんだわけではないけれど、逮捕直後に岡江孝子のケータイか晃のパソコンに良枝本人ではなく、家族から連絡が入っている可能性を忘れていた。緻密に、遺漏のないように捜査をしているつもりでも、逮捕と傍聴開始のあいだには一日半のエアポケットができていた。

席を立って糸原のデスクへ歩き、防犯カメラ映像をチェックしている糸原に声をかける。

「萩原くんが室田良枝の家族を調べていたわよね。なにか聞いているかしら」

糸原が顔をあげ、また化粧が濃くなっている目をぱっちりと見開く。

「聞いてはいませんけど、データは共有しています」

「呼び出してみて」

防犯カメラ映像の検証を中断し、糸原がキーボードに指を滑らせる。萩原と同様にタイピングは枝衣子より倍以上も速く、このあたりは使える。

「ありました。両親の居住地は国分寺市東元町、父親は室田吉造《よしぞう》七十一歳、母親は詩織《しおり》六十八歳、幸地香保里《こうちかおり》という叔母《おば》が同居しています。同居の理由は分かりませんが、姓が別ですから母方の叔母でしょうね」

「幸地なんて珍しい苗字《みょうじ》ねえ。やっぱり沖縄かしら」

「とにかく良枝の逮捕以降、金曜日に釈放されるまでのあいだに室田家の誰かが岡江家に電話かメールをしなかったか、それを調べて。通信記録の請求に裁判所の令状はいらないから」

「さあ、そこまでは」

糸原が気合いを入れて「はい」と返事をし、睫毛《まつげ》をぱたぱたと上下させる。さっきまでは気づかなかったが、もしかしたら、つけ睫毛か。

どうでもいいわと胸の内でつぶやき、自分のデスクへ戻ってまた岡江晃のパソコンデータを検証する。室田家の誰かが良枝の逮捕を岡江家に伝えたとしても、たぶん電話だったろう。思ったとおりパソコンが受信しているのは旅行会社や通販会社からのメールだけで、事件の関係者は見当たらない。

糸原が調べている電話の通信記録を待とう、と思いながら、それでも送信履歴のボックスをクリックする。残っているのはこの一カ月でたったの六件、ケータイも携帯していないし、岡江のじい様はどこまで交友関係が希薄《きはく》なのだろう。

だが、待てよ、三月八日木曜日。CCで送っている「しばらく仕事を休みます。再開したらまたお知らせします」というメールは、どういうことだ。CCというのは同じ文章を多数の相手に送信できるシステムで、受けた側は全員が同じ文章を閲覧《えつらん》する。この送信時間は三月八日の午前十時四十六分、つまり室田良枝逮捕の直後になる。受信履歴はこまめに削除しても、自分の送信ボックスはうっかりすることがある。

たんなる偶然か。岡江晃はアルバイトでもしていて、それを休むという知らせなのか。パソコンに詳しいというからホームページの作成でも請け負《お》っていて、そのキャンセル通知でもあるのか。

CCの通知を受けたのは全部で十二人、すべて女性名で、そしてなぜか、一人も返信していない。ふつうなら「了解」とか「分かりました」とか、返信するものだろう。

枝衣子は十二人の女性名をメモに書きだし、メールボックスの内容もドキュメントに保存する。岡江晃はこの十二人の女と、不倫でもしているのか。

まさか。

バインダーから岡江孝子の通信記録をとり出し、十二人の名前と照合する。多い日は二十本以上も通話する孝子だから、十二人の名前もそのなかに見つかる。この時点で十二人が岡江夫婦共通の知人であると分かる。十二人には島本《しまもと》多恵子《たえこ》や工藤《くどう》美紀《みき》などの名前はあるが、煩雑《はんざつ》なのでメモの横にそれぞれD子E子F子からO子まで符丁をつけていく。

この十二人が岡江夫婦共通の知人であることは判明したけれど、それではなぜ晃はこの十二人にだけCCメールを送ったのか。そしてなぜ、十二人は返信しなかったのか。

孝子と十二人が電話を送受信している日にちと時間帯を見くらべ、卓上カレンダーをひき寄せて前月の曜日にチェックを入れる。D子と孝子との通話はすべて平日、それはO子まで共通で土・日や休日の通話はない。一月十二月十一月とさかのぼってもやはり通話はすべて平日に限られ、そしてすべてに共通した法則があるのだ。

D子をモデルにすると、まず前日のある時間に孝子からD子に電話がかかり、翌日の一時から五時のあいだに、今度はD子から孝子に二度電話がかかる。一度目から二度目の間隔は約二時間から三時間、そのパターンはほかの十一人もあきれるほど共通している。

なんとなく腋《わき》の下が汗ばむ感じがして、枝衣子は冷たくなっている紅茶を飲みほし、パソコンの画面を思いきり睨みつける。強制性交事件に岡江夫婦が関わっていないか、その可能性を探っていたはずなのに、どうやら別の事件に当たってしまったらしい。だからといってこの別事件を、放っておくわけにもいかない。

糸原が席を立ってきて、不自然なほど、ぱっちりと目を見開く。下手な化粧なんかしないほうが可愛いのに、最近はオヤジ連中から人気が出たことを意識しているのか。あるいは春のせいで、ホルモンのバランスが崩れたのか。

「データが来ました。先週の木曜日に幸地香保里が岡江家に電話をしています。家電《いえでん》で、時間は十時三十四分です」

「ありがとう、思ったとおりだわ。室田良枝の逮捕時、身柄を署に連行したのはあなたよね。そのときの手続きは」

「規定通りです。ネックレスや髪留めは外させて、勾留中のルールを説明し、弁護士をつけたいというのでその手配をしました」

「親にも、逮捕の事実を知らせてくれと頼まれたでしょう」

「はい、規定にはありませんが、要望があれば配偶者や親族には知らせる習慣です。まずかったですか」

「そんなことはないわ。おかげで別の事件を当ててしまったらしいけど」

糸原が怪訝そうに瞬《まばた》きをし、小首をかしげるように会釈をして、デスクへ戻っていく。大きなお世話ではあるが、さすがにつけ睫毛はヘンでしょう。

「卯月くん、武蔵野庵に蕎麦を注文するが、つき合うかね」

「いえ、肩がこるので、散歩をしてから外で食事をします」

金本がぽんぽんと腹をたたいて受話器に手をのばし、ダイエット用のモリ蕎麦を三枚注文する。

枝衣子が十二人のリストに丸印をつけたとき、ドアがあいて土井と黒田と峰岸が戻ってくる。三人とも同じような仏頂面だから、取調べに進展はないのだろう。新垣は前科も二犯で即弁護士を要求するほどのベテラン、直接の逮捕理由は連続強傷でも、本丸が強制性交であることぐらいは分かっている。制度の善し悪しは別にして、取調べの可視化義務は警察の負担になる。

黒田と峰岸は席に着いたが、土井だけは金本のデスクへ向かって、二言三言会話を交わす。金本が腹を叩きかけた手をとめて枝衣子のほうへ首をのばし、「こっちへ来い」というように顎をしゃくる。枝衣子は席を立って金本のデスクへ歩き、土井と肩を並べる。

「名前は忘れたが、新垣についている弁護士がなあ、罪状を強制性交から強制わいせつに変更しろと言うそうだ」

「なんですって？」

枝衣子が語気を荒くしたのは久しぶり。もともと感情を表に出す性格ではないけれど、弁護士のその申し出だけにはさすがに、脊髄《せきずい》反射を起こしてしまう。

「土井さん、いったいどういう意味です」

「まあ、言葉通りの意味だよ」

「まさかハイハイと聞いたわけではないでしょうね」

「冗談じゃない。だからこうして、課長に報告してるんだ」

「そんな戯言、報告する必要もないでしょう」

「卯月くん、土井だってただ弁護士がそう言ってると、報告しているだけだ。君がそんな目で睨んだら土井が小便をもらしてしまう」

枝衣子は深呼吸をして興奮をしずめ、セミロングの髪を梳きあげて腕を組む。強制わいせつ罪とは無理やりキスをしたり胸を触ったりとかいう犯罪で、相手が成人の場合では懲役の最長が十年。強制性交の最長懲役二十年からは約二分の一になってしまう。三人の女性を刃物で脅して全裸にし、産科医にしか見せないような部分までビデオ撮影したような男がたった十年の懲役では枝衣子も、そして社会も許さない。強制わいせつでは最悪の場合、示談《じだん》にもっていかれることもある。

「あの弁護士、名前はなんだっけな」

「宮崎《みやざき》でしたかね。国選から私選に代わっています」

「なんの話だ」

「前に報告したでしょう。容疑を連続強傷にかえて身柄をこっちへ移したとき、横浜の加藤《かとう》法律事務所に変更されました」

「生意気なことを。新垣に私選の弁護士を雇う金なんかあるのか」

「知りませんけどね。たぶん前の事件でかかわりができたんでしょう」

「私選だろうがなんだろうが、あの弁護士はまだ三十を出たばかりだろう。恰好《かっこう》をつけて、同僚にいいところを見せたいだけじゃねえのか」

「たぶんね。言い分としては、つまり……」

土井がちらっと枝衣子の横顔をうかがい、少し前かがみになって声をひそめる。

「つまり、挿入や射精はしなかったからと」

「逆にいえば三人を襲ったことを、認める結果になるじゃねえか」

「そこを取引したいらしいです。罪状を強制わいせつに変更すれば、新垣に自供させられると」

「新垣も承知なのか」

「被疑者と弁護士の会話に介入はできません。ですが今度の弁護士がそんなことを言い始めたとなると、まあ、なにかの合意は」

「課長、土井さん、わたしはぜったい反対です」

「まあまあ、卯月くん、俺も小便がもれそうだ。もちろん弁護士のゴタクなんか無視するし、神奈川県警も新垣のアリバイを調査《あら》ってくれている。三件のうちどれか一件でも、事件当夜新垣が国分寺にいたことを証明できれば立件できる。そうでなくとも強制わいせつなんかに変更はしないから、聞き込みに散っている連中の結果を待とうじゃないかね」

金本が枝衣子の気を鎮《しず》めるように、ぽんぽんと腹鼓を打ってみせ、椅子の背もたれが壊れるかと思うほど、おおきくふんぞり返る。思わず興奮してしまったが、新垣を「逃してなるものか」と思っているのは金本も土井もほかの捜査員も、みな同じ。それは殺人事件でも同様なのに、女性の性被害には枝衣子も無自覚に反応してしまう。

金本がふんぞり返っていた背を戻し、窮屈そうに腹をちぢめて背中を丸める。

「それはそうと、二人ともちょいと、近くへ」

その秘密めかした表情に、枝衣子と土井がデスクへ身を寄せる。

「話は別なんだがなあ、糸原になにかあったのか」

席が離れているので、ここまで声をひそめなくても聞こえないのだが。

「あの妙にパチクリした目が、気になって仕方ねえんだ」

枝衣子も一応腰をかがめて、声をひそめる。

「ただのお化粧ですよ」

「そうはいうが、糸原が顔をあげるたびに電波みてえなものを感じる」

「課長へのアプローチでしょう」

「冗談はよせ。化粧に関する署内規定はないが、なあ卯月くん、君から言ってやれ」

「ご自分で言えばいいでしょう」

「俺はもうすぐ定年だ」

「それなら土井先輩から」

「卯月さん、こっちは新垣の取調べで手いっぱいだよ」

柔道のナントカ大会で優勝経験もあるくせに、情けない。

本来なら笑って済ませる問題ではあるが、糸原も刑事課を希望するのなら、オヤジ連中の純情を理解したほうがいい。

「女性は季節とか体調とかで微妙に心が動きますからね。でもあとで、それとなく、言ってはおきます」

課長のデスクを囲んで二人の班長が声をひそめているのだから、ほかの課員には刑事課の存亡にかかわるほどの、大事な相談でもしているように見えるだろう。

枝衣子は笑いをこらえながら背をのばし、自分のデスクへ戻って、中断していた別事件の推考を始める。室田良枝が強制性交に関与していたところで、せいぜい被害者の情報を新垣に伝えた程度。物証はないから新垣と良枝が口をそろえて否定すれば、良枝の共犯立証は難しい。しかし岡江夫婦の事業に加担している事実を証明できれば、それで有罪にもっていける。

十二人の横に丸印をつけた紙を半折りにし、バッグとジャケットをもって腰をあげる。生安からは援軍を送られていることもあるし、枝衣子本人は本庁へ転属するにしても、次期刑事課長の日村には貸しをつくっておこう。


階段をおりて一階の生活安全課室へ入っていくと、婦警が十人ほどの捜査員に茶を配っているところで、そういえば入庁以来自分は一度もこの「お茶汲み」をしていなかったなと、意味もなく思い出す。だからってついでがあれば金本に茶やコーヒーをサービスするし、枝衣子が特別に不遜ということもないだろう。

広い生安課室の通路をすすみ、ちょうど婦警から湯呑を受けとった日村に声をかける。

「たびたび援軍をいただいて、恐れ入ります」

「なんの、刑事課と生安は一心同体ですよ。そうだ、ちょうど食事に出ようと思っていたところなんですが、一緒にどうです」

「ごめんなさい。所用があって、でもその前に」

離れていく婦警の背中を何秒か眺めたあと、日村のデスクへ近寄って、そのデスクに軽く手をのせる。

「たしか生安では、主婦売春の捜査をしていたんですよね」

「うん、あれねえ。これがどうしたわけか、なかなか実態をつかめない。売春なんていうのはふつう、単純なものなんだが」

「経緯を教えてもらえますか」

「経緯もなにも……」

日村が湯呑をすすり、目尻の皺を深くして、鼻を左右に曲げる。

「卯月さん、なにか情報でも？」

「とりあえず捜査を始めた経緯をお願いします」

何秒か口をもぐもぐやり、ここは意に従うべきとでも判断したのか、日村が眉をひらいて肩をすくめる。

「経緯というほどでもないんだが、デリヘル組織からチクりが入ったんですよ。なにか秘密の別組織が動いているらしいとね」

「組織同士の縄張り争いですか」

「かんたんに言えばそういうことかな。風俗関係は立川が本場なんだけど、国分寺にもデリヘルぐらいはある。まあ生安《こっち》も概略はつかんでいて、暴力沙汰や未成年者のかかわりがない限り、黙認しているんですがね。風俗を本気で取り締まっていたら社会が機能しなくなるから」

デリバリーヘルスもソープランドも、実態が売春であることは誰でも知っている。それを取り締まると社会が機能しなくなるかどうかは別にして、売春罪という罪はない。成人男女が知り合ってから性的関係を結ぶまでに一年かかろうと、十分で合意しようと、本人たちの勝手。その関係に金銭の授受があろうとなかろうと、それも本人たちの勝手。だからソープもデリヘルも建前は自由恋愛になっている。

罪になるのは金銭授受を前提にした仲介者や、承知していながら性交場所を提供した業者たちで、いわゆる売春防止法違反になる。しかしそれも日村の言うとおり、多くは見逃し状態にある。

「どうやらねえ、秘密のその売春グループは、メンバーがみんな主婦らしいんだ。既存の組織ではないから、逆に摘発が難しい」

枝衣子は名前の横に丸印をつけた紙を日村の前におき、半歩さがって、意識的ににやりと笑ってみせる。

「強制性交事件のデータを検証していたら、面白い発見がありました。その印がついている女たちです」

日村が半折りの紙をひらいて唇をすぼめ、二度枝衣子の顔とそのリストを見くらべる。日村も新垣関係の事件は知っているので、くどい説明はいらない。

「整体院で室田良枝を逮捕してから岡江夫婦の電話とパソコンを傍受するまでに、一日半の空白がありました。逮捕直後には良枝の叔母から岡江に、逮捕の事実が伝えられました。そのすぐあとに岡江がパソコンのCC機能で丸印の女たちに『しばらく仕事を休む』というメールを送りましたが、女たちは一人も返信していません。たぶん事前に、なにかの申し合わせがあったのでしょう」

そこで二、三秒間《ま》をおき、日村の反応をうかがいながら言葉をつづける。

「ご覧のとおり、岡江孝子と女たちはふだん、頻繁に電話のやりとりをしているのに、室田良枝逮捕後は自粛しています。電話の曜日や時間等からの分析は、刑事課《うち》より生安のほうが得意でしょう」

「なるほど、これは」

「孝子は若いころ化粧品の販売員だったというし、今でも主婦間に顔は広いと思われます。なによりも孝子はこの三年半ほどのあいだに、七百五十万円も荒稼ぎしています」

「つまり、この十二人の内の、誰か一人にでも口を割らせれば」

「岡江のパソコンを押収できますよね。結果を楽しみにしています」

日村が腰を浮かせかけたが、枝衣子はそれを手で制し、ひとつうなずいてからきびすを返す。

「卯月さん、その、冗談ではなく、今夜にでも一席」

「今夜は無理ですが、機会がありましたら、いつか」

そのまま広い通路を歩き、日村が課員たちを呼び寄せる声を背中に聞きながら、生安課室を出る。主婦のスカウトや客との仲介は岡江孝子と室田良枝の仕事だろうが、企画立案運営の主役は岡江晃。売春関係の捜査は生安のほうが本職だから、早ければ今日中にも結果を出す。

それはいいのだけれど、だからって三十年前の事件が解決するわけではないのよねと、ロビーを正面玄関へ向かいながら呟く。強制性交事件にもめどが立ったし、別件でもなんでも岡江夫婦を逮捕すれば、藤岡の母子を救える。それでも孝明が執拗《しつよう》なら、孝明も事後共犯か売春幹旋幇助《ほうじょ》罪で告発する。そんな犯罪は成立しないだろうが、孝明に対する脅しにはなる。青いパパイヤと同様、孝明がアパートに盗撮カメラを仕掛けていたことを考えれば、孝明だってうすうすは、両親の裏仕事に気づいていていたはずなのだから。

週刊講文の記事を見ても、岡江夫婦や息子は小清水柚香に抗議しなかったのか。ふつうなら激高して柚香本人だけでなく、週刊講文の出版元である講文社にもクレームをつけるものだろう。

顔見知りの武蔵野庵が枝衣子に挨拶し、出前籠をもって階段をのぼっていく。主婦売春の件を金本に報告するのは、日村の意向を確認してからと思っていたが、事前に知らせてやらないとまたタヌキ親父が僻むか。

男というのは中年になっても初老になっても純情だし、とりあえず金本に報告しておこうと、枝衣子は武蔵野庵のあとから階段をのぼる。

※

契約ライターには入館証が付与されるから、四階の社員食堂を使える。出版業界の不況は今に始まったことではなく、町の書店は年間に千店近くが廃業している。雑誌や書籍の販売数も激減していて、この講文社でさえ今年度の決算は創業以来初めての赤字なのだという。

そうはいっても講文社は最大手級の出版社。食堂は広いしメニューは充実しているし、ハンバーグ定食なんか市内の半額ぐらい。海老《えび》チリ定食とか鶏肉サラダ定食なんていうのまであって、柚香のような貧乏ライターには正義の味方だ。

小清水柚香はパンの海老チリ定食をテーブルにおき、まずコーヒーに口をつける。食堂の全員にVサインでも送ってやりたい気持ちをおさえ、キャスケットの下でゆるみそうになる頬にも頬《ほお》杖《づえ》をついてやる。

週刊講文の編集部で打ち合わせてきたのは、来週の沖縄旅行。旅行といってもスクープのご褒《ほう》美《び》ではなく、〈家と人生〉という連載ものの取材なのだ。たんなる旅行よりも闘志がわくのは当然で、「よし、これでわたしも本物のプロ」という自信にもなる。

取材自体は五時間ほどのインタビューで、同行する編集者はもちろん日帰り。だけど沖縄なんか行ったことはないし、柚香自身は三泊ぐらいできないものかと、あれこれ考える。旅費は経費だから問題ないとして、あの編集長が三泊ぶんのホテル代を認めるはずはない。「遊びで仕事をするな」と一喝《いっかつ》されるのが落ちだろうし、それぐらいは柚香にも自覚はある。

でもね、取材相手から「ぜひ泊まっていきなさい」と言われたら、泊まるしかなくなるよね。相手は七十歳に近い老作家で、出身は関東なのだが何年か前に沖縄へわたり、そのまま住みつづけている。この老作家、これまでになんと四十回以上も転居しているというのだから、あきれる。葛飾北斎《かつしかほくさい》でもあるまいし、荷車に家財道具をのせて隣りの町内へ、とかいう転居だったはずはなく、その壮絶さが編集部の狙いなのだという。作品も読んだことがあるようなないような、たぶん変人だとは思うが、柚香としては「泊まっていきなさい」という言葉をひき出せればそれでいい。

取材の確認、という名目で電話をして、暗に「三泊ぐらいは」と仄めかしてみるか。しかしそんなことが編集長に知れると、大目玉。なんといっても記者生活初の連載仕事ではあるし、ここでしくじるわけにはいかない。

それでもなあ、初めての沖縄だし、なんとか方法はないものか。探せば安いホテルだってあるはずで、記者魂としても、焼失した首里城《しゅりじょう》を見ておきたい。

そうか、ついでに「首里城の取材も」と提案してみるか。

ロールパンをちぎって海老チリソースに浸《ひた》したとき、ケータイが鳴る。

「あ、卯月さん、先週はご馳走さまでした」

「お勘定は水沢さんが払ったのよ」

「本当ですか」

「知らなかったの？」

「酔っていて」

「柚香さんのスクープ祝いだと」

「うわあ、あとでお礼を言ってください」

「自分で言えばいいでしょう、お隣りの部屋なんだから」

「それもそうです」

「話は別のことなの。どうなのかしら、先週のあの記事に、岡江はクレームでも？」

「そうか、忘れていました」

連載の仕事で頭が舞いあがっていたせいか、岡江のことを忘れていた。

「言われてみれば不審《おか》しいですよねえ。当然なにか言ってくるはずで、そうしたら逆に追加取材をかけてやろうと思っていたのに、ウンでもスンでもありません」

「ある程度は予想どおりだわ。わたしもあの記事を見た岡江の反応を期待していたけど、逆だったの。岡江には事を荒立てたくない別の事情があったの」

電話の向こうで卯月刑事が言葉を切り、口の端を皮肉っぽく笑わせた例の表情を、テレパシーで柚香の脳に送りつける。たしかに美人ではあるのだけれど、あのとり澄ました顔と紋切り型の口調は冷淡すぎる。男性からはともかく、女性の人気はないだろう。

それはともかく。

「えーと、その、別の事情というのは?」

「国分寺の周辺で主婦売春が流行っていることは、知っているかしら」

「専門外なので、ちょっと」

「流行っているらしいの。係は生活安全課なんだけど、組織の首謀者は岡江晃だと思われる」

「え、え、あのおじいさんが?　どういうことです」

「岡江夫婦と青いパパイヤの室田良枝が共謀して、主婦の売春組織を運営している。詳しいことはあとで話すけど、ですから柚香さん、ここ二、三日は岡江に近づかないでね。たぶん記事へのクレームもないでしょうけれど、もしあっても無視して。岡江たちが逮捕されたらまっ先に知らせてあげるわ」

うわあ、組織的な主婦売春とはなんと、週刊誌受けする事件であることよ。それをまっ先に知らせてくれるのならまた柚香のスクープで、運もここまでくると怖い。ヒットの連発なら業界での立場は確立されて、原稿料もアップされる。

「岡江の様子を聞きたかっただけなの。クレームがないことで確信がもてたわ。次の情報に期待してね」

柚香が返事をするのと同時に電話が切られ、柚香は自分のケータイに向かって、ぺこりと頭をさげる。国分寺の主婦売春なんて初耳ではあるけれど、あの岡江ならさもありなん。どうも最初から胡散臭い感じがして、いい印象をもたなかった。奥さんのほうも必要以上にフレンドリーだったし、青いパパイヤの室田良枝なんか柚香を裸にしようとしたのだ。あのときマッサージを受けていたら、裸をビデオに撮られて、それをネタに売春を強要されていたかも知れない。

コーヒーを飲んで気持ちを落ち着かせ、深呼吸をしてから、汗ばんでいる手のひらをワークパンツの膝にこすりつける。風呂場男事件に主婦売春に来週の沖縄取材、これはもう売れっ子ライターの境遇で、躰がいくつあっても足りなくなる。

でもせっかくの沖縄なんだから、せめて二泊はしたいな。助手なんか雇える立場ではないけれど、今月いっぱいぐらい、誰かに臨時の助手を頼むか。

そうだ、隣室の水沢は今期の講義が終わったというし、窓伝いの空き巣事件を卯月刑事には伏せてくれたし、一応はナントカ学の講師なんだから、テープ起こしぐらいはできるよね。

そうだそうだ、臨時の助手に、水沢を雇ってやろう。

※

電気カーペットの温度を〈中〉にして、水沢椋は床に腕枕を組んでいる。パソコンの画面には枝衣子から送られた事件関係の資料と、枝衣子と交わした推理ごっこのデータが並んでいる。そこに小清水柚香の妄想や椋個人の感想などが書き込まれているから、四百字詰め原稿用紙換算では四十枚ほどにもなる。四十枚といえばもう梗概《こうがい》を超えて短編小説のボリューム、しかし椋が志向しているのはあくまでも美人刑事が主人公の、ハードボイルド長編ミステリーなのだ。

小説を書き始めてまず気づいたのは、登場人物には名前が必要だということ。当たり前といえば当たり前で、いつだったか登場人物のすべてがイニシャルという作品も読んだことはあるけれど、あんなものは邪道だ。

登場人物といえばまず主人公、まさか〈卯月枝衣子〉と本名にするわけにもいかず、〈水沢枝衣子〉ではなんとなく恥ずかしい。〈卯月枝衣子〉を文字だけ変えて〈宇月恵以子〉とでもしてみるか。だが書店には柚木《ゆずき》ナントカいう女たらしの探偵が活躍する小説もあるから、〈うづき〉という名前自体が紛らわしい。

身を起こし、薄めにつくってあるウィスキーの水割りで、唇を湿らせる。どうでもいいような小説の構想を練りながらの昼酒の、なんと贅沢なことか。来月から始まる新年度までは束縛《そくばく》のいっさいない長期休暇、これで今月分の給料まで出るのだから、客観的には犯罪だろう。ふつうの勤め人なら外国旅行でも、と思うのかも知れないが、椋は学生時代にインド、アラブ、東南アジア、南米にバックパック旅行をしている。エーゲ海や南米のラパスという町の美しさは記憶に残っているものの、もう一度行きたい町はない。歩いた国の歩いた街の出会った人たちの、そのすべてに記憶はあるけれど、しょせんは外側の世界なのだ。

それにしても小説というのは、こんなに面倒なものなのか。登場人物が十人いれば十人に命名しなくてはならず、そこにこだわっていたらストーリーが始まらない。とりあえずイニシャルで、というのは価値観が許さず、それに主人公や主要登場人物の名前は美しく決めてやりたい。

ストーリーのなかで人間たちは、みんな名前をもって生きるのだから。

また軽く水割りを咽に流し、またごろっと横になって、腕枕を組みながらパソコンの画面を眺める。二時間ほど前に枝衣子から〈国分寺主婦売春事件〉の情報も入ったから、それもストーリーに組み込みたい。しかし風呂場男事件に連続強姦に主婦売春事件に、加えて三十年前の殺人事件まで絡めてしまったら、どう収拾するのだ。

とりあえずタイトルだけは〈謎のプリン殺人事件〉と決めてはあるのだが。

※

ＪＲ国分寺駅から歩いてきて、ドラッグストアの前で足をとめる。駅から被害者それぞれのアパートまでは何度も往復していて、特別に目新しいものはない。三月になって陽射しは春めいているものの、午後も四時になると風が冷たくなる。

ドラッグストアの前から二階の〈青いパパイヤ〉を見上げて、それでも日はずいぶん長くなったわと、枝衣子は腕時計を確認する。

連続強姦事件の容疑者が新垣徳治と特定されたから、あとは裏付け捜査だけ。新垣は取調べの土井たちに相変わらず「事件当日は店に出ていた」と供述しているらしいが、神奈川県警では確認できていない。逆にこちらが「当日は国分寺に」という物証か目撃証言を探し出せば、アリバイはなくなる。駅や現場周辺に聞き込みをつづけている捜査員の誰かが、目撃者を見つけてくれないものか。

新垣は事件当日に、駅からA子B子C子のあとを尾行《つ》けたのではない。そのことはこれまでの捜査で分かっている。枝衣子が考えたのは「それならどこかで待ち伏せしていたはず」というもの。では、その待ち伏せ場所はどこだったのか。室田良枝からの情報で被害者たちの住所は知っていたものの、当夜の帰宅時間までは知らなかったはず。常識的には駅の構内で見張っていたのだろうが、C子事件の犯行時間を三時間さかのぼっても、新垣の映像は見つからない。

もしかしたら、と思って足をとめたのがドラッグストア前で、新垣はあの二階の窓から下の通りを見張っていたのではないか。可能性はあるにしても、壁は垂直でドラッグストアの看板も張り出しているから、よほど身を乗り出さないと下の通りは見えない。十一月から二月までの寒季に二階の窓から何時間も身を乗り出している男がいたら、さすがに通行人が気づくだろう。A子もB子もC子も駅からこの先の三差路《さんさろ》までは同じ経路、そこからそれぞれアパートのある方向へ別れていく。所用や買い物で多少道順を変えることはあっても、まず「毎日同じ道」と三人が証言している。

駅から三差路までのどこかで、被害者たちの帰りを見張れる場所はないものか。喫茶店や居酒屋や路地やビルの屋上などを検証しながら道を往復しても、「たぶんここだろう」と枝衣子の勘に訴える場所はない。新宿や渋谷の繁華街ならともかく、国分寺あたりの、それも真冬の路地に何時間もたたずんでいたら警察を呼ばれる。ましてあの新垣、沖縄出身だから寒さに弱い、ということもないだろうが、髪のサイドを刈上げにした若作りな風貌《ふうぼう》からして、それほどの忍耐力があるとは思えない。

署に帰ってもう一度防犯カメラの映像を見直すか、とつぶやきながら三差路方向へ足をすすめる。
七、八十メートルほど歩き、所轄の方向へ足を向けてふと左手側に目をやる。駅から少し離れたこのあたりには小規模なコインパーキングが点在し、三差路の左側にも十台ほどのクルマがとまっている。出入口は三差路の反対側だが駐車位置によっては三差路を見渡せる。この四カ月間、犯人は徒歩で被害者たちのあとを尾《つ》行けていたはず、という前提で捜査をしていたが、今は新垣が容疑者と特定され、青いハッチバック車を所有していることも分かっている。正直にいうと枝衣子は、〈ハッチバック車〉がどういうクルマなのか知らない。たぶんドアが四つついたセダンとは別なのだろう。
　クルマの知識はともかく、新垣が徒歩ではなくクルマを利用していたとすれば、どうなる。このコインパーキングは青いパパイヤにも近いし、離婚したとはいえ、通話記録の解析から新垣と室田良枝の関係がつづいていることは判明している。新垣がクルマで迎えに来て、たまには食事やホテルに出かけていたのではないか。そしてこの駐車場にクルマをとめておけば、寒風のなかでも二、三時間は三差路を見張れる。

　確信はなかったが、可能性を放置するわけにもいかず、二十メートルほどの距離を出入口へ向かう。無人のコインパーキングで入車側と出車側にそれぞれゲートがあり、入車側には発券機、出車側に読み取り機のようなものがついている。ペーパードライバーの枝衣子はコインパーキングなんか利用したことはないけれど、理屈は分かる。発券機横のポールには監視カメラが設置され、金網には利用料金と管理者名の看板が出ている。監視カメラの角度は三差路方向へは向いておらず、「犯人は徒歩」という前提から枝衣子もほかの捜査員も、このコインパーキングを見過ごしていた。

枝衣子はバッグのサイドポケットからケータイをとり出し、なんとなく悪寒のようなものを感じながら、管理会社の番号に電話を入れる。

※

一般市民が警察署を訪れる理由は、交通関係かそれに付随《ふずい》した会計課への手続き。少年課へは子供の非行相談が多く、ご近所トラブルやＤＶ関係の相談で地域課や生活安全課を訪ねる市民も、たまにはいる。市民生活を考えれば夜間にもそれらの相談に対応すべきなのだが、警察もたんなる役所だから、よほどの案件でないかぎり「仕事を休んででも昼間に来い」というシステムになっている。

まだ何人かの市民が残っているロビーを抜け、階段をのぼって刑事課室へ向かう。途中の洗面室から糸原絢子が顔を出し、会釈をしながらぱっちりと目を見開く。終業時間になったので化粧の上塗りでもしていたのだろう。

「糸原さん、ちょっといいかしら」

足をとめ、洗面室から五メートルほど離れた廊下の窓際に糸原を呼び寄せる。

糸原が肩をすくめるように寄ってきて、ぱたぱたと瞬きをする。カレシでもできて心が浮きたっているのか、あるいは本当に春のせいで、ホルモンのバランスが崩れたか。

「あのね、これは誰にも内緒のことなので、そのつもりで聞いてくれる?」

糸原が口を結んでうなずき、警戒するように、ひとつ息をつく。

「来月から生安の日村課長が刑事課へ移ることは、知っているわよね」

「はい、みんな言ってますから」

「日村さんにはあなたぐらいのお嬢さんがいるの。偶然に知ったことなんだけど、そのお嬢さんは筋萎縮症という病気なの。この病気のことは？」

「聞いたことがあるだけで、でも調べてみます」

「そこまでしなくていいわ。でもこの病気では筋肉の力が衰《おとろ》えて、目蓋もあがらなくなるの。意味、分かる？」

糸原が口を半開きにし、唾を飲み込んで、ぱっちりと目を見開く。筋萎縮症は金本の女房が患っている病気で、枝衣子もたまたま知っただけだからほかの人間は知らないだろう。

「この事実を知っているのは所轄でもわたしぐらい。だからぜったいに内緒よ」

「あ、はい」

「次期刑事課長の日村さんに、わたしはあなたを推薦するつもり。でもそうなるとあなたと日村さんは刑事課で毎日顔を合わせることになる。家には目蓋のあがらないお嬢さんがいる。出勤すると美しく目をぱっちりあけるあなたがいる。日村さんはどういう気持ちになるかしら」

半開きにしたままの口から、糸原がアというような声を発し、見開いた目を無理やり閉じようとする。

「そういう事情なの。でも最初に言ったとおり、口外は無用よ。この事実が署内に知れたら糸原さんの口から漏れたことになる。分かっているわね」

糸原が何度かうなずき、刑事課室へ向けかけた足を戻して、なにか言いながら洗面室へ駆け込む。少し脅しすぎたかな、とは思うが男社会の警察で仕事をするかぎり、女性警官は節度をわきまえたほうが無難。自己主張はほどほどに、しかし決めるところは決める。実際にはその加減も難しいことではあるけれど。

糸原が消えた洗面室のドアに目をやってから、ひとつため息をついて刑事課室へ向かう。ドアをあけると四人の捜査員が戻っていて、金本は相変わらずパソコンを睨んでいる。いつだったかそのタイピングを見たことがあるけれど、キーボードを打つのは両手の人差し指だけだった。

萩原も戻っていて、枝衣子はそのデスクへ歩き、ショルダーバッグからＵＳＢメモリをとり出す。メモリの内容は駐車場の管理会社に保存されていた二月の映像で、二月十七日分の映像も確認してある。

「青いパパイヤの近くにあるコインパーキングのカメラ映像なの。再現をお願い」

メモリを萩原にわたし、僻まないようにと、金本にも声をかける。

「課長、お手数ですが、ちょっとこちらへ」

金本が首をのばしてふんぞり返り、もっそりと腰をあげて、それでもうなずきながら萩原のデスクへ寄ってくる。

「国分寺の駅から現場方向へ歩いてみたんですけどね。三差路の近くにあるコインパーキングを見落としていました。犯人は徒歩という前提でしたから、誰の責任でもありません」

ほかの課員も寄ってきて、金本や枝衣子と一緒に萩原のデスクを囲む。

「萩原くん、二月十七日の分まで早送りにして」

萩原がマウスを操作し、パソコンの映像がさらさらと流れる。その間はせいぜい十五秒、萩原のパソコンが特別に高性能なわけでもないだろうに、このあたりの仕組みは分からない。

「そう、そこ、十七日の午後八時半。そこからはゆっくりと」

十七日はC子が被害に遭った日で、枝衣子が説明しなくても、状況は全員が理解している。

「入車口からクルマが入ってきます。夜間なので色は不分明《ふぶんめい》ですが、白や黒ではありません」

「おう、こいつはハッチバック車だ」

枝衣子も管理会社で教えてもらったのだが、ハッチバック車とは後部のドアが跳ね上げ式か横開きになるクルマのことで、船のハッチに由来するものだという。

「カメラは出入口付近しかとらえていませんが、入車後、運転手はゲートをくぐっていません。萩原くん、そこから九時四十五分まで早送りを」

また画面が動き、動画が通常の速度で再生される。

「もうしばらく、そう、そこです。時間は十時五分、ゲートを黒っぽい服装の男が出ていきます。ななめ上からの映像ですが、髪のサイドが刈上げになっている様子がうかがえます」

「卯月さん、専門家に依頼すれば映像の鮮明化も可能ですよ」

「萩原くんが手配して。その前にまた映像を十一時前まで早送りに」

デスクを囲んでいる全員が息をひそめ、いつの間にか戻っていた糸原も首をのばしている。その目につけ睫毛はないから、性格は素直なのだ。

「はい、十一時二分過ぎ。また男が戻ってきます。この角度からは少し顔がはっきりします。どうです、課長」

「断定はできんが、限りなく新垣に近いだろう」

「映像の鮮明化は萩原くんに任せるとして、このあとすぐ、ハッチバック車がパーキングを出ていきます。このナンバープレートも解析できるでしょう」

五秒か、十秒か。全員が身を起こし、金本がしつこく腹をさすって、そしてその腹に、ぽんぽんと腹鼓を入れる。

「やったなあ卯月くん、冗談ではなく、君の超能力が怖くなってきた」

「偶然ですよ。容疑者が新垣と特定できたからこそ、クルマを思いつきました。パーキングは被害者たちが帰宅する道筋からは逸れていて、そこにクルマをとめていたわけですから、現場付近で不審車の聞き込みをしても目撃者は出ない理屈です」

「つまりパーキングにとめたクルマから新垣は前の道を見張っていて、被害者たちの帰宅を確認した。すでにアパートは知っているから尾行する必要はない。先回りをして、物陰か階段の下にでも身を隠し、被害者が部屋のドアをあけた瞬間に襲いかかったと、そういう手順だなあ」

「映像はC子の分だけですが、前の二件も同じ手口でしょう。十時から十一時という時間もぴったり犯行時間に重なります」

「峰岸、土井と黒田は新垣を取調べ中だろう。とりあえず中断させて、二人を呼んでこい」

峰岸刑事が歓喜を我慢するような顔でうなずき、走るように部屋を出ていく。

「それから糸原くん……」

金本が糸原をふり返り、口を開くような閉じるような表情で四、五秒糸原の顔を見つめる。

「えーと、散っている連中にひきあげろと連絡してくれ。映像のことも伝えてな」

糸原が自分の席へ戻っていき、金本が肩をすくめるように枝衣子の顔をうかがってから、肉の厚い目蓋を上下させる。つけ睫毛に関する感想を言いたいのだろうが、今は聞かないでおく。

「課長、映像の鮮明化を本庁に依頼すると、時間がかかりますよ」

「分かっている。萩原、おまえが自分でできないのか」

「解析アプリがありません」

「なんだと?」

「いいですから。萩原くん、個人的に伝手《つて》はないの」

「友人に専門の人間がいます」

「課長、映像を鮮明にするだけですから、外部に依頼しても問題はないでしょう」

「卯月くんに任せるよ」

「それなら萩原くん、その専門家を手配して。USBメモリを持ち出す前に何本かコピーをね」

「すぐ連絡します」

萩原が右手でパソコンを操作しながら、左手で受話器をとりあげ、会話とパソコンの操作を同時に進行させる。刑事課のコンピュータも機能の高度化が必要だが、日村ならそのあたりも改善させるだろう。

枝衣子は自分のデスクへ戻ってバッグをおろし、首のスカーフをゆるめる。自覚はなかったが、首筋にはいくらか汗がにじんでいる。

金本が寄ってきて近くの椅子をひき出し、「よっこらしょ」と声を出しながら腰をおろす。

「卯月くん、糸原には、どう言ったんだね」

「ふつうですよ。やたらなお化粧をしないほうがあなたは可愛いって」

「ふーん、まあ、なんでもいいが」

ドアがあいて生安の日村が顔を出し、つづけて土井と黒田と峰岸が戻ってくる。土井たちはすぐに萩原のデスクを囲み、日村だけが枝衣子のデスクへ歩いてくる。

「金本さん、大きい進展があったとか」

「新垣の首根っこを押さえた。日村、今夜はまた俺が飲ませてやる」

「ありがたいんですがね。こっちも大当たりで、今夜は徹夜になりそうです」

日村が枝衣子に目配せをして近くのデスクに腰をのせ、ＯＫサインをつくって破顔する。

「あまりにもぴったり嵌まって怖いぐらいですよ。もう三人の主婦から供述がとれました」

「売春がどうとかいうやつか」

「主婦ですからね、亭主や子供には知られたくありません」

「供述しなければ家族にバラすと脅したんだろう」

「仕方ありませんよ。向こうの善意に任せていたら埒《らち》があきません。卯月さんの指摘どおり、全体の管理をしているのは岡江晃のようです。仕事の前日には岡江孝子から電話が入り、翌日の都合を聞いてきたと。都合が悪い日は次の仕事を待つそうです」

「口入れ屋みたいな商売だな」

「主婦同士はお互いの顔も名前も知らないと。ただ客はみんな年寄りで、八十を過ぎたじい様もいるようです」

「なんと、ご苦労な」

「年寄りだから暴力沙汰はないし、なにも激しくなくて、料金に文句をつけない。ホテル代を別にして一回が五万円だそうです。それを主婦と岡江が折半《せっぱん》するんだとか」

金本が口をあけて首を横にふり、日村と枝衣子の顔を見くらべながら腹をさする。五万円の料金が高いのか安いのか、もちろんそれは、商品の品質次第だろうが。

「客の手配は室田良枝がしていると思いますが、証拠はないし、主婦たちも知らないようです。でも若いやつを裁判所へ走らせました。令状《フダ》がおりれば即執行します」

裁判所の令状とは逮捕令状と捜査差押許可状と勾留状で、夜間でも当直の判事と事務官がいるから手続きはできる。主婦たちの供述があればまず、令状は発行される。

「二年も手こずっていた主婦売春が怒濤《どとう》の解決ですよ。それにしても風呂場男事件のとき、まさかこんな展開になるとは思わなかった。やっぱり卯月さんには超能力がある」

枝衣子だって風呂場男事件で臨場したとき、まさかこんな結果が出るとは思わなかった。岡江の家はひたすら無難なだけの建売住宅、夫婦もどこにでもいる年金暮らし老人で、家も庭も質素なものだった。捜査員も事前の意識があれば孝子のブランド趣味に気づいたかも知れないが、枝衣子も見過ごしたほどだから、あの時点では無理だろう。

「そういうことでね、生安《うち》は徹夜になります。二、三日内には合同の飲み会をやりましょう」

「こっちにも目処がついたし、借りていた人員は返してやる。だが日村、主婦たちには手加減してやれよ。なかにはアバンチュールもあるだろうが、ほとんどは家のローンや子供の学費を抱えてるんだからよ」

日村がうなずきながらデスクから腰をおろし、気合いを入れるように、両手でごしっと顔をこすりあげる。どうでもいいが、アバンチュールなどと、金本もしゃれた言葉を知っている。

手をふって日村がドアへ歩いていき、枝衣子はスカーフを外してジャケットも脱ぐ。空調がきいているから室温に変化はないものの、連続強姦と主婦売春が一気に解決して神経が興奮しているのだろう。両事件とも、残るのは手続きだけなのだ。

「えーと、卯月くん、なにを話そうとしてたんだっけな」

「知りませんよ。糸原さんが可愛くなったとか」

「そうだったか。なにか君に話がある気がしたんだが、忘れた。とにかくみんなが帰ってきたら明日の打ち合わせをして、今夜は早めに解散しよう」

金本が腰をあげて首をかしげ、相撲取りが退場するような足取りで自分のデスクへ向かう。たしかに懸案の事件が解決して一段落、金本にも表情以上の興奮はあるのだろうが、退職がせまってこの職場を離れるという、寂しさもあるのだろう。

萩原が席を立ってきてUSBメモリを枝衣子のデスクにおき、ロングの前髪を梳きあげながら身をかがめる。

「卯月さん、糸原さんになにかあったんでしょうか」

「みんないちいち、うるさいわね」

「はあ?」

「いいの、こっちの話」

「友人に連絡がつきました。これから持っていけばすぐ見てくれるそうです。あと三本のコピーは土井さんに渡しました」

「今夜は直帰でいいけど、一応連絡を入れて。当直は早川さんだと思うわ」

本来なら課長である金本が指示するべき事項だが、「卯月くんに任せる」というのだから、仕方ない。

萩原が「はい」と返事をして戻っていき、荷物をまとめて刑事課室を出ていく。土井のデスク周りは賑やかで、黒田や峰岸が「おうおう、なるほど」とか「もう間違いない」とか「強姦罪で再逮捕だ」とかの会話をつづけている。招集した全員が帰署するまでには三十分ほどかかるだろうが、土井たちの表情にも余裕が見える。パーキングの映像で新垣の外堀は埋められ、たとえ自供がなくとも確実に送検できるのだ。

枝衣子は席を立って糸原のデスクへ歩き、やはりパーキングの映像を確認しているその肩を叩く。

「糸原さん、先週あなた、青いパパイヤの患者名簿をチェックしていたわよね」

「はい、施術映像とリスト名を照合しました」

「映像が抜けているのは中年以上の女性で、男性患者はリストどおりだとか」

「今でも理由は分かりません」

「理由はあったのよ。映像とリストを生安の日村課長に届けてやって。日村さんから食事をご馳走してもらえるわ」

糸原が目を見開いたが、つけ睫毛を外したのでもう電波の発射はなく、枝衣子は笑いをこらえるのに苦労する。主婦売春のメンバーを集めたのは岡江孝子だったとしても、「八十を過ぎたじい様」のような客をインターネットで募集したはずはなく、その多くは整体院の患者リストと一致するだろう。歳をとって足腰が痛む。それでもセックスはしたがる男という生き物が、悲しいようでもあり、可愛いようでもある。主婦たちに「家族には知らせないから」という脅しがきいたのと同様に、そういう客たちにも同じ手法が通用する。金本は「主婦たちには手加減してやれよ」と言ったけれど、客のほうも同じで、しかしこの類《たぐい》の情報はいつかどこかで漏洩する。警察としては一件落着でも、主婦や客やその家族の何人かには地獄が待っている。枝衣子としては岡江夫婦の首さえとれればいいのだが、この案件ではすべて穏便《おんびん》に、というわけにもいかない。

「そうか、郵便局の五百万円か」

「なんですか」

「いえ、いいの。とにかく映像とリストを日村さんに届けて」

化粧に関してひと言ぐらい褒めてやりたい気もしたが、面倒くさいのできびすを返し、自分のデスクへ戻る。岡江哲也名義の五百万円をどうするか。金本に相談したところで、どうせ「俺はもうすぐ定年だ」となり、扱い自体も生安だろう。あの金が売春斡旋の利益と確定すれば国庫への没収が決まりで、それぐらいは枝衣子も知っている。枝衣子一人なら隠蔽《いんぺい》してしまってもいいけれど、預金の件は日村にも話した気がする。

こういうケースでの特例措置《そち》が、法律のどこかにないものか。民事訴訟で志緒美母子に、有利な裁定が出るような前例が、どこかになかったか。

いくら枝衣子がオヤジ殺しでも、預金の件で日村を丸め込むわけにもいかず、ここは主婦売春の捜査を見守るより仕方ない。売春の斡旋でも暴力や強制がなければ重罪ではなく、まして岡江夫婦は初犯だから、せいぜい二年以下の懲役に五年の執行猶予《しっこうゆうよ》。しかし生安でも連続強制性交への関与を追及するだろうし、岡江夫婦が自供するか、岡江のパソコンになにかのデータが残っていたら追起訴できる。

加えて三十年前の事件にも新情報が出てくれれば、と思うのはさすがに、希望的観測が過ぎるか。

みんなが戻るまで予備室でインスタントコーヒーでも飲んでこようと、枝衣子は腕を組んだまま腰をあげる。

11

昨日、卯月刑事から主婦売春の情報をもらったあと、週刊講文の編集部へ戻って編集長に報告した。意外だったのは「つまらん」という返事で、小清水柚香は落胆《らくたん》した。今の時代はおじさんがインターネットで女子小学生や女子中学生と知り合い、呼び出して監禁して性暴行とかいう事件が流行りなのだという。それぐらいのことは柚香だって知っているけれど、主婦売春だってけっこう大ネタではないのか。それに首謀者が前回の〈怨念の建売住宅、はたしてプリン事件の真相は〉の関係者となれば、スクープ第二弾としてもいける気がする。来週の沖縄までまだ時間はあることだし、とりあえず取材だけでも進めてみよう。

そう思って〈青いパパイヤ〉の一階にあるドラッグストアを訪ね、店主から室田良枝の日常などを聞いたものの、顔を合わせれば挨拶をする程度。良枝もローションやアロマオイルや、たまに風邪《かぜ》薬を買うぐらいで、店主も整体院を利用したことはないという。

おもてに出て青いパパイヤの看板や料金表を写真に撮り、二階へあがってみる。ドアに「当分治療を休みます」というヘタな字の貼り紙があり、当然ながらノブをまわしてもドアは開かない。卯月刑事に言わせると医療資格のない施設や人間が「治療」という単語を使うこと自体が違法だそうで、青いパパイヤも実態はただのマッサージ店なのだという。前回店に来たときナントカ学院の修了証書を見た覚えがあるけれど、あれは詐欺だったのか。あの日の「四十五分コースをたっぷり」という良枝の言葉が思い出され、今さらながら鳥肌が立つ。かりに売春を強要されなかったとしても、裸の映像がインターネットにさらされたら親兄弟に顔向けできなくなっていた。それは卯月刑事が扱っている連続強姦事件の被害者も同じだろう。

でもインターネットでは自分で股間や顔をさらす女が、たくさんいるんだよね。お金のためかな、アイドル気分になりたいのかな、子供のころ虐待かなにかされて、心が病気になったのかな。考えたら昔からストリッパーという職業もあるし、柚香には理解できないけれど、いつかそういう女性たちの実態や本音を取材してみようかな。

とりあえず休業の貼り紙も写真に撮り、三階への階段に目をやる。表の看板では〈中富企画〉という会社が入っているはずで、階段にも天井灯がついている。なにをしている会社かは分からないが、二階と三階だから多少の交流はあるかも知れない。ダメ元で突進するのが柚香の取材スタイルなのだ。

よし、と気合いを入れて階段をのぼる。二階と同じ鉄板のドアで〈中富企画〉というプラスチックプレートが貼ってあり、その横に三本の傘が入った傘立てがおかれている。三階建てだから階段もこの階でいき止まり、通路に傘立てを出しておいても苦情はこないのか。

壁にはインターホンもチャイムもなく、なんだか怪しい雰囲気で、それでもドアをノックしてノブを手前にひく。すぐにカレーの匂いが鼻先をかすめ、コタツに当たっている老人が見える。会社だからデスクが並んで事務員や従業員が執務しているはず、と思っていたが、人はコタツの老人だけ。沓脱から先はすぐ畳敷きになって大型テレビが据えられ、奥には台所もある。いったいこの会社は何をしているのだ。

「お食事中に失礼します。週刊講文の記者で、小清水といいます」

老人が顔だけあげてウンウンとうなずき、あがって来い、というように手招きをする。結果的に青いパパイヤも怪しい店だったし、このビルは怪しい企業の巣窟なのか。しかしいるのは老人一人、髪が薄くてでっぷりとした赤ら顔で、綿入れ半纏を着て首にタオルを巻いている。まさか暴力団の親分でもないだろう。

柚香は意を決して靴を脱ぎ、コタツの前に進んで名刺をさし出す。老人がメガネをかけて名刺を読み、すぐメガネを外して懐《ふところ》から自分の名刺をとり出す。コタツの上には案の定、出前でとったらしいカレーライスと卵スープのようなものがのっている。名刺の肩書は〈中富企画　代表　中富辰之進《たつのしん》〉。歳は七十を過ぎていて、八十歳に近いか。

「どうせ二階の件だろう。昨日も警察がきていろいろ聞いていったよ」

声には意外に張りがあり、血色もいいし目の動きにも衰えはない。コタツから動こうとしないのは、たんに面倒だからだろう。

中富がテレビのスイッチを切り、カレー皿とスープのカップをわきに寄せて、代わりに灰皿をひき寄せてタバコに火をつける。

「お嬢さん、冷蔵庫にビールが冷えている。飲んでいいよ」

「いえ、仕事中ですので。失礼ですけれど、この会社はなにを？」

「名目はビルの管理だがなあ。周辺にビルとマンションをいくつか所有している。家も小平にあるんだが、昼間は女房《ばあ》さんや孫がうるさいんでここへ避難してるんだよ」

なるほど、いわゆる土地成金《なりきん》か。指も武骨《ぶこつ》だから昔は農業でもしていたのだろう。中富企画の素性が分かって、柚香の緊張もいくらか和《やわ》らぐ。

「さっそくですが、青いパパイヤの件を」

「昨日警察に聞かれてなあ。正直に言って、驚きはしなかったよ」

「様子がおかしかったと？」

「だってお嬢さん、俺も紹介されて、四回だったか五回だったか、あれをやったもの」

「やったんですか」

「やったやった、一回が五万円でなあ。高いと思う女もいたし安いと思う女もいて、いろいろだったよ。一人気に入った女がいて再チャレンジを申し込んだら、もう仕事はやめたとかでなあ。俺も気力がなくなった」

ぷかりとタバコをふかして額に太い皺を寄せ、好色そうに、中富が柚香の顔をねめまわす。料金を払ってセックスすること自体は犯罪ではないけれど、これほど率直に自白されると気が抜ける。

「中富さん、お話を録音しても?」

「構わんよ。どうせ警察にも話している。ただもし記事にするようなことがあっても、名前は出さんでくれ。いい歳をしてばあさんが焼《や》き餅《もち》やきでなあ、まあ、会社経営者とかなんとか」

この類の記事に実名を出さないのは常識で、それは売る側も同様。それにしてもまだ焼き餅をやくという中富の奥さんも、なんだか知らないが、なんとなく凄い。

柚香はバッグからボイスレコーダーをとり出し、スイッチを入れて灰皿の横におく。

「率直にうかがいます。室田さんはそういう女性たちを、どんなふうに中富さんへ?」

「決まってるだろう、いい相手がいると」

「はあ、なるほど」

「俺も何回か青いパパイヤに掛かってなあ。膝が痛むし、まあ、二階と三階で挨拶の意味もあった。だが膝は治らなかったよ」

「その代わりに女性を?」

「そういうことだ。治療の最中にあの室田が、ちょっとなあ、つまり、妙なところをマッサージしてくるんだ。そうなりゃこっちだって立つだろう」

「立ちますか」

「立つ立つ、ばあさんが相手ではまるで立たんが、男というのは不思議なもんで、相手が変わるともうビンビンだよ」

八十歳も近いだろうに、相手が変わるというだけでビンビンというのは、恐れ入る。そういえば老人ホームでも痴話喧嘩《ちわげんか》の末に殺人という話があるから、老人業界も柚香が思うよりは生臭いのだろう。そして室田良枝は、中富に対して用いたのと同じ手法で売春の顧客を開拓していった。

中富がふっとタバコの煙を飛ばし、首のタオルをゆるめながら柚香の顔を見つめる。

「ところでお嬢さんは、処女かね」

「はあ?」

「その顔と体型からすると処女と思われる」

勝手に思うな。

「恥ずかしい話なんだがなあ、この歳まで生きてきて、俺はまだ処女とやったことがないんだよ。だからってロリコンではない。ロリコンはいかん。俺の知り合いで女子中・高生専門の男がいるんだが、いつだったか警察に捕まった」

「あのう、わたし、同棲の経験もあります」

「その顔でかね」

どういう顔だ。

「残念だなあ、お嬢さんが処女なら五十万円の価値はあると思ったが、非処女では仕方ない。十万円でどうかね」

このヒヒおやじ、殴られたいのか。

「ええと、その、やっぱりビールをいただきます」

「うんうん、俺にも一本出してくれ」

柚香は憤然《ふんぜん》と腰をあげ、台所へ行って冷蔵庫から二本の缶ビールをとり出す。相手がいくら好色でも高齢ではあるし、それに膝が痛いというからたとえ襲われても、撃退はできる。

一本を中富にわたし、また腰をおろしてプルタブをあける。生意気に、なんと、バドワイザーではないか。

中富がタバコを消してプルタブをあけ、なれなれしく乾杯の合図をする。奇妙なじい様ではあるけれど、不思議なことに、岡江のじい様より親しみが感じられる。

「わたしは性経験もありますし、躰も売りません」

「十五万円ならどうかね」

「あなたねえ、いえ、とにかく話を戻してください。室田さんから相手を紹介されたとき、容姿は確認するんですか」

「そんなことはせんよ。室田が『保証する』というから任せた。これまでの五、六人もみんな、まずまず見られる顔だった。商売女とちがって、なかなか乙《おつ》でなあ」

さっきは四、五人と言わなかったか。

柚香は半分ほど一気にビールをあおり、お仕事お仕事と、自分に言い聞かせる。

「室田さんが二階に整体院を開いたのは、四年ぐらい前ですよね。もうその直後から怪しいマッサージを？」

「開店直後に挨拶代わりということで、治療を受けたがなあ。そのときは指圧とマッサージだけだった。股間になにをしてきたのは、しばらくあとだったよ」

何度か治療をしながら、室田良枝は相手の素性や経済状況を確認したのだろう。ずいぶんうまい手口を考えたものだ。

「話が決まって、実際になにをするときなんですけどね、連絡などはどのように？」

「室田がこっちの都合を聞いて、そうすると何時間かあとに連絡がくる。何日の何時にどこそこのホテルに、山田《やまだ》という名前で部屋をとれとなあ。俺なんかここへ呼んでも構わんのだが、普通はそうもいかんだろう。室田も女をこのビルへ呼ぶのはイヤがったよ」

ごもっとも。頭のすぐ上で売春されたら室田良枝も落ち着かなかったろうし、普通の男性には家庭や仕事がある。主婦の側も理屈は同じで、両者が秘密を守るシステムになっている。

「お客さんたちはどうなんでしょうね。女性たちがどういう仕組みでホテルへ来るのか、知っていたんでしょうか」

「そんなことを知る必要がどこにあるね。商品に問題がなければ、それでいいんだから」

それもそうだ。

「これまでそのシステムがバレなかったのは、なぜでしょう」

「客と女たちの条件がマッチしていたという、そういうことかなあ。会ったとき彼女たちも名乗りはしたが、どうせ芸名だろう。個人的な連絡もいっさいできなかった。ケータイ番号のやりとりも厳禁で、一人気に入った女がいて酒や食事に誘ってみたんだが、軽く断られた。これまでの七、八人もみんなガードが堅《かた》かったよ」

最初は四、五人で次が五、六人で今度は七、八人。このじい様は何回なにをしているのだ。

「最後になりますが、室田良枝さんの人となりに関して、感想のようなものを」

「人となりというのは」

「会ったときの印象とか、性格的な特徴とか」

「ちょっと派手好きでおしゃべりな感じはあったなあ。聞いたことはないが、あれは水商売の経験がある。そういうところには目が肥《こ》えてるんだ」

「はあ、そうですか」

「お嬢さんは彼女と面識が？」

「一度だけ」

「それなら知っているだろう。あの女は顔の皮膚が厚い」

「そうでしたかね」

「吉永小百合《よしながさゆり》は知っているだろう」

「面識はありませんけど」

「俺の若いころは吉永小百合がトップスターでなあ。でも俺は好みじゃなかった。彼女は顔の皮膚が厚いからな。たとえ美人でなくても顔の皮膚が薄い、お嬢さんみたいな女が好きなんだよ。二十万円でどうかね」

ダメだな。このまま値段をあげていかれると、どこかで「はい」と言ってしまいそうで自分が怖い。それに「たとえ美人でなくても」という発言は、さすがに犯罪レベルでしょう。

柚香はえいっとビールを飲みほし、ボイスレコーダーのスイッチを切って、尻をコタツから遠ざける。国分寺のどこか暗いところで中富を見かけたら、うしろから頭を殴ってやろう。

※

刑事課室のドアがあいて生活安全課の日村が入ってくる。新垣の逮捕容疑は連続強傷から連続強制性交に変更され、アリバイもくずしたので課員の半分は代休をとっている。この逮捕でまた最長二十日間の身柄拘束が可能となり、かりに黙秘をつづけられても映像ディスクという物証があって、かつコインパーキングの映像もある。萩原が専門家に依頼した映像の鮮明化で、ハッチバック車のナンバープレートも確認できている。

日村が枝衣子のデスクへ歩きかけ、ちょっと肩をすくめて、金本のデスクへ向かう。

「卯月さんはどこかへ?」

「今日は午後出勤《で》だ。俺じゃあ用が足らねえのか」

「いえ、そういうわけじゃないんですが、ちょっと、面倒なことが」

金本と日村は同じ課長職で階級も同じ警部、しかし十年ほどの先輩後輩関係があるから、言葉遣いが体育会系になる。

日村があいている椅子を金本のデスクまで押していき、腰をおろして身をかがめる。

「例の主婦売春関係なんですがね、これが大当たりで、岡江のパソコンには客と主婦側のリストがずらり。主婦の名前から年齢から住所、加えて旦那の勤務先やら年収まで、見事に調べてありましたよ。客側のリストも同様でね、パソコンというのは便利な反面、犯罪の動かぬ証拠になってしまう」

「岡江はそのリストを使って強請《ゆすり》でもやっていたか」

「その様子はありません。たんに几帳面な性格だという、つまりなんというか、一種の趣味じゃないでしょうかね。自分が他人の人生を支配していると思い込みたい、まあ、サイコパス的性格というか」

「だがそれで事件が解決したんなら、いいじゃねえか。卯月くんに感謝することだな」

「それなんですよ、もちろん感謝はしているんですが」

椅子をまたデスクへ近寄せ、いっそう身をかがめて、日村がくっと咽を鳴らす。

「売春の主婦リストとは別に、整体院の顧客リストも提供されたんです。そのリストのなかに横山宇平の名前がありました」

「横山宇平？　なんだ、それ」

「横山宇平ですよ。先週金本さんに奢《おご》られたとき、土井が言ったでしょう。元文科省の次官で、貧困の実態調査がどうとかの」

「あの横山……」

金本が途中で言葉を呑み込み、一度ふんぞり返ってから、すぐ自分から日村に身を寄せる。

「妙な名前が出てきたなあ」

「横山が通っていた出会い系バーが新垣の店で、横山は青いパパイヤでも客になっている。まさか偶然ということはないでしょう」

「横山は主婦も買っていたのか」

「そっちのリストにはありません。岡江のパソコンにも資料はなかったから、売春とは無縁だと思います。ですがねえ、室田が有名整体師とか特殊な技術があるならともかく、実態はタイ式マッサージみたいなものでしょう。そんな店に元文科省次官ともあろう者が、のこのこ通うものなのか」

「横浜から国分寺だものなあ。本当にどこかが悪かったとしても、横浜にはまともな整体院がいくらでもあるだろう」

前かがみで腹が苦しいのか、金本が身を起こして肩で息をし、肉の厚い目蓋を何度かぱちくりさせる。

「峰岸、土井はどこへ行った」

「さっきまでいましたけどね。タバコ休憩じゃないですか」

「なんでもいいや。ケータイに電話して、すぐ戻るように言ってくれ」

峰岸が電話に手をのばすのを確認してから、金本が腹をさすり、ちっちっと舌を鳴らしながら日村のほうに眉をひそめる。

「横山宇平なあ、かんたんに事情聴取というわけにも、いくめえなあ」

「天下りの斡旋でクビといったって、懲戒ではなくて辞職ですからね。一応は立派な経歴です。どうせまだ文科省ともつながっている」

「署長から話を通してもらうしかねえが、峰岸、土井はどうした」

「すぐ戻るそうです。今……」

ドアがあいて土井が顔を見せ、固太りの肩をゆすりながら金本のデスクへ向かう。走ってでも来たのか、鼻の頭には薄く汗が浮いている。

「なんです、新垣が全面自供でもしましたか」

「あいつの自供なんかどうでもいい。日村が妙なリストを見つけちまった」

「見つけたのは卯月さんですよ」

「お前が握りつぶしてもよかった」

「そんな、無茶な」

「土井、先週飲んだとき、横山宇平という名前を出したなあ」

「元文科省次官のね」

「その横山が青いパパイヤにも掛かっていたんだとよ」

土井が一瞬目を見開き、金本と日村の顔を見くらべて、手の甲で鼻の頭の汗をぬぐう。

「偶然ですかね」

「偶然で横浜から国分寺へは通わねえさ。まして整体院の経営者は新垣の元女房だ。横山の評判はどんな？」

「次官までやったぐらいだから、有能ではあったんでしょう」

「有能すぎて貧困の実態調査か」

「文科省を辞めたあとは講演会なんか開いて、政府の機密情報を暴露しているようです」

「庇ってもらえなかった恨みだろう」

「退職金はもらえましたが、天下っていたらあと二、三億円は稼げたはずですからね」

「情けねえ。高級官僚なんてのは善《よ》かれ悪《あ》しかれ、職務上知った機密は墓場まで抱え込むものだ。有能だったかも知れねえが、人間としては下司《げす》野郎だなあ」

金本が腹をさすりながら顔をしかめ、壁や天井や何人かの課員を見渡してから、ぶるんと首の肉をふるわせる。

「貧困調査スキャンダルのときは、実態を文科省と内閣官房がもみ消したんだよな」

「女も七、八人はいたそうですから、金もかかったでしょう」

「女を裸にして酒を飲んだ、だが性交はしていねえ」

「それは事実のようです」

「どういうふうに裸にしたんだ」

「知りませんよ。わたしは新垣の捜査をしに行ったんですから」

「主婦は買ってねえからそっちはセーフ。腰や足が痛くて整体を受けたところで、それも問題にはならねえ」

「ですが金本さん、横山が整体を受けた日時と、A子こと大賀沙里亜が青いパパイヤにいた日時が重なるんです」

「なんだと?」

「たぶん二人は顔を合わせています」

「ばか野郎、最初からそう言え。いつもいつもお前はそういう……で、B子とC子は」

「日時は別ですが、二、三日後ぐらいに横山はやはり、青いパパイヤへ」

「A子とは整体院で顔を合わせた。B子とC子は顔を合わせなかったが、盗撮カメラの映像で顔や躰は見られたと、そういう理屈か」

「可能性の問題ですがね」

「室田良枝はどうした、再逮捕したのか」

「泳がせています。岡江のパソコンがあるので急ぐ必要もないかと」

土井がハンカチをとり出して顔の汗をふき、金本と日村のあいだに肩を割り込ませる。

「つまり、あれですか、強姦魔は新垣ではなくて、横山宇平だったと」

金本と日村が何秒か黙り込み、三人がお互いの顔を見くらべて、最後に金本がぽんと腹をたたく。

「横山はとっくに六十歳を過ぎている」

「年寄りにもヘンタイはいますけどね」

「俺のことか」

「いえ、そういうわけでは」

「だいいちコインパーキングの映像と矛盾するじゃねえか。新垣の供述はどうなった」

「さすがにあの映像で観念したようです。ですが逮捕理由を強制性交から強制わいせつに変更しろと」

「新垣が自分でか」

「弁護士に入れ知恵されたんでしょう。罪を軽くしたいと、あれやこれや」

「卯月くんじゃねえが、そんな変更を認めるわけにはいかねえ」

「卯月さんは横山宇平のことを知ってるんでしょうかね」

「知ってたら最初に言ってるさ。俺だって土井に聞いていなければ、横山なんか思い出しもしなかった」

「卯月さんに連絡しますか」

「課長はまだ俺だぞ」

「はあ、まあ」

「とにかく土井はこれから、誰か連れて横浜へ飛べ。横山と新垣はただの客と店主なのか。それ以上のつながりがあるのかどうか。非公式の噂話でもいいから、聞けるだけの話を集めてこい」

土井が肩までゆすって返事をし、金本と日村に黙礼して自分のデスクへ向かう。捜査員の半分ほどは代休をとっているが、部屋には萩原と峰岸がいる。

日村が少し椅子を遠ざけ、天井をあおぐように、大きく息をつく。

「面倒なことになりましたねえ。署長にはとぼけてしまいましょうか」

「それができれば苦労はねえ」

「強姦魔は新垣で決まりなんでしょう。生安《こっち》は岡江夫婦を逮捕して送検は確実、どうせ実刑にはならないでしょうが、国分寺の主婦売春組織は壊滅《かいめつ》できます。刑事課も新垣の容疑を強制わいせつに変更して、一件落着にしてはどうです?」

「日村、卯月くんを前に今と同じことが言えるのか」

「それはだから、金本さんが適当に」

「女は男より性暴力に厳しい。そうでなくてもこの四カ月、こっちは新垣に翻弄されたんだぞ。『はい、取引しますから自白してください』では済まされねえ」

「そうはいいますが、妥協だって必要ですよ。とにかく犯人は捕まえたんだし、強制わいせつでも新垣の実刑は確実でしょう。そのほうがすっきり新年度を迎えられます。横山の件にも触れなくて済むし、それが大人の判断ですよ」

金本が口を開いてなにか言いかけ、日村の顔をひと睨みして口を閉じる。強制わいせつを新垣に認めさせればたしかに一件落着、送検も起訴も裁判も手順どおりに進行し、新垣には前科もあるから実刑は確実。ある意味ではそれが大人の判断なのだろうが、定年をひかえた今でも、金本には大人になり切れない部分がある。

「元文科省次官といえば、一応は大物だ。所轄で判断できる事案《こと》じゃねえ。名前が出てしまった以上……」

そのとき内線の電話が鳴り、金本が「はい、はい」と二度返事をしただけで、受話器をおく。土井が峰岸を伴って部屋を出ていき、金本はそのうしろ姿を確認してから、日村に向かってウインクをする。

「どういうタイミングか知らねえが、署長様がお呼びだ。日村、一緒に来い」


所轄の署長職には若手のキャリアが研修として就く場合と、本庁捜査一課の課長を務めたノンキャリアがご褒美として就く場合がある。どちらも任期は二、三年でノンキャリアはそのまま退職、若手キャリアは本庁へ戻っていく。この習慣は警視庁以外の他府県警でも同様で、署長の仕事は防犯協会や地元有力者などとの懇親《こんしん》が主だから、事件現場に出ることはない。所轄の捜査員からはお客さん扱いされ、本人たちもそれは心得ている。

日村が署長室のドアをノックし、返事を待ってドアをあける。金本と日村がつづけて入室すると、後藤署長はすでに一人掛けのソファに身をおき、背筋をのばすように縁なしのメガネを光らせてくる。広い部屋に革張りのソファが据えてある理由は捜査員たちとの会議用ではなく、地元有力者たちとの懇親用。規模の大きい所轄では秘書官がつくこともあるが、国分寺署では署長が自分で予備室や給湯室を徘徊《はいかい》する。

署長という肩書に挨拶をして、金本と日村がソファに腰をおろす。当然ながらテーブルに灰皿はなく、茶の用意もない。

「日村さん、主婦売春が解決したようで、ご苦労様でした。国分寺は文教都市ですからね、ああいう組織がはびこっていることは遺憾《いかん》でした。今後とも風俗関係の取締りは厳しくお願いします」

後藤が膝をそろえたまましもぶくれの顔を金本に向け、こちらにも満足しているように、深くうなずく。

「金本さんもご苦労様でした。難解な事件で、一時は心配もしましたが、これで私も落ち着けます」

にっこりと笑い、後藤が背広の内ポケットに手を入れて白い封筒をとり出す。

「これは先日お約束した捜査協力費からの支出です。領収書はいりません。せっかく大事件を解決したのにマスコミ発表ができませんでした。皆さんは不本意でしょうが、事件の性質上仕方ありません。そのあたりはよろしくご理解ください」

わたされた封筒には右下に小さく〈十万円〉という文字が入っていて、一応ありがたくいただき、金本は背広の内ポケットにおさめる。土井には「立川あたりのキャバクラへ」と言ってやったが、十万円で十人の部下をキャバクラへ誘えるはずはなく、どこかのレストランでお茶を濁《にご》すより仕方ない。

「話は変わりますが、新垣容疑者についている宮崎弁護士は大学の先輩なんですよ。その宮崎さんにさっき、耳打ちされたんですが」
二、三秒の間をおき、金本の表情を確認するように、後藤が少し身をのり出す。
「三人の被害者、大賀沙里亜さんと今永聡美さんと遠山香陽子さんはそれぞれ、新垣容疑者から二百万円の慰謝料《いしゃりょう》を受けとったそうです」

日村がぽかんと口をあけ、金本も大きくのけぞったが、二人の口から言葉は出ない。新垣だってやっと犯行を認め始めたところだというのに、慰謝料というのは、どういうことだ。

金本がやっと体勢を立て直し、肉の厚い目蓋を、無理やり見開く。

「お言葉ですが、署長、状況を理解できかねます」

「私も詳しくは知りません。ただ宮崎さんから話を聞いただけなので」

「だって新垣は連続強制性交を、強制わいせつに変更しろとゴネている段階なんですよ。慰謝料なんか払ったら罪を認めたことになる」

「理屈はそうなりますね」

「そんな、バカな。まだ完全自供もしていないのに、被害者に慰謝料なんて、そんなことはあり得ない。宮崎弁護士が署長をからかったのでは？」

「宮崎さんはそういう方ではありません。慰謝料は事実でしょう」

「だいいち逮捕されている新垣が、そうか、弁護士事務所か。たしか、横浜の加藤法律事務所とか、しかし、なんだってそんなことを。それに被害者たちはどうして、金なんか、受けとってしまったのか」

金本の首周りで贅肉《ぜいにく》が波打ち、つき出た腹も波打って、しばらく荒い呼吸がつづく。強制性交は非親告罪だから示談は成り立たず、それは強制わいせつも同様。しかし強制わいせつでは容疑者側から被害者側への金銭提供で、検察が不起訴にする場合がある。法律的な解釈は別にして、実質的には示談なのだ。

「そうか、それで新垣はのらりくらりと、時間稼ぎをしていたわけか」

「私に捜査のことは分かりません。金本さんから報告を受けていただけです」

「署長、さすがにこれは、まずい」

「ですが警察側から被害者に、受けとった金を返却しろとは言えませんよ。金銭の授受は民事案件になりますから」

「そうかも知れないが、下手をすると新垣に逃げ切られてしまう」

「金本さんたちが頑張って強制性交を立件すれば、逃げ切りは無理でしょう」

「しかしすでに金が渡っていては。新垣のどこにそんな金があるのか。あいつの経済状況はかつかつのはず。三人に二百万円なら合計で六百万円。新垣にそんな金は……」

「弁護士事務所の立て替えでしょうかね。なぜ立て替えたのか、理由は知りませんが」

金本が我慢できなくなったように腹をさすり、それからウームと唸って、最後にひとつ、「くそっ」と言いながら腹をたたく。

「横山宇平か」

「なんのことです?」

「私のほうから報告にあがるところでした。この事件には、横山宇平が絡んでいる」

「誰です、横山宇平というのは」

「元文科省の事務次官で、貧困問題の研究に熱心なやつがいたでしょう。一時週刊誌で騒がれた」

後藤がメガネの縁をおさえて眉間に皺を寄せ、しもぶくれの頰をぴくっとふるわせる。

「あの横山宇平氏ですか。事件はいつの間にかうやむやになりましたね」

「文科省と内閣官房がもみ消したようです。それはともかく、横山が通っていた出会い系バーというのが、新垣の店だった。横山と新垣はそのころからつながっている。今度もたぶん、加藤法律事務所に手をまわしたのは横山宇平でしょう」

「かりにそうだとしても、横山氏がなぜ」

「これから調べます。横山は前の事件で新垣に借りがあるとか、あるいは弱みを握られているとか。あるいはまた……」

「金本さん、さすがにそれは」

日村が金本の膝に手をおいて首を横にふり、後藤と金本に肩をすくめてみせる。

「話が大きくなりすぎますよ。署長には立場があるんですから」

「その立場にものを言わせるのが署長の仕事だろう」

「お二人とも、まあまあ。要するに私が本庁の刑事課に、横山氏の現状を問い合わせればいいわけですね」

「神奈川県警にもお願いします」

「やってはみますが、文科省や内閣官房が絡んでいるとなると、私の手に負えるかどうか。まあ、先輩の伝手も探してみますが」

国分寺署では署長様でも本庁へ戻ればキャリアの下っ端、先輩の伝手がどういうものかは知らないが、金本としては期待するより仕方ない。

「金本さんねえ、さっき私が言ったように、新垣を強制わいせつで送検して、あとは上層部《うえ》に任せたらどうです。それが一番穏便ですよ。ヘタをすると国分寺署にとばっ尻《ちり》がくる」

「そう思うなら最初から、リストを握りつぶせばよかったろう」

「だってうちの案件ではなくて、刑事課の案件ですから」

「卯月くんにそう言ってやれ。お前なんか彼女の呪いで、今月いっぱいも生きていられねえぞ」

「よしてくださいよ、縁起でもない」

「とにかく卯月くんが来たら相談してみる。彼女ならまた超能力を出してくれるかも知れん」

「お二人ともそういうことで、横山氏の件はしばらく様子を見ましょう。新垣が事件の実行犯であることに変わりはない。あとは手続きの問題です。国分寺署としては一件落着しているわけですからね」

表面的にはそのとおりでも、強制性交と強制わいせつでは次元がちがう。後藤や日村のように〈辻褄《つじつま》が合えばそれで決着〉という判断にも一理はあるが、卯月枝衣子警部補はそんな妥協を、受け入れるかどうか。

「弁護側の動きは分かりました。こちらも横山の件はご報告済み、あとのことは追々《おいおい》ご相談するとして」

後藤が口のなかで「はい」と返事をし、会談終了というように、両膝に手を添えて軽くうなずく。

「それはそれとしてですなあ、署長、そろそろ例の件を、卯月くんに」

「本庁の件ですね。あれは断りを入れました」

「なんだと？　いや、失礼、しかし」

「卯月さんは来年度も国分寺署の刑事課に残って、日村さんを補佐すると決まったわけでしょう」

「決まった？　いつ」

「日村さんからそう報告を受けました。ねえ日村さん」

日村がソファの向こう側に尻を遠ざけ、顎の先を左右にふって、金本のほうに顔をしかめる。

「日村、今の話は本当なのか」

「だいたいは、そんなような」

「だいたいというのは？」

「ですから、卯月さんは、人事に口は出さないと」

「卯月くんに人事権はねえんだから、当たり前だろう」

「それは、まあ」

「もしかして、日村？」

金本が日村に膝を突きつけ、のしかかるように肩を怒らせて、尻を移動させる。

「お前、卯月くんを騙したのか」

「騙すなんて、とんでもない。ちゃんと来年度からの構想を説明して、協力してくれるように頼みましたよ」

「本庁からの件も説明したんだろうな」

「それは、ですから、正式に一席設けて、その席で説明しようと」

「つまり本庁の件を知らせねえで、ただ来年度の構想だけを説明したと？」

「結果的には、なんというか、そういうことに」

「それを騙したっていうんだ。バカ野郎」

「まあまあ、金本さん、落ち着いて」

「落ち着けだと？　署長、あんただって自分で卯月くんの意向を確認すると言ったでしょう」

「そうかも知れませんが、日村さんから、卯月さんは了解したと報告されたので」

「それでも本人に直接確認するのが署長の仕事だろう。所轄内での異動ならともかく、所轄から本庁への転属は次元がちがう」

「しかし、すでに、断りの返事をしてしまいました」

「キャリアのあんたに現場警察官の気持ちが分かるのか。卯月くんにとっては、人生を左右する問題なんだよ」

「金本さん、署長に向かってそういう言い方は、いくらなんでも」

「種をまいたのはお前じゃねえか。この始末をどうする」

「だから前々から、金本さんにも卯月さんを説得するようにと、頼んでいたわけで」

「俺はちゃんと、卯月くんの気持ちが最優先と言ったはずだぞ。だいいちこんな騙し討ちをされて、来年度から卯月くんが気持ちよくお前に協力すると思うか。冗談じゃなく、そのうち呪い殺されるから、今から覚悟しておけ」

金本がぐいっと腹をつき出し、しかし日村には襲いかからず、妙にのっそりと腰をあげる。

後藤がソファの背に身をひき、日村が背もたれに手をかけて躰を硬くする。

「署長、部屋に灰皿ぐらいは用意すべきですな。世の中には禁煙が好きな人間だけとは、限らない」

一度ずつ後藤と日村の顔をねめつけてから、金本が腹をゆすって歩き出し、そのままドアをあけて署長室を出ていく。

後藤と日村がお互いの顔を見つめあっていたのは、十秒ほどか。

やがて後藤が一人掛けのソファに座りなおし、咽仏を上下させて、縁なしのメガネを右手の中指で押しあげる。

「日村さん、署長室に灰皿を用意するという金本さんの提案を、どう思われます？」

※

枝衣子が目を覚まさないように、椋は布団のなかから手をのばしてワインのボトルをひき寄せる。カーテンの隙間から街灯の明かりがさし込み、壁に掛けた枝衣子のジャケットを浮きあがらせる。スカートもバッグもすべて壁のフックに始末されているが、下着は脱ぎ散らかされている。

そういえばいつだったか、インターネットで「女性の七割はブラジャーをつけて眠る」という統計を見て啞然とした覚えがある。あんなものを胸に巻いて寝たら息苦しいだろうに、だいいちブラジャーをつけたまま寝る女なんかに、会ったことはない。しかしすぐ思い直したのは、椋と一緒に寝るとき相手はつねにブラジャーを外している状況にあるわけで、「会ったことはない」のは当然だったのだ。

ワインを口に含みながら、なぜそんなつまらないことを思い出すのだろうと、椋は自分のお気楽さに苦笑する。三日前は枝衣子のマンションで来月からの予定を話し合い、「いっそのことあなたがこの部屋へ越してきたら?」とかの提案も受けた。三鷹から警視庁本庁のある桜田門《さくらだもん》まではJR中央線で都心まで出て、あとは地下鉄。たいした距離ではないけれど、国分寺とは反対方向になる。捜査一課の管掌は奥多摩から小笠原《おがさわら》までの広範囲だから、事件によっては帰宅できない日もあるだろう。「あなたがお料理のレパートリーを増やしてくれれば、わたしにも好都合」とか言われ、どこまで本気だったのかは知らないが、椋も頭の隅でそんな日常を空想した。

その平和でささやかな予定を、世間知らずのキャリア官僚が帳消しにしたのだ。枝衣子は涙を滲《にじ》ませただけだったけれど、椋のほうが激怒した。その怒りが夜中を過ぎてもおさまらず、眠れないままワインのグラスを口に運びつづける。本庁への転属がご破算になったところで、生活はこれまでどおり。これまでどおりなら、どこに問題がある。生活のシステム自体に問題はなくとも、枝衣子の無念さには誰が責任をとるのだ。捜査一課への転属は枝衣子の悲願でもあり、多少強引な面はあるにせよ、誠実《せいじつ》に職務を果たしてきた。金本という課長のことは知らないが、その上司も枝衣子の能力を認めていた。それを〈お客さん〉として署長の椅子に座っているだけの若造に踏みにじられたのだ。椋なんかその若造に殺意まで覚え、実際には殺せないまでも、どこかで袋叩きにしてやるか、ぐらいのことは考えた。椋と枝衣子の関係を知っているのは隣室の柚香だけ、いつも無料《ただ》ビールを提供していることではあるし、口止めをすれば椋の犯行はバレない。

枝衣子が椋の腰に脚を絡めてきて、顎の下に額を押しつける。今夜は風呂にも入らずにセックスをしたから、髪から汗が匂う。

「すまない、起こしてしまったか」

「眠ってはいなかったの、疲れていただけ」

「飲みすぎたかな」

「あなたのほうこそ。そのワイン、三本目よ」

「君は目をつぶっていてもワインの本数をかぞえられる。警察官なんかやめて、テレビにでも出るか」

くすっと枝衣子が笑い、首をのばしてきて、口を半開きにする。椋はその口に、自分の口からワインを移す。

「透視術を売り物にする女芸人と、売れないミステリー作家ね。あなたには広告会社の経験があるし、本が売れるまでマネージャーをすればいいわ」

また枝衣子が唇をひらき、同じように、椋がワインを口移しにする。美人透視術師にそのマネージャー、枝衣子なら人気が出ることに間違いなく、世界をまわりながらゆくゆくはラスベガスの舞台に、とかの妄想が浮かんで、思わず笑ってしまう。

「なあに?」

「いや、おれもずいぶん気楽な人間だと思って、自分に呆れた」

「あなたの気楽さは世界を救う。でも今は、わたしだけを救ってほしい」

椋の腰に絡んでいた枝衣子の脚に力が入り、下腹が押しつけられて、唇が椋の腋の下から胸のほうへさがっていく。椋は枝衣子の肩を軽く噛み、その腰に腕をまわして、自分から強く下腹を押しつける。

隣室でなにか物音がしたが、ビールを飲みすぎた柚香がトイレにでも行ったのだろう。

12

代休をとるつもりの捜査員もいたらしいが、招集がかかったので刑事課の全員が顔をそろえている。枝衣子も飲みすぎの二日酔いではあるけれど、朝風呂と頭痛薬と口臭除去剤の完全武装でデスクについている。ジャケットとスカートは前日と同様でも、ブラウスや下着類は椋の部屋でかえてあるから、外泊はバレないだろう。バレたところで、他者をはばかる必要もないのだが。

金本が冬眠から目覚めたクマのように腰をあげ、デスクを捜査員側へまわってきて、よせばいいのに、無理やりそのデスクに尻をのせる。

「顔がそろったようだから、これから俺が演説をぶつ。聞きたくもなかろうが、みんなちょいと手を休めてくれ」

最初から全員がそのつもりで出勤しているので、それぞれが椅子の向きを金本のほうへまわす。研修の糸原を入れても十一人、ずいぶん少人数の課だったのねと、枝衣子はあらためて捜査員たちの横顔を確認する。

「話はこの四カ月捜査をつづけていた連続強傷の件だ。連続強傷は表向きの発表で、実際は強姦事件だった。そんなことは説明するまでもねえし、容疑者として新垣徳治の身柄も確保した。新垣の部屋から被害者たちを撮影した映像も発見されて、国分寺のコインパーキング映像でアリバイもくずしている。犯行自体はこれで立証できるわけだが、以降の手順というか、処理というか、そこに面倒が出てきた。卯月くん、そのあたりをちょいと解説してくれないか」

解説としては横山宇平の存在周知が順序だろうに、土井より先に枝衣子を指名したのは金本が、〈本庁事件〉でひけめでも感じているのか。転属のご破算が金本の責任でないことぐらい、枝衣子にだって分かっている。

「強姦の実行犯が新垣であることまでは確実と思われます。ですがここに横山宇平という存在が浮上しました。横山宇平に関しては土井さんが詳しく調べていますので、まず土井さんから説明してもらいます」

不意を突かれたわけでもないだろうに、土井がオッと声を出し、枝衣子と金本の顔を見くらべながら椅子を半回転させる。

「詳しくってほどではないんだが、横浜でいろいろ耳にした。この横山宇平って名前、知らないやつはいるか」

糸原と三人の刑事が小さく手をあげ、どこかで椅子の音がきしむ。枝衣子だって昨日土井と金本に説明されて思い出したぐらいだから、元文科省事務次官の名前など、ふつうは誰も知らない。

「もう二年以上も前になるが、貧困の実態調査で有名になった元文科省の次官だ。貧困調査の対象は出会い系バーでひっかけたネエちゃんたち、バーは新垣が経営するベイ・スターで、横山と新垣はそのころからのつながりらしい」

説明が理解されていることを確認するように、一度課員を見まわしてから、土井がつづける。

「週刊誌でもちょっと話題になって、調査対象になったネエちゃんたちもインタビューに『おじ様は静かに話を聞いてくれるだけで、性的関係はなかった』とか答えた。だがそんなのは誰が見てもインチキ。本物の貧困調査ならそのへんのホームレスでも観察すればいいわけで、わざわざ出会い系バーのネエちゃんに聞く必要はない。神奈川県警も女を七、八人まで特定して、実際は横山がひっかけたのではなく、新垣が斡旋していたもの、というところまではつき止めた。ただそこに、内閣官房と文科省が口を出してきたという。横山は天下りの口利きで次官職を辞したものの、官僚のトップを務めた男で、それ以上貧困の実態調査事件が騒ぎになると文科省だけではなく、政権の恥にもなる……とまあ、それは神奈川県警のある筋が、推測として囁《ささや》いたことなんだけどな。県警も政治にかかわるのは面倒なので、それ以上の捜査はしなかったという」

離れた席で早川という若い刑事が手をあげ、半分ほど腰を浮かせる。

「その、女たちのコメントがインチキだとすると、実際は、性的関係まであったと？」

「そこが話の面倒なところで、あとで卯月さんが説明すると思うが、本当に性交自体はなかったらしい。早川、性交の意味は分かるか」

何秒か部屋が静まり返り、それから一斉《いっせい》に苦笑がもれて、早川も腰をおろす。

「内閣官房や文科省が口を出すといっても、お偉いお役人様が直接介入したわけじゃない。下請けというか、仲介人というか、その役目を負ったのが横浜の加藤法律事務所だ。今新垣についている宮崎という弁護士も加藤法律事務所、もう関係は見え見えだろう。まさか今回の事件にまで内閣官房や文科省は介入しないだろうが、弁護士経由で横山と新垣はつながっている。証拠もないし、もちろん弁護士に証言させることも不可能。だが弁護費用は横山が出しているはずだし、被害者の三人にはすでに、それぞれ二百万円の慰謝料が払われている。当然だがこの金だって……」

糸原が「はい」と手をあげ、一緒に腰まであげる。席は最後列だから、躰ごとそちらへ椅子をまわす捜査員もいる。

「そんな、いくらなんでも、それは不審《おか》しいです。慰謝料なんか受けとったら、示談にされてしまいます」

「非親告罪だから示談にはされない。そのあたりも卯月さんが……」

「ちょいと待て」

金本がデスクに尻をのせたまま腹をさすり、さすがに体勢が苦しいのか、後ろ手に重心を支える。

「糸原くん、まあ、座れ」

糸原が腰をおろしたのを見て、金本が肉の厚い頬をゆがめる。

「この二百万円だがなあ、聞いたときは俺も愕然《がくぜん》とした。糸原くんの言うとおり、こいつは完全に、弁護士側のルール違反だ。だが違法かというと、そうでもねえ。土井は慰謝料と言ったが、確認してみると名目は〈お見舞金〉だった。これは民事の問題で、警察は口を出せねえ」

早川が手をあげ、今度は腰を浮かせずに発言する。

「なぜ被害者は金なんか受けとったんです。受けとればどんな形にしろ、犯人側が有利になることは分かっていたはずです」

「お前でなくてもそう思うさ。俺だって『なんてバカなことを』と腹も立てた。だがなあ、この二百万円という金が大金なのか、はした金なのか、人によってそれぞれだ。正確な数字は忘れたが、日本には非正規労働者が二千万人以上もいて、そいつらがみんな年収二百万円前後で暮らしている。それを考えると〈見舞金〉を受けとってしまった被害者たちを、非難するわけにもいかねえ」

「ですが」

「早川の気持ちは分かる。ほかのみんなもどうせ同じ気持ちだ。そのことも含めて、あとは卯月くんが説明する」

被害者たちが受けとった二百万円は事件としても微妙な問題なのだが、それを枝衣子に丸投げするのだから、金本はずるい。

「二百万円が事件にどう影響するのか、それはあとで説明しますが、早川さん、性交の意味は理解できましたか」

息を呑む捜査員もあり、噴き出す捜査員もあり、糸原なんか手で口までおさえる。

「土井さん、横山宇平と貧困女性たちとの行為を、具体的にお願いします」

メモをとっていた土井が一度だけ顔をあげ、わざとらしく視線を落として、メモを読むふりをする。

「具体的にというのも、ナンなんだけど、つまり性交自体はなかった。そのかわり横山は女たちを裸にして、なんというか、その、いろんなポーズをとらせながら、ちびりちびりウィスキーを飲んだという。神奈川県警がつき止めた女たちの、全員が同じ扱いをされたらしい」

「無理やりの風営法適用も可能でしょうが、ストリップショーを見ながらお酒を飲むのと同じですから、それ自体は罪になりませんよね」

「そういうことだ。私も最初に横浜へ行ったとき、そういう趣味のじいさんもいるのかと、気にはしなかった。ただ横山と新垣と今回の連続強姦と、それをつなげて、県警の連中に被害者たちの顔写真を見てもらった。そうしたら、タイプが似ていると。被害者三人のタイプが似ているのは国分寺署でも分かってたが、それだけではなく、横山が貧困調査の対象にした女たちの、全員のタイプが似ているという。その先の推測は、私も卯月さんも金本課長も一致している」

ここまで判明すれば誰の推測も一致するはずで、「そんなことは偶然だろう」と思う人間はいない。

「これ以上くどく説明する必要はないでしょう。被害者たちを襲ったのは新垣、でもビデオ撮影を依頼したのは横山宇平。横山は身体的にか精神的にか、現実の性交は不可能なのかも知れません。新垣に被害者たちを撮影させたときも、挿入や射精は許さなかった。映像ディスクがいまだに出回っていない理由も、横山の個人的なコレクションだからです」

土井はメモをとりつづけ、金本は腹をさすりつづけ、しかしほかの捜査員は身じろぎもせず枝衣子に顔を向けている。

「横山が青いパパイヤに通っていた理由は不明です。あるいは実際に、整体治療を受けていたのかも知れません。いずれにせよ横山とA子こと大賀沙里亜は整体院で顔を合わせています。貧困調査の例からも分かるとおり、A子を見て横山のヘンタイ趣味が再燃したと考えることに、無理はないでしょう。貧困調査は週刊誌でも騒がれましたからくり返すわけにもいかず、そこで新垣に個人用ディスクの作成を依頼した。ここまでは事実だとしても、それを証明する手段はありません。横山と新垣の関係は推測でしかなく、横山に任意で『どうですか、新垣に依頼したでしょう』と聞いたところで、認めるはずはありません。新垣も『罪状を強制わいせつ罪に変更すれば犯行自体は認める』とうそぶいています。弁護士の入れ知恵でしょうが、二百万円の現金提供はその変更を狙ったもの。刑期はともかく、実刑は逃れられないと覚悟もしているようです。弁護士費用も被害者たちへの見舞金も、それに出所後の生計も横山から約束されているでしょうから、新垣は横山を売りません。たしかに新垣の逮捕で、警察としての仕事は終わりました、ですが強制わいせつと強制性交では送検以降の流れが変わります。警察としての仕事は終わった、あとのことは検察と裁判所に任せればいい。考え方としてはそのとおりでも、別な考え方もあるでしょう。以降は金本課長の演説がつづきます」

金本がくっと咽を鳴らし、あくびをするように口をゆがめてから、デスクにのせた尻をもぞもぞと動かす。

「卯月くんが説明したとおりで、問題は新垣の自供をとって強制わいせつ罪で送検するか。あるいは容疑否認のまま強制性交罪で送検するか、二つにひとつということだ。自供をとっての強制わいせつなら検察もすぐ起訴して、裁判もすぐ結審。まさか執行猶予にはなるまいが、懲役も二年か一年半で済まされちまう。強制性交なら最長二十年の懲役、だがそうなると検察も慎重になって、起訴までにも時間がかかる。弁護士だって意地があるから粘ってくるだろうし、二百万円は実質的な示談金とかなんとか、屁理屈をつけてくる。それに控訴なんてことになったら、被害者たちの精神的負担が何倍にもなる。レイプ被害を大声で訴える女もたまにはいるが、あれは思惑が別で政治的背景もちがう。一般的には今回の被害者と同様に、早く事件を忘れたい。見舞金のことだって、金が欲しかっただけではなく、早く事件にけりをつけたかったからだろう。早くけりをつけて早く忘れて早く新しい人生を始めたい。強制性交で話をこじらせると、そういう被害者たちの気持ちを逆なでする。マスコミにだってなぜ警察はこれまで事実を公表しなかったのかとか、インネンをつけられる。検察の判断だって、こっちの主張どおり、二十年の懲役を求刑する保証はねえ。二百万円の見舞金を実質的な示談金と判断する検事がいるかも知れねえし、横山絡みだから内閣官房か文科省が検事の耳元に、何事か囁かねえとも限らねえ。要するにだ、横山の件は別にしても、強制わいせつなら完璧に一件落着。だが強制性交にすると今言ったようなリスクが出てくる。安全をとるかリスクがあっても本筋を通すか、それをみんなに決めてもらいてえわけさ」

息が切れたように金本が演説を中断させ、時間をかけて課員たちの顔を見渡す。誰も手をあげず、居住まいをただす者もなく、全員が無言で金本の顔を見つめ返す。

「後藤署長と次期刑事課長の日村は、強制わいせつで決着させたいという。それはそれで、そういう考え方もある。だがこの事件を最初から追っていたのはここにいる、お前ら十人だ。来年度から組織をどうとかいう予定もあるようで、だから今回の事件は今のこの、国分寺署刑事課がチームとして扱う最後の事件になる。俺の任期はあと半月だ。お前たちがどちらの結論を出しても、口は挟まねえ。今すぐ結論を出せというわけにもいかねえから、夕方の、そうだなあ、四時にまたみんな顔をそろえて、採決をとろうじゃねえか」

糸原が「はい」と言って手をあげ、金本がフンと鼻を鳴らして、声のほうへ顎をしゃくる。

「糸原くん、君も採決に交ざっていい」

「はい、頑張ります」

なにを頑張るのかは知らないが、糸原が大きくうなずいて口元をひきしめ、両膝に腕をつっぱる。今日もつけ睫毛はないから、ホルモンのバランスが戻ったのだろう。

金本がよっこらしょと言いながらデスクから尻をおろし、ほっとしたような顔で、ぽんぽんと腹をたたく。

「おう、それからなあ、署長から十万円の慰労金が出た。昔なら捜査協力費で五十万ぐれえ、ぽんと出たものだが、このご時世《じせい》だから仕方ねえ。夕方の採決が終わったら打ち上げ会として、飯でも食おうじゃねえか」

はいと返事をする者もあり、無言でうなずく者もあり、すでに身を寄せて相談を始める捜査員もいる。

「黒田、地元のお前なら急でも店をおさえられるだろう。全部で十二人だ。できたら思いっきりタバコを吸える店にしてくれ」

黒田が手をふって了解の意思表示をし、トイレでも我慢していたのか、早足で部屋を出ていく。

枝衣子はほっと息をつき、「なるほどね、チームとして扱う最後の事件ね」と、口のなかでつぶやく。ほかの捜査員がどんな結論を出すのかは知らないけれど、枝衣子の気持ちは決まっている。金本は「横山の件は別にして」と言ったが、事件の元凶は横山宇平のヘンタイ趣味だろう。実行犯の新垣を刑務所へ入れたところで、いわゆる尻尾切り。どうせ本庁への転属が白紙になったのだから、警察を辞めて、横山の犯罪を世間に公表する。枝衣子にはそういう第三の選択肢もある。

土井が寄ってきて肩凝りをほぐすように首をまわし、二、三度空咳をする。

「どうなのかねえ卯月さん、とりあえず新垣を強制わいせつで送検、横山の関与は継続捜査という方法もあるんだが」

「国分寺あたりの刑事課が、独自で元文科省次官の身辺調査をできるのかしら」

「それは、あっちこっち、手をまわして」

「いずれにしても日村さんの判断になるでしょう」

「だからその、日村さんにも話を……」

二人のあいだに金本が腹をつき入れ、その腹で土井を弾き飛ばすように、枝衣子のデスクに片手をつく。

「土井、自分の考えがあるのなら、採決のとき言えばいい。どっちみち俺は、もう口を挟まねえ」

「はあ、まあ、そうですね」

「ところでなあ卯月くん、例の、なにを」
「分かっています。課長にはご心配をおかけして、申し訳ありません」
「いやいや、なにというのは、なにではなくて、押収した映像のことなんだ」
例のなにがなにして、なんだとか、オヤジ連中の話は分かりづらい。もっともオヤジ同士では
それで意思が疎通しているらしいから、文化の違いだろう。
「映像というのはもちろん、被害者たちのなにだよ」
「はあ、なにですか」
「俺と土井は鑑賞、いや、検証してあるんだが、どこがどうなのか、よく分からん。そりゃあも
ちろんなにだから、うまくはできているんだが、あれぐらいならインターネットでも見られるん
じゃねえかと、なあ土井」
「ええと、まあ」
「専門家の土井はそう言う」
「課長、卯月さんが誤解しますよ」
「お前なんか丸ごと誤解されている。昇任試験も受けねえで、と、それはともかく、どうかな
あ、無理に見てくれとは言えないんだが、君が女性の観点から検証しなおしたら、あるいは新し
い発見があるかも知れねえ。もちろん、なにがなにだから」
「見ますよ。今後の参考にします」
「うん、うん、たぶん大いに、参考になる。この部屋というわけにもいかねえから、土井、第三
取調べ室に、例のなにを用意してくれ」

土井がうなずきながら自分のデスクへ戻り、抽斗からなにかを出して部屋を出ていく。そのなにかがなになのだろう。ナニというのも便利な言葉だ。

金本がまだ話のあるような顔をしたが、言葉は出さず、首を横にふりながら自分のデスクへ戻っていく。昨日は「本庁の山川に相談してみる」と言ってくれたけれど、署長段階でキャンセルにされてしまっては、転属話を戻すのも無理だろう。

頭痛薬がきいているのか、金本の演説が終わって気が抜けたのか、少し頭がぼんやりする。被害者関連の映像を見たところで、どうせ男の欲望をそそるようにできている。レパートリーとか工夫とか設定とかの違いはあるにせよ、しょせんはモデルの優劣《ゆうれつ》だろう。枝衣子だって昨夜は水沢となにだったわけで、一瞬顔が赤くなる。

有休も残っているし、一週間ぐらい休暇をとろうかな。水沢と一緒にハワイへでも行こうか。ハワイなんて通俗すぎるけれど、今は通俗が楽だろう。水沢は学生時代に世界中をバックパッキングしたというが、なぜかハワイは未経験だという。「新婚旅行用にとってあるんだ」。その水沢の言葉が思い出され、自然に頬がゆるむ。家賃が三万円だというあのボロアパート、なくすものは何もないから人生に怖いものはなく、世間に見栄をはる必要もなく、自分で自分を追い詰める必要もない。

水沢はもともと有名広告会社の社員で、父親は都議会議長で兄は国会議員。姉の結婚相手もどこかのキャリア官僚なのだという。水沢の生き方なんか恵まれた環境に育った人間の青臭いヒロイズム、そうは思うものの、今の枝衣子にはその青臭さが心地いい。

警察を辞めて水沢と二人、青臭くて気楽なボロアパート暮らしというのも、あんがい楽しいかな。水沢が証明しているとおり、人生はしょせん、主観なのだから。

土井が戻ってきて目配せをし、人差し指で天井を示しながら、デスクにつく。三階の取調べ室にな
にの用意ができたという意味だろう。

枝衣子は肩で息をつき、腰をあげてフロアをドアへ向かう。仕事だから映像ぐらい見てやるけれど、その前に生活安全課へ寄ることにする。日村の顔なんか見たくないし、日村も気まずいだろうが、仕事は仕事。警察官はたんなる給与生活者ではなくて、警察官なのだから。

階段を一階までおりて生安課室のドアをあける。課員が少ないのは昼食時のせいか、あるいは年度末になって酔っぱらいの喧嘩や家庭トラブルが増えているのか。進学や転勤の関係で別れるの別れないの、アパートの保証金がどうのこうのとかいうもめごとが急増する。

日村はデスクで新聞を読んでいて、枝衣子はわざとゆっくり、そのデスクへ歩く。どうせ枝衣子の視線は感じているのだろうが、顔をあげるのが怖いのだろう。

デスクの前に立って一、二と数えていくと、三つめでやっと日村が顔をあげる。

「やあ卯月さん、そうだ、金本さんの送別会なんですけどね。うちの課からは八人も希望者がいて、全体では三十人以上になるらしい。黒田が張り切っていましたよ」

うなずいただけで、枝衣子はまた頭のなかで一、二、三と数える。

「えーと、その、なにか?」

「岡江夫婦がどうなったのか、お聞きしたくて」

「なーんだ、いや、岡江夫婦に関しては弁護士が保釈の手続きをしていったよ。物的証拠はおさえたし、主婦側からも客側からも証言を得ている。逃亡の惧《おそ》れもないことだしね」

話が転属問題ではないと分かって安心したのか、日村が新聞をたたんで肩をすくめる。デスクを拳で叩くぐらいのことはしてやりたかったが、一度それをすると、次は日村の頭を叩きたくなる。

「室田良枝のほうは？」

「これも客側から斡旋されたという証言を得ている。身柄を勾留する必要もないから、呼び出して罪状だけ伝えるつもりだ。どうせ来月には裁判も始まる」

「正式に逮捕状をとって、ひと晩だけでも勾留してもらえませんか」

「そこまでの必要は、しかし」

「ぜひお願いします」

日村が目尻の皺を深くし、たたんだ新聞を開きなおして、ちらっと枝衣子の顔を見あげる。

「その、なにか、理由が？」

「室田はこちらの事件にも関与しています」

「そうかも知れないが、勾留するほどの、なにがあるのかね」

またナニか。頭をつき抜けそうになる怒りに、枝衣子は思わず下唇をかむ。

「いや、いや、言われてみればたしかに、そちらの事件にも関与はしているな。うん、やはり正式に逮捕状を請求しよう」

「売春の斡旋に、連続強制性交共謀罪も加えてください」

「そこまで大げさな」

「身柄拘束後の取調べも、わたしに」

「卯月さんが直々《じきじき》に、それはまた、まあ、そういうことなら、そうしようかね」

「よろしくお願いします。断っておきますが、わたしは日村さんに遺恨《いこん》はありませんよ」

「そう言ってもらえると、まあ近いうちに一席設けるから、とにかく、室田の件は了解した。夕方までには身柄を確保しておくよ」

枝衣子は頭のなかでまた、わざとゆっくり一、二、三と数え、表情をつくらずに頭をさげる。根回しや裏工作が得意なのは結構だが、そんなことで日村は来年度から、規模も大きくするという刑事課を統轄できるのか。女子職員からはクマのぬいぐるみみたい、と評されるらしいが、それ以上に金本には不思議なカリスマ性がある。たんに有能か否かだけではなく、組織の運営には部下からの〈人気〉も必要だろうに。警察官には階級を維持したままの再任用制度があるから、最初の一年ぐらいは金本に、ぽんぽんと腹鼓を打たせてはどうか。

しかしそれは、枝衣子が決めることではない。

もう一度日村に頭をさげ、ほっと息をついてデスクを離れる。後藤署長は「来年度の一年間だけ日村さんの補佐を」と言ったが、いつだったか金本も言ったとおり、所轄から本庁への転属にはタイミングがある。一課長がかわれば方針も変わるし、都内に百三ある所轄の刑事課には、枝衣子より有能なノンキャリアが何人もいるだろう。

いくら後藤が「一年だけ」と言ったところで、実質的に今回の転属は完全白紙になっている。しかし警察官はたんなる給与生活者ではなく、警察に籍をおく限りは、警察官なのだ。

※

店名の〈姚姚〉という文字はヤオヤオと読むらしいが、面倒くさいのでトウトウと読んでいる。桜田通りから少し路地を入ったところにある中華料理店で、広告会社時代は月に一、二度は利用した。ランチのフカヒレ定食が五千円もするこんな店に、よくもまあ自覚もなく通ったものだと冷や汗が出る。店にはオープンテーブルのほかに衝立で仕切られたブース席もあって、当時は世間に顔を知られているタレントなどとの打ち合わせに利用した。兄の水沢智幸《ともゆき》と姉婿《あねむこ》の里西《さとにし》司《つかさ》に対してこの店を指定したのも、理由は当時と同じ。二人とも一般世間に顔を知られてはいないが、智幸は参議院議員で総務副大臣、里西は外務省から内閣へ出向して官房副長官だから、素性の怪しい弟との会食は世間をはばかる。

中年のウェイトレスが衝立をまわってきて、一瞬「あら」というような顔をする。親しかったわけではないが、椋の顔は覚えていたのだろう。兄や義兄が勘定を「ワリカン」というはずはないので、久しぶりにフカヒレ定食を注文する。

ポットのジャスミン茶を飲み始めたとき、智幸と里西が一緒にあらわれる。二人とも職場は近くの霞《かすみ》が関《せき》だから誘い合わせたのだろう。

丸テーブルを挟んで二人が均等な位置に腰をおろし、出されたおしぼりを使いながら何秒か椋の顔を観察してくる。里西のほうは濃茶《こいちゃ》の背広を着て口髭《くちひげ》をたくわえ、どちらかといえば学者タイプ。姉の京子《きょうこ》とは半分政略結婚のようなものだが、家庭の不和は聞かない。兄の智幸は八歳年上で、次の選挙で三期目になる。

二人とも椋と同じフカヒレ定食を注文してから、智幸がぽいとおしぼりを放って、厚い唇を皮肉っぽくゆがめる。兄弟ではあるけれど椋は長身痩軀《そうく》で智幸は丸顔のがっちり体型、それぞれが母親と父親の体質を見事に受け継いでいる。

「で、珍しくどうした。俺も司さんもお前ほど暇ではないから、ゆっくりはできんぞ」

「ランチだけ奢ってくれればいいですよ。話はすぐ済みます」

「金のことならお袋に言え。お前がヤクザ者に身をやつしたのも、お袋が甘すぎたからだ」

政治の中枢《ちゆうすう》にいる智幸から見れば短大の講師なんかヤクザ者なのかも知れないが、もともとこの兄は口が悪い。

「で、椋くん、私たちに聞きたいことというのは？　断るまでもないけれど、私と智幸さんには立場があるからね、聞かれてもほとんどの問題には答えられないと思うよ」

「下世話な話です。もともと政治に興味はありませんしね。アニキがハニートラップにひっかかって、政府の情報インフラに中国企業を参加させようとしている、なんていう噂も聞いたことはない」

「おいおい椋、あんなのは左側の新聞が仕掛けたゴシップで、俺は一切関知していない。冗談でもその話題はやめてくれ」

智幸はニイさん、義兄の里西も音にするとニイさんになってしまうから、二人と同席するときはそれぞれアニキ、ニイさんと呼び分ける。

「二人とも横山宇平は知っているでしょう。日本の貧困問題に関するスペシャリストなんだとか。ずいぶん手広く、あちこちで聞きとり調査をしていたらしい。二年ほど前には週刊誌も騒いだそうです」

丸テーブルの向こうで智幸と里西が顔を見合わせ、椋が注いでやったジャスミン茶を、二人そろって口に運ぶ。

「横山宇平とはまた、妙な名前を口にするなあ。お前となにか関係があるのか」

「まったく無縁で、関係をもちたいとも思わないんですがね。横山宇平は国分寺で発生した連続強制性交、一般的には連続強姦事件に関与しています。警察としてはその事実を証明したいのですが、実行犯の新垣という男は貧困調査事件のときから横山とつながりがある。金も横山から出ているようだし、まず自供はしないという」

料理が出始めて、椋は発言を中断し、ウェイトレスたちがテーブルにフカヒレスープや海老シュウマイなどを並べていく様子を漫然《まんぜん》と眺める。ランチの定食だからメインはチャーハンで、マーボー豆腐や海老チリなどが日替わりになる。

「二人には申し訳ないんですが、ヤクザ者はビールをいただきます」

智幸が腹立たしそうに舌打ちをし、里西が苦笑しながら口髭をさする。

椋が生ビールを注文し、ウェイトレスがさがってから、智幸がレンゲの先でこつこつとスープ皿を打つ。

「話がまるで見えん。司さん、国分寺の強姦事件とかは知っていましたか」

「聞いていませんなあ」

「発表は軽い盗みにしたようです、被害者の人権があるので」

「ふーん、それでその事件に、横山が？」

「いわゆる首謀者です。女性を暴力で裸にし、新垣という男にその様子をビデオ撮影させた。判明しているだけでも被害者は三人で、実行犯の新垣は逮捕されましたが、横山の関与は供述せず。このままでは首謀者の横山に逃げ切られる惧れがあるという」

「その事件が椋くんや、それに私や智幸さんと、なんの関係があるんです？」

「かりにですよ、事件を担当している刑事が……」

ビールが来て、また発言を中断し、ウェイトレスが去ってからビールを咽に流す。これだけの料理を目の前にしてビールも飲めないのだから、役人や政治家は不自由な商売だ。

「事件を担当している刑事が、職を辞してでも横山の犯罪を糾弾するとしたら、内閣官房はまたその事件に介入するでしょうか」

里西と智幸はそれぞれレンゲや箸を使っていたが、二人ともその手をとめ、何秒か椋の顔をのぞく。

智幸のレンゲからぽとりと、ふかのヒレが落ちる。

「相変わらず話が見えん。今の『また』というのは、どういう意味だ」

「貧困問題研究事件のときは内閣官房と文科省が横やりを入れて、事件をもみ消したそうです。横山宇平は腐っても元文科省の事務次官、官僚機構のトップに立った男ですから、内閣が体裁《ていさい》を考えたのは当然でしょうけれどね。要するに今回の強姦事件でもまた、内閣官房はもみ消しに動くのかどうか、そのあたりを聞きたいわけです」

うむ、ビールがうまい。

「司さん、俺にはまだ話が見えない」

「椋くんの言いたいことは分かりましたよ。私は外務担当ですが、内閣には警察庁から出向している官房もいる。同じ官房同士でその経緯は聞いています」

里西がレンゲでチャーハンをかき回し、苦笑でも我慢するように口髭をゆがめる。

「要するに横山の行為は、なんというか、ちょっと異常だった。女性も数人はいて、しかしセックスはせず、裸にして執拗に観察するのが趣味だったとか。世の中にはいろんな性癖《せいへき》があるものです」

「バカばかしい。そんなものは暴露して、世間に晒《さら》してやればよかった。もともと文科省なんか左翼の巣窟で、総務省には文科省解体論者までいる」

「そうはいっても」

里西がまたチャーハンをかき回し、両の眉に段差をつけて智幸と椋の顔を見くらべる。

「智幸さん、例の、あれがありましたから」

「あれというと」

「例の勲一等《くんいっとう》ですよ。恐れ多くて言葉には出せませんが、横山の女房は勲一等の娘、つまり勲一等の娘婿なわけで、さすがにねえ、内閣も文科省もそのあたりを忖度《そんたく》した」

智幸が海老シュウマイを頬張り、椋の顔を睨みながらしばらく咀嚼《そしやく》をくり返す。悪人ではないのだが風貌は悪人面で、そのことが政治家として吉なのか凶なのか、椋には分からない。

「そうか、そこまでは知らなかった。それならたしかに、忖度は仕方なかったろうなあ」

勲一等というのが誰のことかは知らないが、二人のあいだでは人物が特定できるのだから、どうせ政界の大物だろう。しかし二年前にそんな忖度をしたからこそ、今回の凶行が発生したのだ。屁理屈ではあるけれど、間接的に政府も今回の性暴力に加担したことになる。

「だけど司さん、勲一等は昨年、亡くなったよねえ。そうなればもう忖度の必要はないだろう。アンチ文科省の政治家だって多くいるし、警察も文科省は嫌いなはずだ」

「理屈としてはそうなりますね」

「それに今は上級国民だとかなんだとか、世間がうるさい。強姦野郎なんか庇ったら政界《こっち》が非難される。逆に横山の首をさし出せばいい」

「そういう考え方もあります」

「椋、聞いたとおりだ。横山なんかもう過去の人間。煮て食おうと焼いて食おうと好きにすればいい。だがお前はなぜそんな事件に首をつっ込む？」

「椋くん、さっき、担当の刑事が職を辞しても、とか言わなかったかね。その刑事さんというのは？」

「刑事は刑事です。警察官が事件解決に努力するのは当然でしょう」

「職を辞しても、というからには理由があるだろう」

「彼女は進退問題も抱えていましてね。でも強姦事件に国家権力が介入しないと分かったことは朗報です」

里西と智幸がうなずきながら箸を使い、智幸のほうがふと、箸をとめる。

「椋、彼女というのは、その刑事のことか」

「警察にも女性刑事はいますよ」

「それぐらいは知っている。お前、まさか、その女刑事と？」

「結婚するつもりです」

今度は里西の箸がとまり、智幸と一緒に上体をそらして、それから逆に、二人してテーブルに身をのり出す。いくらなんでも結婚云々は大げさだろうが、話の流れとして、ここは決めておくより仕方ない。

「おいおいおい、椋、結婚なんて、聞いていないぞ」

「話したこともないでしょう」

「それはそうだが、女刑事はないだろう。お前はどういう趣味をしているんだ」

椋がどういう趣味をしているのか、そんなことは枝衣子に会えば分かるが、説明するのは面倒くさい。

「だいいち今の給料は何円《いくら》だ。インチキ学園の講師とかで、女房子供は養えんだろう」

「男と女が二人で築いていく人生もあります」

「なにを呑気なことを。そんな青臭い理想主義で世の中が渡れるか。どうもお前ってやつは、そうだ、結婚のことは別にして、椋、都議会議員になれ」

なんだと？

「来年の都議会選で四区に空きがでる。例のカジノ問題が飛び火して、一人辞職させねばならん。その空席にお前が収まれば親父も安心する」

昔から無茶で強引なことを言う兄ではあるが、椋に突然都議会議員になれというのは、常軌《じょうき》を逸《いっ》している。

「選挙は心配するな。金も地盤もあるし、俺と親父が後ろ盾なんだから、百パーセント当選する」

「ニイさん、アニキは、悪いものでも食ったのかな」

里西がレンゲを構えたまま笑い出し、咽でも詰まったのか、おしぼりを使いながら湯呑を口へ運ぶ。

「いやいや、たしかに唐突《とうとつ》ではあるけれど、椋くん、これはあんがい名案だよ」

里西は良識派のキャリア官僚で、その点は椋も評価していたのだが、あるいは姉の京子に毒されたか。

「お父上もお元気ではあるが、高齢であることも事実だ。椋くんが後継として都議会に議席を占めておけば、水沢家は盤石《ばんじやく》ではないかね」

「それにだ、椋、都議会に二期も席をおいて、それから衆議院に鞍替《くらが》えという手もある。お前はタイプとして主婦受けがするし、ゆくゆくは総理大臣の目だって、出てくるかも知れん。俺だって本心は総理大臣になりたいが、この人相《にんそう》がなあ。親父とお袋を恨んで、ずいぶん泣いたこともある」

まさかフカヒレにアレルギーがあるわけでもないだろうに、もしかしてハニートラップのゴシップが事実で、錯乱でもしているのか。この話題からは早く退散しよう。

「アニキもニイさんも、冗談はともかく、問題は彼女の進退です。理不尽《りふじん》にも、本庁への転属を邪魔した人間がいる」

「くだらん、それより都議会だ」

都議会のほうがもっとくだらないが、どうせ智幸には分からない。

「そのことはあとで考えますよ。二人ともぼくほど暇ではないんですから、とにかく彼女の進退問題を聞いてください」

「そうは言うがなあ、司さんの言うとおり親父も歳ではあるし、お前を勘当《かんどう》したことに内心では忸怩《じくじ》たる思いがある。ああいう性格なので自分から頭はさげんし、お前のほうが折れるのも親孝行だろう」

強引でしつこいのも政治家向きの性格で、椋は救いを求めるために、里西のほうへ目配せをする。

「まあまあ智幸さん、都議会の件は椋くんの将来にも関係する。ランチの席で簡単に話せる問題ではないですよ」

「しかし放っておくと、こいつは」

「椋くんだって突然言われても、判断はつかない。この問題はまた席を改めましょう」

智幸が舌打ちをしながら湯呑を手にとり、濃い眉をひそめて口を曲げる。その表情がやはり父親に似ていて、椋はほほえましい気分になる。

「で、椋くん、その女性刑事さんの進退問題というのは?」

「せっかく本庁の捜査一課から引き抜きの話が来たのに、署長が勝手に断ってしまった。人権侵害です」

「人事の件ねえ、警察も行政機関ですから、縦割りの命令系統に従うしかないけれど」

「女刑事なんか俺は反対だぞ。お前の将来にも役立たん」

「ご心配なく。ハニートラップ事件は調べさせません」

智幸が鼻を鳴らして椋の顔をひと睨みし、あとはむっつりと、レンゲを使いつづける。こんな兄でも子供のころは、近所の悪ガキにいじめられた椋を庇ってくれたことがある。

「私も役人だから警察の機構にもいくらか知識はある。勝手に断った署長というのは、若手のキャリアでしょう」

「二十七、八だとか」

「いるんだよねえ。私が言っても語弊《ごへい》はあるけれど、ＩＱが高いだけのバカが腐るほどいる。そこが役所の困ったところで、いい例が横山宇平なんだろうが、それはともかく、椋くんが結婚したいという女性刑事さんの、お名前は？」

「卯月枝衣子警部補です」

「警部補？　それなら椋くんよりだいぶ年上だろう」

「まだ二十九歳ですよ」

「というと、準キャリアかなにか」

「通常の地方公務員枠入庁です。つまりそれだけ、有能なんです。だからこそ本庁も引き抜こうとした」

「そんなに有能な刑事さんを、なぜ署長は？」

「裏工作をした人間もいたようですがね。要するに若い署長が枝衣子本人の意向を確認せず、勝手に断ってしまった。現場の警察官にとって本庁の捜査一課は目標の職場なんだとか、世間知らずのキャリアが無神経に、部下のその夢を断ち切った。ぼくに言わせれば、犯罪だ」

自分の言葉にまた怒りがこみあげ、椋はビールを咽に流して、なんとか気をしずめる。キャリアの里西にどこまで枝衣子の無念さが理解できるかは分からないが、義弟に対する義理ぐらいは感じるだろう。

里西がフカヒレのスープを飲みほし、海老シュウマイも完食して、天井を見あげながらほっと息をつく。

「所轄の名称は国分寺署だよな。署長の名前は分かるかね」

「後藤だそうです」

「私とは畑違いだが、官僚仲間もいなくはない。一応は状況を確認してみるよ。たださっきも言ったように人事については、部外者に口は出せない。期待はしないようにね」

期待はしているが、役所の命令系統がかんたんに覆《くつがえ》らないことも分かっている。しかし里西が官僚仲間とやらに「確認」をすれば、そこからバカ署長の愚行《ぐこう》が警察上層部へ伝わって、一矢《いっし》ぐらいは報《むく》える。どうだ、袋叩きだ。もちろんそんなことで、枝衣子の無念さは癒えないだろうが。

「椋、だがやっぱり、俺は女刑事に反対だぞ。親父だって許すはずはない」

「もともと勘当されています」

「だからなあ、そこをお前のほうが折れて、手打ちというか、大人の判断をしてみろ。きれいごとだけでは家庭も、社会も国家も動かん。政治家を目指すのならそのあたりを考え直せ」

いつから椋が政治家を目指すことになったのだ。本当にこのアニキは、強引でしつこい。社会情勢が変わって国民が悪人面の総理大臣を求める日が来てしまったら、椋の人生は針の筵《むしろ》になる。

しかし智幸にはせいぜい頑張ってもらって、総理大臣を目指してもらおう。

半分はうんざりし、半分は今日の兄弟会議に満足して、椋はビールの追加を注文する。

※

わざと二十分ほど待たせる。

第一取調べ室にはすでに室田良枝が入室し、書記役の糸原絢子巡査もわきのデスクに控えている。室田良枝がなにか話しかけることもあったが、糸原は肩をつっ張らせて首を横にふる。そんな様子を控室のモニターで確認し、枝衣子は控室を出て第一取調べ室へ向かう。水沢椋から「連続強姦事件に政治は介入しない模様」という連絡が入って、枝衣子も内心ほくそ笑んでいる。これで良枝の取調べに、いくらでもハッタリをかけられる。

ノックをせずにドアをあけ、糸原に会釈をしてから良枝の向かい側に座る。青いパパイヤでも会っているから、いわば顔なじみ。良枝もそれほど緊張した様子は見せず、ふてくされたように机の端に片肘をかけてくる。前回の逮捕容疑は隠しカメラで整体の様子を撮影しただけの軽犯罪で、釈放直後には警察の無能ぶりを電話でののしっている。今回も弁護士を手配したし、どうせ高《たか》をくくっている。

「なんだかよくお目にかかるわね。ご縁があるのかしら」

厚めの唇でにんまりと笑い、良枝が肩をすくめて上目遣いに枝衣子の顔をのぞく。これまで気づかなかったが、顔全体の雰囲気がどことなく新垣に似た感じがある。しかし血縁という情報はないから、いわゆる沖縄的風貌なのだろう。

「逮捕容疑の売春斡旋と連続強制性交共謀に異議があれば、申し立ててください。否定して黙秘しても構いません。その場合は警察が確保している物証と証言だけで検察庁へ送ります。ただ検察庁ではあなたの言い分や言い訳は考慮されませんから、法律で規定された通りの罪状で起訴され、その後裁判にかけられます。一般的には警察段階で犯行に及んだ経緯や動機を説明しておいたほうが有利になりますが、どちらを選択するかはあなたの自由です。ですがわたしも書記役の糸原巡査も同じ女性ですから、男性検察官よりもあなたの心情を理解できると思います」

とりあえず宣告し、椅子の背に肩をひいて、良枝の反応を待つ。良枝の高い頰骨に力が入り、何度か瞬きがくり返される。良枝だって岡江夫婦が売春斡旋容疑で逮捕されたことは知っているし、保釈されたことも知っているし、どうせ罪が軽微であることも知っている。

「断るまでもありませんが、岡江さんご夫婦は売春斡旋容疑を認めています。岡江さんのパソコンに主婦や顧客のリストがありますし、関係者の証言も録取してあります。あなたの関与に関しても証言を得ていますから、否定するより、罪を認めてしまったほうが罪は軽くなります。大きなお世話かもしれませんが……」

「分かったわよ。岡江のおばさんにも言われてる、もう警察にぜんぶ知られてるって。たしかに女を買いたいお客を岡江のおばさんに紹介した。ほかになにが聞きたいわけ」

取調べの手順は、なんでもいいから、まず容疑者の口をひらかせること。心理学的な訓練をされていないかぎり、一度沈黙を破ったら人間は発言欲求から逃げられない。

「動機は『お金が欲しかったから』でいいわけですね」

「ほかになにがあるのよ。でもね、きれいごとを言うつもりはないけど、人助けという面だってあったわけよ」

「どういうことかしら」

「だってそうでしょう。独身の男性ならソープへ通ってもデリヘルを呼んでも、べつに問題はない。だけどお年寄りってね、みんな世間体を気にするものなのよ。社会的な地位のある人もいるし、奥さんやお孫さんや近所の手前もある。女を買っていることがバレたら都合の悪い人が多いわけ。がつがつ女、女とは言えない、でもセックスはしたい。私たちはそういうお年寄りたちに、安全できれいな奥さんを紹介していたの。奥さんたちだって旦那や子供に服なんか買ってやれて、だから誰にも迷惑はかけていないし、そう考えればやっぱり人助けなんじゃない？」

　理屈はどうにでも成り立つ。

「売春斡旋は認めた、と調書に記載します。その組織化を提案したのはあなたですか、岡江ですか」

「岡江のおじさんよ。整体に来たとき、女性の患者さんを見て思いついたらしいの。最初は患者さん同士を会わせていたんだけど、そのうちおばさんが仕事をしたい奥さんを見つけてきて、あとはもう、奥さんもお客も増えるばっかり。刑事さんには分からないでしょうけど、お年寄りの需要って、世間が思うより多いのよねえ」

　老人の性的需要がどの程度のものなのか。あるいは深刻な社会問題なのかもしれないが、良枝と議論しても意味はない。

「あなたもご存知でしょうが、売春斡旋での求刑はせいぜい二年、初犯ですから執行猶予が五年ほどついて刑務所への収監《しゅうかん》はありません。ですが不起訴ではなく、執行猶予ですから、前科はつきます。前回新垣と一緒におこなった猥褻図画販売は不起訴ですから、今回とは状況が異なります。そこまではご理解ください」

良枝が上体をそらして束ねている髪を撫でつけ、ちらっと糸原に目をやってから、覚悟を決めたように、フンと鼻で息をつく。弁護士からも説明は受けているだろうから、ここまでは良枝も想定どおりだろう。

「売春斡旋罪の取調べはここまで。次に本題の、連続強制性交共犯罪の取調べに移ります。結論を先に言いますと、検察は裁判で懲役十五年を求刑し、情状《じょうじょう》が酌量《しゃくりょう》されたとしても、たぶん懲役十二、三年の判決がくだされます。もちろん執行猶予はつきません。その事実はあらかじめ覚悟をしておくように」

良枝の咽からゲというような音がもれ、糸原の肩もぴくっと動いて、まるでつけ睫毛でも装着しているように、枝衣子のほうへ大きく目が見開かれる。もちろん懲役十五年はハッタリだが、事件の悪質さを考えれば良枝の責任だって重い。

「室田さん、わたしの言ったことを理解できましたか」

「だって、だって、そんなの、不審《おか》しいじゃないのよ」

「どこが不審しいのですか」

「だって、新垣だって、せいぜい二、三年なんでしょう。それなのに私が懲役十五年だなんて、そんなの、ぜったい不審しいわよ」

「ずいぶんあなた、法律に詳しいのね。新垣の懲役が二、三年だなんて、なぜ分かるのかしら」

「だって」

「加藤法律事務所から連絡が来ている」

「そうよ、ちゃんと弁護士の先生……」

言いかけ、顔をしかめて、良枝が厚い唇を痙攣《けいれん》のようにふるわせる。弁護士からの口止めぐらい枝衣子だって承知しているので、故意に、何秒か沈黙をつづける。

「弁護士の先生が、どうしたのかしら」

一度顔をあげたが、良枝がすぐ目を伏せ、子供がイヤイヤをするように首を横にふる。

「分かってるのよ。三人の被害者にはそれぞれ二百万円の〈見舞金〉を渡してある。裁判でもその金が考慮されるはずだから、無罪は無理でも、新垣の刑期は二、三年で済むだろうと弁護士から聞いている。実行犯の刑期が二、三年なら共犯のあなたはもっと微罪、たぶん『執行猶予になる』ぐらいのことは言われたでしょう」

しばらく待ったが、もう良枝は顔をあげず、両膝においた手をしつこく、何度も何度も握りなおす。枝衣子の「懲役十五年」に反論したら弁護士からの口止めを認めることになるし、沈黙をつづけたらこの生意気な女刑事のペースで取調べがすすむ。なにか反撃方法はないものか、良枝の頭のなかではどうせ、そんな思考が渦《うず》を巻いている。

「あなたには残念なお知らせだけど、政治はもう横山宇平を庇わない。庇わないどころか、政治のほうから横山宇平の首をさし出そうとしている。これで新垣の懲役二十年は確定、つまりあなたの懲役十二、三年も確定してしまうわけ。強姦罪というのはそれぐらい重い罪なのよ」

水沢椋は会談した政治家と官僚の名前を言わなかったが、椋の家族構成は枝衣子も知っている。その政界関係者からの情報ならまず確実で、加藤法律事務所だって政治の中枢と喧嘩はしないだろう。

良枝が二度深呼吸をし、それでもまだ枝衣子の告発を信じられないのか、膝を強く握りしめて唇を嚙む。

「これは脅しではないの。新垣は横山の依頼で被害者たちを襲った。だから依頼した横山も重罪、この三日の内には連続強姦の首謀者として逮捕される。嘘だと思うのなら留置場で、ゆっくりそのニュースを待てばいいわ」

糸原が質問形の視線を枝衣子に送ってきたが、枝衣子は眉の表情で「だいじょうぶ」と返事をし、膝を強く握りしめている良枝の手に目をやる。指が短くて骨も太そうだから、体質的には整体師に向いている。

「横山と新垣の関係が出会い系バーからつづいていることも判明している。二人は持ちつ持たれつ、前回の貧困実態調査事件は政治が介入してもみ消したけれど、幸か不幸か、横山の後ろ盾だった大物政治家は昨年に他界。逆に今は上級国民が非難されるから、政治も強姦魔みたいな犯罪者は切り捨てたがる。いくらあなたと新垣が庇ったところで、もう横山宇平は逃げきれない。横山と新垣は首謀者と実行犯で懲役二十年、そうなれば二人だってあなたを庇わない。十年以上の刑務所って、長いわよ」

良枝の首ががくっとうなだれ、それからゆっくりと上向いて、怒気と悲嘆《ひたん》が混じった殺気のような視線が、ねっとりと枝衣子の顔にからみつく。

観念したか、それとも逆に居直って、黙秘を貫く決意でもしたか。

しばらく良枝の目を見返してから、枝衣子は作戦を変えることにする。青いパパイヤで良枝を逮捕したとき、手錠をかけなかった温情がこの局面で、役に立つかどうか。

「室田さん、あなたに関して、分からないことがあるのよねえ。あなたのお店には整体学校の修了証書が飾ってあった。治療室のビデオを見ても、患者さんたちには手抜きをせず、正しい治療をしている。新垣と離婚したあと、あなたは本気で人生をやり直そうとしていた気がするの」

良枝の唇は動いたが、言葉は発せられず、咽からは息が詰まったような音がもれる。

「売春でお金儲けをしたり、新垣の犯罪を手伝ったり、最初からそんなつもりではなかった。ご両親の面倒を見ながらまじめに働いて、ふつうの生活をしようと思っていた。違うかしら」

良枝の視線から徐々に殺気が消え、しかしやはり言葉は出ず、思考をめぐらすような耳障《みみざわ》りな呼吸が、長々とくり返される。

「それより問題はあなたのお金なの。銀行を調べてみたけれど、残高はほとんどなし。おかしいでしょう。岡江夫婦は売春の斡旋を始めてから、七百五十万円も稼いでいる。あなたにも客一人当たり一万円の手数料が渡されているのに、預金はほとんどゼロ。いったいあなたのお金はどこへ行ったのかしら」

良枝の頬がひくひくと動き、歯ぎしりでも我慢しているように、呼吸が乱れる。

「これはわたしの推測ですけど、お金は新垣に吸いとられていたのでは？　新垣は賭けマージャンに狂っているという。整体院の売り上げも、売春の手数料も、みんな新垣にとられていた。男と女のことだから事情はあるにしても、本心ではあなたも、新垣と縁を切りたいのではないかしら。新垣と手を切って、ご両親たちと、静かに暮らしたい。わたしにはあなたも、新垣の被害者のような気がするの」

待ってみたが、良枝は荒い呼吸をくり返すだけで、いつまでもいつまでも、自分の膝を握りつづける。

「でもいいわ。あなたの人生を決めるのはあなた自身、警察もわたしもしょせんは部外者ですからね」

枝衣子はわざとそっけなく腰をあげ、良枝に軽くうなずいてやる。

「糸原巡査、室田さんを留置室へお連れして。ゆっくり考える時間も必要でしょう」

枝衣子が椅子から離れようとしたとき、良枝が急に背筋をのばし、肩ごと枝衣子のほうへ首をのばしてくる。

「刑事さん、その……」

「はい？」

「私は、なにを話せばいいわけ。知ってることを話すと、どうなるわけ」

枝衣子は軽く咳払いをして、腰を椅子に戻し、頭のなかでほっと息をつく。強制性交事件に司法取引などという制度はないが、場合によっては枝衣子が個人的に、取引をしてやってもいい。

「どうなるかは裁判次第ですけれど、検察庁には限りなく罪を軽くするように、口添えはできる。送検理由の書類にも手加減できるし、関与の度合いによっては執行猶予も働きかけてあげる。それには知っていることをすべて、包み隠さず供述してくれることが前提なの」
二、三秒考えたようだったが、良枝がため息と一緒にうなずき、机の端にまた片肘をかける。

「でもねえ、私には分からないのよ。新垣は強姦なんかしていない、ただビデオを撮っただけだって」

面倒なことではあるが、仕方なくまた強制性交罪の説明をする。

「法律と一般の認識は別なの。新垣の撮ったビデオではたしかに、挿入も射精もしていない。だから新垣はレイプではないと言ったのでしょうけれど、法律では性的暴行自体が強制性交罪で、いわゆる強姦になるの。強姦の最高刑は懲役二十年、それが三件ですから、まず最長の刑期が言い渡されるはず。あなた次第ではあるけれど、新垣が二十年も刑務所へ入れば、縁を切れると思うけれど」

一度うなずきかけ、それから息をとめて、次には良枝が、大きくうなずく。本気で新垣との関係を清算するつもりなのか、刑務所と外界で手紙のやりとりもできるし、面会も差し入れも可能。新垣に泣きつかれてまたずるずると、という可能性も大きい気はするが、それは良枝の問題だ。

「今言ったような事情で、新垣の犯罪をあなたはそれほど深刻にはとらえなかった。たんにビデオ撮影だけならと、軽く考えていた。そういう解釈でいいのかしら」

良枝がウンウンとうなずき、枝衣子は糸原に向かって、ウムとうなずく。この時点で良枝は連続強制性交共犯を自供したのだ。

「具体的なことを聞くわね。最初の事件は昨年の十一月、被害者は大賀沙里亜さん二十三歳。整体院の患者名簿を見ると、大賀さんはあなたのお店で横山宇平と顔を合わせているはず。間違いはないわね」

「日にちも彼女の名前も覚えていないけど、要するに、そういうこと」

「横山は以前からお店に？」

「昔からの知り合いだもの。腰痛もあったりしてね」

「たまたま横山がいるときに大賀さんが整体を受けにきた。その大賀さんを横山が気に入って、新垣に猥褻ビデオを依頼した」

「それはね、あとになって知ったこと。でも結局そうなんだから、そうなんだと思うわ」

「大賀さんの住所や氏名が記されている患者名簿を、あなたが新垣に提供したわけよね」

「仕方なかったのよねえ、新垣に頼まれると、私って、いつも、そうなっちゃうの。自分でも理由が分からないのよ。さっき刑事さんが言ったとおり、離婚のときね、本気で縁を切ろうと思ったの。親も整体院を始めるときのお金を出してくれて、私も学校へ通って、ちゃんとやり直そうと思ったのよ。でも新垣がふらっと青いパパイヤへ来て、それで飲みになんか行って、ホテルとかも行っちゃうと、けっきょくねえ、そういうことなわけよ」

たんなる愚痴で、良枝が毅然と自己を主張すれば済んだこと、とは思うものの、世の中にはそんな泥沼関係を愛だと錯覚している男と女が、腐るほどいるという。

「そのとき横山は、新垣に報酬を払ったのよね」

「聞いてないけど、そうだと思うわ」

「なぜ一度で終わらせなかったのかしら。強姦にはリスクがあるし、捕まれば大罪。今回だって結局は捕まったわけでしょう」

良枝が呆れたように舌打ちをし、もう覚悟を決めたのか、少しふんぞり返って足を組む。

「横山さんがものすごく怒ったって」

「横山が怒った、なぜ？」

「毛が無かったから」

「髪の毛が？」

「そうじゃなくて下の毛よ。その女の子には下の毛が無かったらしいの。それで横山さんが激怒とかして、ちゃんと毛のある女の子を撮れって。そんなこと言われたってねえ、新垣も困っていたわ」

　糸原が口を半開きにして枝衣子に顔を向け、枝衣子も肩をすくめるしかなく、椅子の背に肩をあずけて腕を組む。金本に映像の検証を依頼されたので、A子の股間が無毛であることは知っていた。だがそれが、なんだというのだ。今はアンダーヘアデザイナーとかの商売もあるし、女性週刊誌でも〈お手入れ特集〉とかをやっている。陰毛を処理する女はいくらでもいるはずで、それを激怒されても困る。しかしその困惑とは別に、枝衣子の頭には近石聖子の陰毛と頭髪が浴室の排水口にからまっている光景が浮かんでくる。小学五年生の聖子に陰毛があったとしても、産《うぶ》毛《げ》程度のものではあったろうが。

「ほら、ねえ、そういうことにこだわる男性って、けっこういるわけよ」

「そういうものかしらね」

「前にポルノの地下販売をやったときなんかもね、毛の生え具合から色から太さから、注文を出してくるお客がいたわ。このことを言っても、もう罪にはならないわよね」

「その件は決着しています」

「でね、新垣が困って、前の女の子と似たタイプを探せって。ちゃんと毛の生えている女の子を」

「それで十二月に今永聡美さんを紹介した」

「一度来ただけの子なのよねえ、名前は覚えていないわ」

「整体の最中に毛の有無をたしかめたのよね」

「そういう注文だったもの。服を着ていてもね、下着がちらっと見えればそういうこと、分かるものなのよ。私も整体のプロなんだし」

どうしたものか。A子のケースは事後共犯だったとしても、B子は良枝が物色して新垣に提供した。これはもう完全に幇助罪で「新垣に頼まれると仕方なかった」という状況は理解できるにしても、裁判では〈身勝手で悪質な動機〉と判断される。しかし横山が主犯であることを裁判で証言させるとなれば、ある程度の手加減は必要か。

判断は金本に任せよう。

「それでは最後の、遠山香陽子さんはどうなのかしら。二件目の今永さんにはちゃんと毛があったでしょう」

「横山さんも満足して、喜んだって」

「それならなぜ遠山さんまで？」

「新垣が自分で嵌まっちゃったのよ。二回やって、それがものすごくよかったらしくて、三回目は自分がやりたかったわけ。捕まらなければたぶん、四回目もあったと思うわ」

ダメだな。新垣と縁を切りたい気持ちは本物だとしても、この連続強制性交事件における良枝の、罪の軽減は無理だろう。

枝衣子は暗澹《あんたん》とした気分で腕を組み、良枝と糸原の顔を見くらべる。良枝のこの証言で横山と新垣は、確実に刑務所へ送れる。元文科省次官の横山宇平を連続強姦の主犯、最悪でも強姦教唆《きょうさ》で告発すれば刑事課の大勝利。新垣だけを強制わいせつ罪で送検、とか呑気なことを言う後藤署長の鼻を明かしてやれる。金本の言う〈事件を早く忘れたい被害者たちの心情〉も理解はできるけれど、事件の性質上、そして性犯罪を隠蔽したがる日本社会への警鐘《けいしょう》としても、被害者たちの勇気に期待したい。

これで四カ月もつづいた捜査は終了。取調べの経緯は金本たちも刑事課室でモニターしているから、今ごろは拍手の嵐か。四時からの採決もその後の打ち上げ会も当然中止。政治の介入がなければためらう必要はなく、金本は裁判所へ横山宇平の逮捕状を請求して、今夜は横山の逮捕と家宅捜索で徹夜になるだろう。枝衣子にしても連続強制性交事件の解決自体には満足なのだが、まだどこかに、気分のしこりがある。

「室田さん、ひとつ腑《ふ》に落ちないことがあるの。青いパパイヤに仕掛けた盗撮カメラは、どういう意味なのかしら」

良枝が気の抜けたような顔であくびをし、束ねてある髪を指の先に巻きつける。

「どういう意味って、どういう意味？」

「整体院にあんなカメラは要らないと思うけれど」

「でもね、便利なときもあるのよ。患者さんの表情をチェックしたり、このツボをこう押さえるとこういう効果があるんだとか、逆にこの技術は使えないなとか、そういうことの参考になるの」

「努力家なのね。でもそれなら患者の了解を得て、普通のビデオカメラを使えばいいでしょう」

「あれは岡江くんがつけてくれたの」

「岡江くん、そうなの」

「私もね、普通のカメラでいいと思ったのよ。でも岡江くんが面白いからって。あとで面白い映像が見られるからって」

「新垣には面白かったことになるわね」

「刑事さん、それは結果論だわよ」

「あら、なるほど」

「岡江くんってね、ああいう器械みたいなものが好きなの。べつに理由があるわけじゃなくて、いるでしょう、そういう人」

たしかに意味もなくＩＴ機器やフィギュアに熱中する人間がいて、一般的にはオタクという。

「それで岡江孝明は映像を見て、なにか？」

「なにも。たまに青いパパイヤへ遊びにきて、ただビデオを再生するだけ。いるのよねえ、そういう人」

「いるんでしょうね」

「岡江くんもレントゲン技師でしょう。だから患者さんをうちへまわしてくれたり、おばさんなんか顔が広いから、何人も紹介してくれたわ。これからは新垣に貢《みつ》がなくていいし、整体院もちゃんとやっていけると思うの。刑事さん、あのお店、いつごろ再開できるかしら」

人間というのはここまで、無神経に生きられるものなのか。

「裁判の経緯を見ましょう。これから糸原巡査が供述調書を作成しますので、問題がなければサインと指印をお願いします。そのあとは帰宅されて構いません」

糸原が内線電話をとりあげ、二言三言話すと、待っていたように生活安全課の婦警がドアをあける。刑事課と同様に、生安でもこの取調べを注視していたのだろう。

糸原が席を立って良枝をうながし、その身柄を生安の婦警に託してから、足をとめて枝衣子をふり返る。

「あのう」

「供述調書の作成は萩原くんにでも手伝わせて。生安が立ち会いたいといったら、それも構わないわ」

「あのう、卯月さんは？」

「ちょっと休んでいく。内緒だけど、二日酔いで寝不足なの。モニターのスイッチをお願い」

戻ってきて、糸原がモニターの電源を落とし、見合いの場に挑むような顔で取調べ室を出ていく。つけ睫毛も素直に外したし、能力も平均的ではあるし、なんといってもオヤジ連中に人気がある。

そうか、日村に、糸原の刑事課残留を申請しなくては。

枝衣子は座ったまま大きく背伸びをし、肩を上下させて首もまわして、それから机に頬杖をつく。二日酔いの睡眠不足も事実ではあるけれど、良枝の取調べ中に浮かんだ浴室の光景が気にかかる。あの浴室は岡江家のものか、近石家のものか。近石家の浴室なんか知らないから理屈としては岡江家のものだろうが、当時の近石家は岡江家と似たような建売住宅だったという。

三十年前の近石聖子殺害事件の現場で、浴室の毛髪を採取してあったか。金本から見せられた報告書にその記載があったかどうか。刑事課のデスクへ戻って調べれば分かることではあるけれど、いくら三十年前だって、捜査の手順は同じだろう。問題はその毛髪が小金井署に今でも保管されているか否かで、可能性は限りなく低い。調書や押収品や証拠品などの廃棄《はいき》や紛失《ふんしつ》などは日常茶飯事《にちじょうさはんじ》で、どこかの警察では何千万円もの押収金まで紛失させている。かりに、奇跡的に、三十年前の毛髪が保管されていたとして、DNAの鑑定は可能かどうか。三十年前でもDNAの知識ぐらいはあったろうが、捜査に活用されたかは疑わしい。まして当時は鑑定の精度自体が不正確で、最近でも二十年前の殺人事件に関する鑑定結果が覆された例がある。三十年前の聖子殺害事件では、たぶん毛髪のDNA鑑定自体が不実施だったろう。

今の技術なら三十年前の毛髪からでもDNAの検出は可能かも知れないが、小金井署に保管されていなければ意味はない。かりに、奇跡的に、保管されていればどうか。

岡江家での風呂場男事件では、浴室だけではなく、居間や台所に散った毛髪も採取されている。ホームレスになっていた近石稔志が二十数年ぶりに国分寺へ、国分寺の西元町へ、西元町の岡江家に帰ってきた理由は、誰にも分からない。小清水柚香が週刊誌に書いたように、それが子供のころに食べ残したプリンを探すためだったとしても、それはそういう、因縁だったのかも知れない。

因縁か。

とにかく三十分ほど仮眠をとろうと、枝衣子は机に両肘をのせ、その肘に頭をのせる。

13

テレビのワイドショーは相変わらず、横山宇平関連の話題を盛り上げている。逮捕の一報が流れたのは四日前、翌日からテレビとインターネットが騒ぎ始め、二年前の貧困実態調査事件も蒸し返されている。今回は連続強制性交事件で、テレビでは連続レイプ事件と称される。弁護士やらなんだか知らないコメンテイターも登場し、横山は主犯なのか共謀犯なのか教唆犯なのかと か、バカな議論をつづけている。

暴力団員が親分の命令で人を殺したら、親分だって同罪だよねと、旅行用の荷づくりをしながら柚香はテレビに返事をする。関与の程度によって罪や刑期がちがってくるにしても、それは法律の問題。横山宇平というヘンタイおじいさんが社会から抹殺《まっさつ》されることに、変わりはない。

テレビの議論はあくまでも上《うわ》っ面《つら》で、でも柚香が週刊講文に書いた記事は迫真《はくしん》ものなのだ。被害者たちの氏名や身分を書けないジレンマはあったものの、横山宇平、新垣徳治、それにテレビやインターネットには名前の出ていない室田良枝まで実名の記事にした。三人の人間関係も卯月刑事からの情報だから詳細で、そこに国分寺の主婦売春事件まで絡めたのだから、気難しい編集長も絶賛。そのご褒美が沖縄での三泊で、ついでに首里城の取材も、という条件つきながら、ホテル代まで認めてくれたのだ。ここまでくればもう完全にスター記者、今はテレビのこちら側でコメンテイターの戯言を聞いているけれど、向こう側の人間になる日も遠くない。助手の件は水沢に笑われたが、一応は短大の先生だから、見かけよりプライドが高いのかも知れないね。帰りには泡盛《あわもり》をお土産に買ってこよう。編集長へのお土産も泡盛でいいとして、卯月刑事にはなにかほかのもの、沖縄にはかりゆしとかいうお洒落なシャツがあるらしいから、それにしようかな。

助手の件はあとで考えるとして、それ以外は怖いほど順風満帆《じゅんぷうまんぱん》。この部屋だって売れっ子ライターの仕事部屋としては貧弱すぎるし、吉祥寺あたりのワンルームマンションにでも引っ越すか。今は年度末だから部屋探しも難しいけれど、夏までには決めてやろう。

考えるだけで頰がにんまりして、つい衣装を詰めすぎた。三日なんだからシャツは六枚もいらないか。でも沖縄はもう二十八度になる日もあるというし、汗をかくから昼夜一枚ずつ。下着も同じだけ用意して、穿《は》きかえのジーンズに部屋着のジャージに、そうか、ホテルなら部屋着ぐらい提供されるか。まともなホテルに泊まったことはないが、たぶん洗面道具もついている。青いパパイヤの室田良枝は、沖縄の年間晴天率なんかたった二十パーセント、青い空に白い雲というのは観光客を呼ぶための嘘、みたいなことを言ったけれど、そんなことないよね。講文社でもらってきた旅行案内書には、ちゃんと青い空と白い雲をバックに民族衣装を着た人が踊っているし、グルメとショッピング情報も満載。お母さんの生まれ故郷を悪く言うような人だから、今度みたいな事件を起こすんだよね。

よし、考えても仕方ないので、シャツは三枚にしよう。足らなかったら向こうで買えばいいし、それは下着も同じこと。問題はインタビュー時の衣装で、これをどうするか。ふつうならワークパンツとサファリジャケットなのだけれど、相手は四十回以上も引っ越しをしている変人。

それにお年寄りだから女性とも無縁のはずで、ミニスカートとフェミニンなジャケットをサービスしてやるか。それとも変人にはやはり定番のジャーナリストルックが無難で、そのほうが柚香も落ち着く。しかししかし、せっかくの沖縄なんだからお洒落もしてみたいし、さーて、小清水柚香さん、困ったわね。

時間はもう十時、そろそろ羽田《はねだ》へ向かわなくてはならず、今回はやはり定番のジャーナリストルックにしようと、柚香はテレビのスイッチを切る。

※

最初に西元町へ来たのが二月の最終日。そのときは風の冷たさがうっとうしくて、春を待ち望んだ。あの日から約三週間、カレンダーは正直ねと、枝衣子は上空の白い雲を仰ぎ見る。都心では見かけない飛行船が多摩川方向へ銀色に飛んでいき、近くの史跡公園からは雀《すずめ》が鳴きかける。九州のどこかでは桜も咲いたというから、あと幾日かすれば東京でも咲くだろう。この彼岸休みには水沢椋と秩父へ山菜摘みに出かける予定になっていて、ナントカ温泉に予約も入れてある。先週は警察を辞めてハワイにでも、とか思っていたのに、運命は分からない。急転直下、枝衣子に本庁捜査一課への転属辞令がおりたのだ。

路地から顔を半分ほど出し、岡江家の周辺に異常のないことを確認して、また銀色の飛行船を眺める。この転属がどういう経緯で実現したのか、水沢は「さあなあ、後藤という署長のバカが治ったのだろう」と言うけれど、バカが治るにしても理由はある。実際は本庁の捜査一課長や人事課長や、あるいはもっと上の誰かや他庁の高級官僚やその他もろもろ、いろんな人間が額を集めて協議したのだろう。その結果が「卯月枝衣子警部補を四月一日付で捜査一課勤務とし、四月二日からの一年間を国分寺署刑事課へ出向させる」という人事で、聞いたとき枝衣子は、思わず笑ってしまった。実際にこんな人事が、あるものなのか。現場警察官は全国に約二十五万人はいるから、どこかに似たような例はあるのかも知れないが、この人事はまるで漫才《まんざい》。そうはいっても後藤は一応キャリアのエリートだから、顔も立てたかったろうし、枝衣子への理不尽な扱いも修正する必要がある。その結果がこの妥協案で、しかし口約束ではないから一年後には遺漏なく実行される。気持ちのどこかに釈然としない思いはあるものの、すべてが釈然とする人生なんか、もともとあり得ない。

うしろから買い物カートをひいた主婦が歩いてきて、枝衣子は警察官の身分証明書を示し、迂《う》回《かい》するように頼む。路地には二台の警察車両がとめてあり、車内に黒田と萩原と糸原が待機している。岡江家をはさんだ向こう側の路地にも土井の班が待機していて、合図があればいつでも踏み込める。

時間は午前十時十三分、立川に向かった金本にトラブルでもあったのか。

警察専用回線のケータイをとり出しかけたとき、そのケータイが鳴る。

「おう、ご苦労さん。こっちは無事に、岡江孝明を近石聖子殺害容疑で逮捕した。そっちはどうだ」

「岡江夫婦は在宅で、動きはありません」

「よし。それなら身柄を確保しろ。それからなあ卯月くん」

「はい」

「どうも俺は、気が急《せ》いていけねえ。岡江の身柄は署へ移送させるが、この足で福島へ行きてえんだ」

「近石さんのところへ？」

「電話で報告できるといえばそれまで。だが犯人の逮捕を、直接俺の口から伝えてやりたい」

「分かります。それがいいでしょうね」

「あとはどうせ手続きだけだ。始末は君と土井に任せる。夕方には帰ってくるからよ」

夕方には帰らず、近石とシイタケ焼酎でも飲み明かすかも知れないが、それでも構わない。三十年もの長いあいだ解決しなかった娘の事件を、経緯から決着まで、金本が自分で近石に伝えたい気持ちは理解できる。本来なら岡江孝明の取調べが済んでから、というのが順序ではあるけれど、歳をとると気が短くなるのだろう。

電話の様子に気づいたのか、黒田と萩原と糸原がつづけてクルマをおりてくる。枝衣子は金本との通話を終わらせ、向こう側の路地で待機している土井に〈実行〉の連絡をする。それから史跡公園に待機させているパトカーにも連絡を入れ、黒田たちに合図をして岡江家に向かう。向こうの路地からも土井のほかに二人の刑事が顔を出し、岡江家の門前《もんまえ》で合流する。

三週間前に風呂場男事件で岡江家へ臨場したとき、今日のこの結果を、誰が予想したか。

事前に打ち合わせは済んでいるので、それぞれが目だけで合図をし、土井を先頭に門をくぐる。庭に面した掃き出し窓は閉まっているが、カーテンや雨戸はひかれておらず、二階の窓も同様。売春斡旋事件は近所にも知られているはずで、常識的には雨戸でもしめて閉じこもるものだろうに、岡江夫婦は世間の顰蹙《ひんしゅく》に対する感度が鈍いのだろう。それでも岡江が植えていた花壇のパンジーは枯れているから、手入れの余裕まではないのか。

通常の逮捕なら容疑者の逃亡に備えて裏口も固めるが、岡江夫婦が勝手口から隣家との塀をの り越えて逃亡するとも思えず、二階の窓から脱出する可能性もない。売春斡旋での逮捕時も抵抗はなかったというし、刑事たちにもそれほどの緊張感はない。

土井の会釈で峰岸がインターホンを押し、応答を待って土井が身分を告げる。玄関の内鍵が解錠されるまでに時間がかかったのは、さすがにマスコミや野次馬を警戒していたのだろう。

まず亭主のほうが顔を出し、女房も上がり口の廊下に立って捜査員を睥睨《へいげい》してくる。土井がインターホンで告げたのは身分だけだから、この捜査員の人数に、亭主が首をかしげる。

「たった今、息子の岡江孝明を、三十年前の近石聖子殺害容疑で逮捕しました」

土井が肩を怒らせるように宣告し、つづけて背広の内ポケットから岡江夫婦への逮捕状をとり出して、亭主の面前に突きつける。

「岡江晃、ならびに岡江孝子。二人を近石聖子殺害容疑者である岡江孝明の蔵匿《ぞうとく》容疑で逮捕します。署に同行してもらいますので、身支度をするように」

枝衣子は玄関内へは入らず、ドアの外に立ってこの逮捕劇を観察する。小金井署には三十年前の事件現場である近石家の浴室で採取した毛髪が何種類か保管されていて、そのうちの一本が風呂場男事件のときに岡江家で採取した毛髪と関連づけられた。そのなかには当然、岡江夫婦の毛髪もあり、ＤＮＡ鑑定の結果、近石家の浴室で採取された毛髪の一本から、岡江晃と岡江孝子の遺伝情報が検出された。夫婦から等分に遺伝情報を受け継いだ人間は誰か。考えるまでもなく息子の孝明で、つまり三十年前の聖子殺害犯は、隣家の小学六年生、岡江孝明だったのだ。

この事実が判明したときの衝撃は強烈で、国分寺署では急遽、三機関の専門家にＤＮＡ再鑑定を依頼した。しかし結果はどれも同じ、近石家の浴室で採取された近石親子以外の毛髪は、九十九パーセント以上の確率で岡江孝明のものと断定された。この事実は本庁の捜査一課にも報告され、立川での孝明逮捕には本庁も臨場している。

亭主がよろけながらうしろへさがり、上がり口の廊下に尻もちをついて、女房がその亭主の肩につかまる。当時の警察には「まさか小学生が」という先入観があったろうし、ＤＮＡ鑑定の技術も未熟だった。孝明にしても性交に関して、どこまで具体的な知識があったのか。たんに聖子の裸を見たい、躰に触りたい、その程度の動機だったのかも知れないが、孝明が暴行に及んだことで聖子が死亡したことは確実。死因自体は浴槽の縁で頭を打ったことによる脳挫傷だから、明確な殺意まであったかどうかは裁判で争われる。しかし岡江夫婦が息子の犯行を知らなかったはずはなく、言葉で打ち明けられなかったとしても、様子や態度で気づいてはいたろう。それを三十年間隠し通したのだから、やはり犯人蔵匿罪はまぬがれない。

「二人とも、戸締まりや身支度を。当分帰れないから、着替えなどが必要ならそれも用意するように」

土井に宣告されても、一分ほど夫婦は身じろぎもせず、業《ごう》を煮やした峰岸が亭主の肩をゆする。その手を女房がはねのけ、見事に化粧をした皺顔で、じろりと捜査員たちをねめつける。

門の外にパトカーが到着し、枝衣子は玄関の外から、わざと聞こえるように声をかける。

「糸原さん、奥さんの支度を手伝ってあげて。少しでも不審な様子を見せたら、すぐに手錠を」

糸原がきっぱり「はい」と返事をし、玄関へ入っていって、女房をうながす。亭主のほうもどうにか腰をあげ、萩原と峰岸につき添われるように、よろよろと部屋へ入っていく。三十年間も殺人犯を庇った夫婦の犯罪も悪質だが、「親が子供を思う心情を考慮すれば」という判断も成り立つ。裁判でもそのあたりが争点になるはずで、岡江夫婦には執行猶予の判決がくだる可能性もある。だが岡江夫婦は売春斡旋でも執行猶予だろうから、けっきょくはどちらかで実刑になる。始末は土井たちに任せて、枝衣子は庭を横切り、掃き出し窓の縁側に腰をおろす。銀色に見えていた飛行船もどこかへ消え、騒動に気づいたらしい野次馬が門をのぞきながら行き過ぎる。岡江夫婦もさすがに、この家には住めなくなるか。それとも案外、けろっとして元の生活をつづけるか。

花壇のパンジーは枯れているように見えるが、水をやれば生き返るか。だが枝衣子にそこまでの義理はない。

背後で戸締まりをする音が聞こえ、しばらくして糸原たちにつき添われた岡江夫婦が玄関から出てくる。亭主はラクダ色のジャンパーを着て、女房のほうは最初の日に枝衣子が「まがい物」と思い込んだシャネルのコートにシャネルのバッグ。あれからずいぶん暖かくなっているのに、女房はよほどブランド品に執着があるのだろう。手錠をかけないのは土井の温情だろうし、高齢の夫婦が逃亡したところで、逃亡する場所そのものがない。唯一《ゆいいつ》頼りになるはずの孝明のほうが、すでに逮捕されているのだから。

夫婦と捜査員が門を出ていき、萩原だけが戻ってきて、首をかしげながらロングの前髪を梳きあげる。

「暖かくなったから歩いて帰るわ。このところ運動不足なの」

萩原がうなずいて門へ歩いていき、すぐにパトカーや警察車両のエンジン音が遠ざかる。

枝衣子は縁側に腰かけたままケータイをとり出し、金本の律義《りちぎ》さに苦笑しながら、自分でも藤岡の志緒美へ番号を合わせる。

注　本書はフィクションであり、登場する人物、および団体名は、実在するものといっさい関係ありません。この作品は書下ろしです。

——編集部

あなたにお願い

この本をお読みになって、どんな感想をお持ちでしょうか。次ページの「100字書評」を編集部までいただけたらありがたく存じます。個人名を識別できない形で処理したうえで、今後の企画の参考にさせていただくほか、作者に提供することがあります。

あなたの「100字書評」は新聞・雑誌などを通じて紹介させていただくことがあります。採用の場合は、特製図書カードを差し上げます。

次ページの原稿用紙（コピーしたものでもかまいません）に書評をお書きのうえ、このページを切り取り、左記へお送りください。祥伝社ホームページからも、書き込めます。

〒一〇一―八七〇一　東京都千代田区神田神保町三―三
祥伝社　文芸出版部　文芸編集　編集長　金野裕子
電話〇三（三二六五）二〇八〇　www.shodensha.co.jp/bookreview/

◎本書の購買動機（新聞、雑誌名を記入するか、○をつけてください）

____新聞・誌の広告を見て	____新聞・誌の書評を見て	好きな作家だから	カバーに惹かれて	タイトルに惹かれて	知人のすすめで

◎最近、印象に残った作品や作家をお書きください

◎その他この本についてご意見がありましたらお書きください

100字書評

礼儀正しい空き巣の死

住所

なまえ

年齢

職業

樋口有介（ひぐちゆうすけ）
一九五〇年、群馬県生まれ。業界紙記者などを経て、八八年『ぼくと、ぼくらの夏』で第六回サントリーミステリー大賞読者賞を受賞しデビュー。『風少女』で第一〇三回直木賞候補。他の著書に「柚木草平」シリーズなど多数。本作は、東京郊外の所轄で出世を目論む女性刑事卯月《うづき》枝衣子《えいこ》の活躍を描く軽妙な快作『平凡な革命家の食卓』（小社刊）の続編。近刊に『変わり朝顔　船宿たき川捕り物暦』（祥伝社文庫）がある。

礼儀《れいぎ》正《ただ》しい空《あ》き巣《す》の死《し》

令和２年３月20日　　初版第１刷発行

著者――樋口有介《ひぐちゆうすけ》

発行者――辻　浩明

発行所――祥伝社《しょうでんしゃ》

〒101-8701　東京都千代田区神田神保町3-3
電話　03-3265-2081（販売）　03-3265-2080（編集）
03-3265-3622（業務）

印刷――錦明印刷

製本――積信堂

ISBN978-4-396-63583-1　C0093
祥伝社のホームページ・www.shodensha.co.jp/

祥伝社

四六判文芸書

なんとか殺人に「格上げ」できないものか。

平凡な革命家の食卓

樋口有介

地味な市議の死。外傷や嘔吐物は一切なし。医師の診断も心不全。
本庁への栄転を目論む卯月枝衣子警部補二十九歳。
彼女の出来心が、「事件性なし」の孕む闇を暴く!?

祥伝社

四六判文芸書

黒鳥の湖

あらゆる色が重なって
黒になるんだ。

拉致した女性の体の一部を家族に送りつけ楽しむ、醜悪な殺人者。
突然、様子のおかしくなった高校生のひとり娘……。
推理作家協会賞受賞作家が、人間の悪を描き切った
驚愕のミステリー！

宇佐美まこと

祥伝社

四六判文芸書

ノワールな青春ってどうよ?

新宿花園裏交番　坂下巡査

香納諒一

大学卒業後2年勤めた企業を辞めて警視庁に奉職。
元高校球児の新米巡査・坂下浩介、二十七歳、
今日もヤバすぎる街・歌舞伎町を警邏中――